Un
hogar
a tu lado

Catherine Bybee

Un hogar a tu lado

Creek Canyon

Traducción de
Ana Alcaina

Título original: *Home to Me*
Publicado originalmente por Montlake, Estados Unidos, 2020

Edición en español publicada por:
Amazon Crossing, Amazon Media EU Sàrl
38, avenue John F. Kennedy, L-1855 Luxembourg
Noviembre, 2021

Copyright © Edición en español 2021 traducida por Ana Alcaina
Adaptación de cubierta por PEPE *nymi*, Milano
Imagen de cubierta © Rastislav Sedlak SK © Elenamiv © caesart / Shutterstock;
© Jacobs Stock Photography Ltd / Getty Images
Producción: Wider Words

Impreso por: Ver última página

Primera edición digital 2021

ISBN Edición tapa blanda: 9782496706529

www.apub.com

SOBRE LA AUTORA

Autora superventas de *The New York Times, The Wall Street Journal* y *USA Today,* Catherine Bybee ha escrito cerca de cuarenta libros que han vendido más de siete millones de ejemplares en total y han sido traducidos a más de dieciocho idiomas. Criada en el estado de Washington, Bybee se mudó al sur de California con la esperanza de convertirse en una estrella de cine. Cansada de servir mesas, retomó los estudios y se hizo enfermera. Ha pasado la mayor parte de su vida laboral en las salas de urgencias de varios hospitales urbanos. Ahora escribe a tiempo completo y es la autora de las series Casaderas, No exactamente… y Creek Canyon, serie que inició en español con *El camino hacia ti,* publicada en Amazon Crossing en 2021. *Un hogar a tu lado es* la segunda entrega de la serie. Para más información sobre la autora, visita www.catherinebybee.com.

A todas las mujeres que han compartido su historia personal conmigo.
Hay personas que te quieren,
vales mucho
y eres fuerte.
No dejes que nadie te trate como si no fuera así.

Capítulo 1

Erin siguió con suma atención la trayectoria del blanco de arcilla, desde el momento en que salió disparado del lanzador y se desplazó surcando el aire, hasta que se rompió en pedazos cuando Parker apretó el gatillo de la escopeta.

—Le has dado todas las veces. ¿Cómo lo haces? —Erin estaba impresionada. Ella solo había conseguido acertar un plato de cada diez, mientras que Parker se había ganado su apodo, el de «Annie Oakley», a pulso.

—Es cuestión de práctica. Tú acabas de empezar, date tiempo.

Estaban en un rincón escondido del bosque del Angeles National Forest, en un campo de tiro, un lugar dominado por la testosterona en el que de vez en cuando se veía a alguna que otra esposa o novia. Erin y Parker eran las únicas mujeres que no iban acompañadas de un hombre.

—Seguimos con el tiro al plato unas cuantas veces más y luego pasamos a la galería de tiro con pistola, ¿de acuerdo? Los blancos móviles son más difíciles, pero es que quiero que te acostumbres al retroceso de la escopeta para que puedas controlarla. —Parker le estaba dando lecciones sin avasallarla con la batería de preguntas que le haría cualquier otra persona.

A finales del verano anterior, Erin se había ido a vivir a la propiedad de Parker, quien estaba desesperada por alquilar la casa de invitados del rancho familiar tras haber sobrevivido a un incendio que por poco destruye todas las posesiones de su familia. Erin estaba igual de ansiosa por instalarse allí y empezar una nueva vida lejos de las carreteras principales y los barrios de cualquier gran ciudad, donde todo el mundo se conocía. En una localidad del tamaño de Santa Clarita, en cambio, no llamaría la atención ni estaría rodeada de los turistas y los empresarios que invadían las grandes ciudades del sur de California.

Erin esperaba encontrar soledad y, en vez de eso, lo que encontró fue una amiga fabulosa, una amiga que se dio cuenta de que Erin estaba escondiéndose de su ex, pero que no la presionó ni una sola vez para que le contara los detalles de la historia. No, Parker no hurgó en su vida, sino que simplemente le dijo que, cuando estuviera lista para hablar, allí estaría ella para escucharla.

Incluso ahora, mientras disparaba a los blancos —errando casi siempre el tiro, en el caso de Erin, que tenía una puntería terrible—, habría tenido toda su lógica que Parker le hubiese preguntado por qué tenía tantas ganas de aprender a disparar. Sin embargo, no lo había hecho. Ni una sola vez.

Parker le dio el arma a Erin con el cañón abierto, preparado para que llenara el cargador. Eso ya sabía cómo hacerlo. Ahora bien, darle al blanco con ella… eso ya no era tan fácil. Aunque, a cualquiera que le hubiese preguntado, le habría dicho que el mero hecho de cargar el arma ya le infundía un valor que ni siquiera sabía que tenía en su interior.

Con las gafas de seguridad y los oídos tapados con tapones de color naranja —«ojos y oídos», como los llamaba Parker—, Erin apoyó la culata del arma en el hombro.

—¿No te olvidas de algo? —le preguntó Parker.

Erin se detuvo un segundo, con aire confuso. Luego sonrió y amartilló el arma. El sonido le resultó inquietantemente satisfactorio.

Era como decir «Ten cuidado conmigo y no me cabrees» con dos sólidos chasquidos.

Parker sonrió.

—Esta vez quiero que te inclines hacia el arma y que mires fijamente por el cañón hasta que sientas que es una extensión de tu brazo. Sabes que el plato va a salir disparado hacia la izquierda, así que no apuntes a la derecha en ningún momento. —Se situó detrás de la máquina lanzaplatos—. Cuando tú me digas.

Erin respiró profundamente y puso el dedo en el gatillo.

—Ya.

Parker soltó el resorte. Un plato de color naranja salió disparado hacia el cielo. Erin lo vio volar y supo que iba a fallar antes de apretar el gatillo.

El estruendo del arma le resonó en el oído y le sacudió el hombro, empujándolo hacia atrás con un solo movimiento.

El plato de arcilla voló intacto hasta alcanzar la parte posterior de la colina y reunirse con todos sus compañeros. Solo entonces se hizo pedazos.

Parker se acercó a ella por detrás.

—Traslada el peso de tu cuerpo al pie izquierdo. —Puso una mano en el hombro de Erin y la empujó levemente hacia el arma—. Apóyate en ella.

De nuevo en posición, respiró hondo varias veces más. «Puedo hacerlo», se dijo.

—¡Plato!

Falló el tiro.

—¡Plato!

Falló el tiro.

—¡Plato!

Le dio… Joder, ¡le había dado! Erin se sintió como si acabara de ganar la lotería, y una enorme sonrisa afloró a sus labios.

Bajó el arma y chocó los cinco con Parker.

—¿Quieres dejarlo ahora que vas ganando? —preguntó Parker—. ¿O quieres seguir disparando un poco más?

Erin bajó la escopeta.

—Probemos con algo más pequeño.

Una hora más tarde iban conduciendo por la larga carretera del cañón, orgullosas de su puntería. Parker tenía razón: disparar con pistola era mucho más fácil que hacerlo con la escopeta. Cada tintineo de los blancos metálicos había sido como un signo de exclamación. Erin no podía dejar de sonreír.

—Ha sido mucho más divertido de lo que pensaba.

Parker mantuvo ambas manos en el volante mientras doblaba las curvas del cañón.

—Mi padre me llevaba al campo de tiro cada dos por tres. Siempre decía que, como teníamos armas en casa, era imprescindible que aprendiera a disparar.

—¿Y Mallory y Austin?

Mallory y Austin eran, respectivamente, la hermana y el hermano pequeño de Parker, de quienes esta se había hecho cargo tras el fallecimiento de sus padres, tres años antes.

—Mallory fue un par de veces, pero no le gustó. Aun así, se defiende bastante bien con las armas. Austin disparaba la pistola del calibre .22 de mi padre cuando era pequeño. Ahora intentamos venir aquí un par de veces al año para practicar.

—¿Salíais a cazar alguna vez?

Parker negó con la cabeza.

—No. Una cosa es pegarle un tiro a una serpiente de cascabel y otra muy distinta dispararle a Bambi. Supongo que si tuviera mucha hambre sí podría hacerlo. Mi padre iba de caza con su hermano cuando eran jóvenes.

Erin lanzó un suspiro.

—Yo creo que sería incapaz de dispararle a nada.

—Pero informarse sobre el manejo de un arma y saber utilizarla no es algo malo en sí: la información es poder y todo eso. Para mí, tener algo más que un bate de béisbol en casa tras la muerte de mis padres fue un consuelo. A veces el mundo es una selva. No hay más que ver las noticias para darse cuenta de eso.

Erin se frotó el lado de la mandíbula donde todos los días de su vida utilizaba maquillaje para ocultar una cicatriz. Ella sabía muy bien hasta qué punto el mundo estaba lleno de seres salvajes.

—¿Crees que eso te convierte en una persona paranoica?

—¿El qué me convierte en una persona paranoica?

—Tener un arma en casa. —Cargada y lista para dar la bienvenida a cualquiera que se plante en tu casa mientras duermes, armado con su propia arma, para llevarte de vuelta a una vida de malos tratos y sufrimiento…

Erin ahuyentó la imagen de su cabeza.

—Echo siempre el cerrojo de las puertas por si alguien intenta entrar; tengo un extintor por si hay un incendio; tengo un seguro por si se hunde el mundo… ¿Significa eso que estoy paranoica?

—Eso es un poco distinto.

—¿De verdad? Estoy hablando de tomar precauciones y tener un seguro. De momento no ha entrado nunca ningún ladrón a robar en casa. El extintor no habría servido de nada en un incendio forestal, y el seguro ha sido mi salvación. Tener un arma de fuego para proteger a mi familia es solo una precaución. —Parker hizo una pausa—. Y para protegerte a ti también, si no me equivoco. Por eso hemos venido hoy aquí. —La observación de Parker había dado justo en el clavo.

La persona de la que debía protegerse tenía un rostro y un nombre que Erin estaba tratando desesperadamente de enterrar en su pasado.

—Y ahora es cuando cambio de tema.

Parker se rio.

—No esperaba menos.

Media hora más tarde, entraron en la propiedad vallada y pasaron por delante de un equipo de fontaneros que estaba cavando una larga zanja a través del terreno. Una de las numerosas inundaciones relámpago que habían sufrido en el invierno posterior al incendio se había llevado por delante la tubería principal de la entrada de agua a la casa. Ahora que el tiempo primaveral por fin estaba dando paso al sol abrasador típico del sur de California, Parker había contratado al equipo de operarios para que arreglara las tuberías de forma permanente. Una larga manguera de bomberos que conectaba el suministro de agua de la ciudad con la casa les había ahorrado tener que trasladarse a vivir a otro sitio mientras esperaban que el tiempo cooperara.

Para Erin, los inconvenientes eran mínimos; solo habían estado unos pocos días sin agua corriente. Teniendo en cuenta la magnitud de los daños que había sufrido la finca, podía darse con un canto en los dientes.

Colin, el novio de Parker, las saludó mientras pasaban por delante de los operarios y se dirigían cuesta arriba a la casa principal.

Parker sonrió.

—¿Cuándo te va a hacer la gran pregunta? —dijo Erin.

—Nos vamos a Cabo San Lucas dentro de dos semanas. Supongo que podría volver de allí con un pedrusco en el dedo…

Eso mismo pensaba Erin. Parker y Colin llevaban planeando su viaje a México desde Navidad. Aguas cristalinas, playas de arena blanca… Sonaba paradisíaco.

Parker aparcó el coche y abrió la puerta.

—Voy a guardar mis cosas y luego te ayudo a limpiar las armas, ¿vale? —le propuso Erin.

—No te preocupes. Pensaba hacerlo esta noche. Quiero estar un rato con los operarios y asegurarme de que no estropean las cañerías nuevas.

Erin meneó la cabeza con admiración: Parker era la propietaria más involucrada personalmente en las reparaciones domésticas que había conocido en su vida.

Colin subió andando la empinada cuesta del camino de entrada y saludó a Parker con un beso.

—¿Cómo ha ido?

—Le he dado a dos platos con la escopeta. —Erin levantó el puño en el aire.

—Pues ya se te da mucho mejor a que a mí —comentó Colin. Parker se apoyó en él.

—Lo que no te ha dicho Erin es que ha dejado secos a todos los blancos metálicos con la Glock.

Erin sonrió al oír los elogios de su amiga.

—Yo no diría tanto, pero no me ha ido mal, no.

—Es muy modesta —dijo Parker.

—Yo no soy la experta, pero tú sí. ¿Tú la has visto en acción? —le preguntó Erin a Colin.

—No con una pistola —bromeó.

Las mejillas de Parker se tiñeron de rojo.

Erin negó con la cabeza.

—Bueno, y después de eso, yo creo que me voy corriendo a comprar y a la oficina de correos. ¿Necesitáis algo del supermercado?

—No, gracias. —Parker abrió el maletero del coche y sacó la funda de su escopeta.

Como Erin no tenía que ayudar a descargar el coche, cruzó el camino de entrada hasta el sendero que llevaba a la casa de invitados. Aunque la propiedad estaba vallada y estaba prohibido el acceso, no cerrar la puerta con llave no era una opción. Además, la semana siguiente iban a instalar el sistema de alarma. Una precaución más que Erin iba a añadir a su arsenal de protección.

La casita de un solo dormitorio era perfecta para ella. El salón y la cocina formaban un solo espacio muy amplio que venía amueblado, algo ideal para Erin, teniendo en cuenta que había abandonado su vida anterior prácticamente con lo puesto: dos maletas de ropa y la tarjeta SD de fotos de un móvil.

Había dejado atrás todo lo demás.

Todo y a todos.

Entró en el baño y se lavó la suciedad de la cara y la pólvora de las manos. La idea de que sus manos no pasaran el control de seguridad de un aeropuerto la hizo sonreír.

Se miró en el espejo y se dio un prolongado repaso en él.

—Pasito a pasito —dijo, hablándole al aire. Se quitó la goma con que se había sujetado su espesa melena en una cola y se peinó el pelo antes de recogérselo en un moño en lo alto de la cabeza. El rojo se estaba desvaneciendo rápidamente y el rubio natural amenazaba con asomar debajo.

Casi no se reconocía a sí misma. Pero de eso se trataba, ¿no?

Un nuevo aspecto, un nombre distinto, un nuevo hogar… Todo nuevo. Se había cambiado legalmente el nombre, el número de la seguridad social… Nada era como antes.

Oyó sonar el timbre del teléfono en la cocina, donde había dejado su bolso. El sonido la sorprendió. Muy poca gente tenía su número y hasta el momento los teleoperadores no la habían descubierto todavía.

El identificador de llamadas señalaba un número oculto, así que, en lugar de contestar, dejó que saltara el buzón de voz. Al cabo de un minuto, pulsó el botón de reproducción para oír el mensaje.

Una voz femenina y familiar le puso la piel de gallina.

—Soy yo. Tengo noticias.

De repente, se le erizó todo el vello del cuerpo y empezó a hiperventilar.

Erin se dirigió a la pequeña mesa de comedor, retiró una silla y se sentó antes de que el mareo la hiciera caer redonda al suelo.

Renee contestó al primer timbre.

—Hola, Renee.

—No sabes cuánto me alegro de oírte. ¿Cómo estás? ¿Has probado ya el agua de coco? —Renee, su defensora, su abogada y su salvadora, le formuló su pregunta en clave.

—Estoy bien, y sí. El agua de coco estaba deliciosa.

No había ninguna agua de coco. Ni zumo de remolacha, ni cualquier otro alimento ecológico que a Renee se le ocurriera mencionar. Daba lo mismo, la respuesta era siempre afirmativa si Erin se sentía lo bastante cómoda y segura para hablar sin miedo a que alguien la escuchara. Hasta ahora, no había necesitado responder con un no. Con un poco de suerte, nunca sería necesario hacerlo.

—Por la voz, pareces estar bien.

—Estoy un poco mejor cada día.

—¿Estás comiendo bien?

Erin pensó en su dieta y optó por conservar el tono positivo de la conversación.

—Creo que ya me sobran un par de kilos.

Renee lanzó un resoplido.

—Menuda mentirosa estás hecha…

Ambas se echaron a reír.

—Estoy bien, de verdad. —Quería decirle que la luz del sol de California estaba obrando maravillas con ella, pero eso no podía decírselo. Renee no sabía dónde estaba Erin, ni siquiera sabía el nombre que estaba utilizando en vez del suyo—. Dime cuáles son las noticias.

Renee suspiró.

—No te van a gustar nada.

Erin tragó saliva.

—¿Mi hermana y su familia están bien?

—Sí, están bien. Si no lo estuvieran, sería lo primero que te habría dicho.

Erin apretó los ojos y sintió la opresión en el pecho, que tan bien conocía, el dolor de los recuerdos de todas las personas a las que había dejado atrás.

—Suéltalo.

—Todavía no te han concedido el divorcio —le dijo—. Y el cabrón ha pedido una nueva vista judicial para impugnar la orden de alejamiento.

Erin apoyó la cabeza en la mano.

—Esto no va a acabar nunca.

Capítulo 2

Matt metió dos lechugas romanas en una bolsa mientras Jessie escogía los tomates.

—Tío, mételos en una bolsa y vámonos.

—Pero querrás que tengan algo de sabor, ¿no? —A Jessie le gustaba hacer las cosas bien, mientras que a Matt le gustaba hacer las cosas rápido.

—Quiero acabar de hacer la compra antes de que nos llamen y tengamos que salir corriendo —dijo Matt.

Los miembros de su unidad se habían separado al entrar en el supermercado. Vestidos con sus uniformes azules, los cuatro llamaban la atención allá donde iban. En la sección de alimentación del súper, a última hora de la mañana, eran el objetivo de un montón de amas de casa sonrientes y de mujeres con ganas de ligar... A veces eran solteras, pero muchas otras veces no.

No hay nada que atraiga más a las mujeres que un hombre vestido de uniforme haciendo la compra. Como los compañeros de la brigada de Matt trabajaban en turnos de veinticuatro horas, les tocaba pensar en lo que iban a comer y, por lo tanto, tenían que ir a comprar provisiones. En el parque de bomberos siempre había algo para preparar el desayuno y el almuerzo, comidas comunitarias a las que contribuían todos y cuyos ingredientes compraban entre todos, pero las cenas dependían de cada unidad de guardia en concreto.

Esa noche iban a preparar costillas de cerdo, patatas al horno, ensalada y cualquier otra cosa que se les ocurriera y que pudieran asar a la parrilla.

Matt se acercó a las patatas y cogió una bolsa entera, en lugar de seleccionarlas una a una. Miró a Jessie, que era el novato del equipo, y dio unos golpecitos en su reloj.

Jessie aceleró sus movimientos y depositó los productos en el carro.

Al doblar la esquina, vieron que el capitán Arwin —se llamaba Anton, pero nadie se dirigía a él por su nombre de pila— y Tom, el ingeniero de su unidad, iban cargados de costillas.

Iban a hacer muchas y a rezar para que les diera tiempo de comérselas antes de que se enfriasen.

El capitán dejó la carne en el carro y Tom añadió un bote grande de salsa barbacoa.

—Todavía tenemos sazonador para carne en la estación, ¿verdad? —preguntó.

—Sí, lo he comprobado antes de salir —le contestó Matt. Cogieron una barra de pan de ajo precocido que podían meter en el horno en el último momento y añadieron leche y galletas antes de dirigirse a la caja registradora.

A Matt no se le escapó la sonrisa de una morena de unos veintipocos años que empujaba un carrito en la fila de al lado.

Le devolvió la sonrisa con el piloto automático antes de apartar la mirada.

—No se te puede llevar a ninguna parte, Romeo —se burló Tom. Matt era el único soltero de su unidad. Incluso Jessie, que solo tenía veintitrés años, estaba casado y con un hijo en camino.

—Creo que Julieta era rubia.

Tom se rio y ayudó a colocar la comida en la cinta.

—¿Cómo estáis hoy, chicos? —La cajera debía de tener más de sesenta años, pero incluso ella esbozaba una sonrisa que expresaba algo más de lo que decía su boca.

El capitán sonrió a la dependienta y siguió dándole conversación mientras apilaban la compra.

Cuando Matt le dijo a su familia que quería ser bombero, le dieron mucha caña. Bueno, una caña simpática, pero caña al fin y al cabo. «¿Qué pasa, Matt?», le había dicho Grace, la pequeña de la familia, para chincharle. «¿Es que no tienes bastante con salir con la mitad de las mujeres del valle, que ahora quieres lucir uniforme para poder ligarte a todas las demás?».

«No te podrás quitar de encima a las mujeres obsesionadas con los hombres de uniforme», había abundado su padre. Como policía retirado, Emmitt sabía muy bien de lo que hablaba.

Y luego estaba Colin, el hermano mayor: «Tienes que compensar el hecho de que soy el guapo de la familia».

Su hermano era más alto, pero Matt era el que se machacaba en el gimnasio. La verdad es que los dos eran muy atractivos. Sus padres les habían transmitido unos buenos genes, capaces de darles cierta ventaja en la vida.

Salieron del supermercado con un suspiro de alivio. Habían conseguido comprar lo que necesitaban sin haber recibido ninguna llamada de emergencia, y el parque de bomberos estaba a solo ocho kilómetros de distancia. En la calle, el camión ocupaba el espacio de la zona señalizada de color rojo, un sitio específicamente reservado para ellos allá donde tuvieran que desplazarse. Tom se dirigió al lado del conductor mientras Matt y Jessie metían las bolsas dentro del camión.

—¿Hola?

Matt se volvió y vio a la sonriente morena de la tienda dirigiéndose hacia él.

—¿Sí?

13

—Se te ha caído esto ahí atrás. —Extendió la mano, deshaciéndose en sonrisas, y le entregó un papel del tamaño de una tarjeta de visita.

—Me parece que no...

La chica le aplastó la tarjeta en la mano.

—He visto cómo se te caía del bolsillo trasero de los pantalones cuando te sacabas la cartera.

Matt no había pagado la compra. Miró la tarjeta y vio un nombre y un número de teléfono con el dibujo de una carita sonriente.

Jessie dijo algo en voz baja con una risita y se subió al camión de un salto.

—Ah, vale... gracias.

Ella llegó incluso a echarse la melena por encima del hombro con un ademán exagerado. Matt no había visto a una chica hacer semejante movimiento desde el instituto.

—Tened cuidado ahí fuera.

—Lo tendremos. Gracias. —Matt agitó la tarjeta en el aire antes de guardársela en el bolsillo. Pensaba tirarla a la basura en cuanto llegara a la estación.

La chica se dio media vuelta y se alejó, volviéndose a mirarlo por encima del hombro.

—¿Vienes, Romeo? —preguntó el capitán.

Matt negó con la cabeza y se subió al camión.

En el momento en que cerró la puerta, los llamaron por radio.

Al menos habían logrado salir del supermercado con la comida. Ahora solo podían esperar que no se les estropeara antes de poder llevarla a la estación.

Todos se pusieron los auriculares para poder hablar y oírse pese al ruido de las sirenas. El capitán anotó la información y Tom encendió las luces y las sirenas antes de salir del aparcamiento.

***

Técnicamente, para ser considerada una *voyeur*, ¿no era imprescindible que la parte observada estuviese desnuda?

Erin estaba en el aparcamiento, con los ojos pegados al camión de bomberos o, mejor dicho, a los hombres que estaban subiéndose a él. Era un secreto, pero le encantaba ver a Matt de uniforme.

Ahora bien, verlo sonreír a otra mujer era otra cosa...

Aunque no es que Erin lo invitase a sonreírle a ella, precisamente. No. Eso era lo contrario de lo que había hecho desde que conoció a ese hombre.

Sin embargo, estaba claro que no reservaba sus atenciones solo para ella.

Erin negó con la cabeza. No... los *voyeurs* miraban a personas desnudas. Lo que estaba haciendo ella se parecía más al comportamiento de un acosador. Bueno, técnicamente tampoco, ya que no había estado persiguiendo a Matt.

Pero sí conocía el parque de bomberos en el que trabajaba y Parker le había dicho que ese día tenía guardia, así que cuando vio el camión en el aparcamiento, esperó fuera del supermercado a que se fuera. Ni siquiera eso era propio de una acosadora. Eso era propio de alguien que intentaba evitar a otra persona.

No había nada ilegal en evitar a otra persona.

Matt miró cómo se alejaba la mujer con la que había estado hablando y luego se subió al camión.

Erin lanzó un suspiro.

No la había visto. Bien.

Salió de su coche y se sobresaltó al oír cómo la sirena del camión inundaba el aire.

Una vez más, miró hacia el enorme vehículo rojo y sintió que se le aceleraba el corazón.

Matt se dirigía a algún sitio a toda velocidad, aunque Erin no sabía adónde.

Esperaba que no fuera a un incendio.

A ningún sitio peligroso.

«Por favor, Dios, que no sea nada peligroso...».

Siguió al camión con la mirada mientras se alejaba, con el ruido acompañando las luces.

Por el bien de Parker y Colin, se dijo a sí misma. Era por ellos por lo que esperaba que Matt no corriera ningún peligro.

Haciendo caso omiso del aleteo en su pecho, Erin levantó la barbilla y entró en el supermercado.

***

Una hora más tarde, ya de vuelta en su casita, buscó en internet la última hora en las noticias del valle y no encontró nada. Tras veinte minutos de búsqueda, arrojó el teléfono al sofá como si quemara demasiado.

—Matt no te interesa —se regañó a sí misma.

Se puso de pie, se acercó a la nevera y sacó una botella de agua con gas.

Cuando volvió al sofá, su teléfono la estaba mirando.

Está bien, no la estaba mirando, pero estaba ahí como pidiéndole que lo cogiera.

Desenroscó el tapón de la botella de agua y bebió, tan rápido que le entró hipo.

Tras el tercer espasmo de su diafragma, se rindió y cogió el teléfono. Lo desbloqueó y buscó las respuestas de emergencia para los bomberos del condado de Los Ángeles.

Al cabo de diez minutos encontró una aplicación llamada PulsePoint y la descargó.

—¡Bingo!

En escasos minutos, localizó la estación de Matt y descubrió que no lo habían llamado por un incendio.

La llamada estaba clasificada como de atención médica. La ubicación se encontraba en un extremo de un cañón local. Erin se desplazó por la aplicación y se dio cuenta de que la mayoría de las llamadas del condado, especialmente las de su valle, estaban relacionadas con la atención médica de urgencias.

Eso era un alivio.

Aunque no es que a ella le interesara.

Negó con la cabeza y se dirigió a la cocina. Echó un vistazo a la nevera y decidió que no tenía hambre. En lugar de almorzar, cogió una botella abierta de agua y salió al jardín con su portátil. Aunque era sábado, decidió trabajar unas horas.

Como correctora *freelance* en el mundo de la edición digital, siempre tenía trabajo.

Y además podía leer al mismo tiempo.

Siempre salía ganando.

Capítulo 3

Aunque la unidad de Matt no tuvo que cubrir todas las emergencias médicas que surgieron aquella noche, las sirenas y las alarmas en el interior de la estación lo mantuvieron despierto gran parte del turno. Un accidente en la interestatal los obligó a salir de la cama y ponerse en marcha a la una y media de la madrugada. A las seis y media, había conseguido dormir cinco horas intermitentes, y esas intermitencias se traducían en una hora de sueño por aquí, dos horas por allá, y un par de cabezaditas. A esa hora, se despidieron de los compañeros del siguiente turno y Matt salió del parque justo cuando se producían todos los atascos matinales.

Al cabo de media hora ya estaba en casa, tirando la ropa al suelo del baño y metiéndose en la ducha. Veinte minutos después, se había servido un bol de cereales, había terminado su tercera taza de café de la mañana y había llamado a su hermano.

La voz de Colin, aturdida, contestó al quinto timbre.

—Sabes que es domingo, ¿verdad?

—Algunos trabajamos para ganarnos la vida —le dijo Matt—. Me dijiste temprano, y son casi las ocho.

—Son las siete cuarenta y cinco.

—Pues eso, temprano. Quiero ir a la tienda de bricolaje antes de que llegue la horda de manitas aficionados del fin de semana.

—Vuelve a llamarme dentro de una hora —le pidió Colin. Y sin decir nada más, su hermano le colgó.

—Mierda. —Matt se quedó mirando el teléfono—. No hagas eso.

Comió unas cuantas cucharadas más de cereales, esperó cinco minutos exactos, el tiempo suficiente para que Colin hubiera vuelto a dormirse, y marcó su número de nuevo.

Contestó al segundo timbre.

—Joder, mira que eres cabrón…

—Yo también te quiero. Quedamos en la tienda de Home Depot a las ocho y media.

Colin lanzó un gemido.

—A las nueve.

—Vale.

Esta vez colgaron los dos.

Matt dio un golpecito con el dedo en su teléfono, riendo.

Diez minutos más tarde de las nueve, Matt empujaba el carrito naranja por la tienda de bricolaje y artículos para el hogar mientras su hermano caminaba a su lado sujetando una taza de Starbucks como si fuera su salvavidas.

—Esto siempre parece un zoo. —Colin negó con la cabeza y siguió a su hermano por la tienda.

—Pues a mí me huele a diversión de fin de semana. —Se detuvieron delante de la sección de seguridad y sistemas de alarma para el hogar, y Matt empezó a meter los artículos que necesitaba en el carro—. Las cosas han cambiado un poco desde que puse la alarma en mi casa.

—Yo nunca he sentido la necesidad de tener alarma.

Matt cogió una cámara inalámbrica para exteriores que necesitaba electricidad pero que transmitía la señal de forma inalámbrica.

—Eso es porque tú no trabajas tanto como yo en contacto con la gente. Hay mucho loco suelto en esta ciudad.

—Prefiero vivir feliz en mi ignorancia. —Colin examinó la caja que Matt acababa de dejar en el carro—. No sé si la cobertura llega hasta la puerta de entrada de abajo.

Matt negó con la cabeza.

—Necesita una señal inalámbrica. La puerta... ¿a qué distancia está? ¿A trescientos metros de la casa?

—Más o menos.

Matt le dio otra caja distinta.

—Necesitarás esta, y tendrás que pasar un cable hasta arriba.

Colin la examinó, dándole la vuelta.

—Supongo que por eso Parker nunca se molestó en instalar una cámara.

—Es una paliza, pero, si no me equivoco, ahora mismo tiene todo el jardín patas arriba, con la instalación de la nueva tubería principal de agua.

Colin asintió, concentrándose en la caja durante treinta segundos largos.

—Sí. —Dejó la caja en el carro y miró a la pared de cables—. Vamos a necesitar un montón de cable.

Matt se rio.

—¿Qué ha pasado con lo de vivir feliz en la ignorancia?

—Eso es en mi caso. —Alargó la mano para coger el cable que necesitaba—. Pero esto es para ella, para que Parker no corra ningún peligro. No puedo estar allí todo el tiempo.

Llenaron el carro y siguieron hablando.

—Supongo que, cuando os caséis, te irás a vivir con ella...

—Esa es mi idea. Aunque la verdad es que todavía no hemos hablado de eso con calma. Lo que tendría que hacer es ponerle un anillo en el dedo y fijar una fecha primero.

—¿En Cabo San Lucas? —preguntó Matt.

—En Cabo san Lucas —respondió Colin, asintiendo con la cabeza.

—Me alegro por ti. Parker es una mujer estupenda.

—Soy un hombre con suerte.

Matt no pensaba discutirle eso. Encontrar a alguien con quien entretenerse una semana, un mes e incluso una temporada era fácil. Encontrar a la mujer de tu vida... pues no tanto, sinceramente.

Atravesaron la cola de la caja, salieron al aparcamiento y cargaron el Jeep de Colin.

—¿Has traído tu camioneta? —preguntó su hermano. Matt señaló su moto—. Ah, conque esa es la verdadera razón por la que me has sacado de la cama un domingo tan temprano...

—Tengo la camioneta en el taller para una revisión. No me la devuelven hasta mañana.

Colin se puso al volante.

—Te veo en el rancho.

Matt se acercó a su moto, cogió el casco que había sujetado a la parte trasera y se lo puso. Ya hacía calor y no iba a ir muy lejos, así que descartó ponerse la pesada chaqueta y se arriesgó a pasar frío. Pasó una pierna por encima de la moto y la arrancó.

El sol cálido y el viento le azotaban el cuerpo mientras se dirigía a la calle principal que atravesaba la ciudad. Dios, qué maravilla era estar vivo...

***

Erin los oyó llegar antes de verlos. Miró por la ventana y vio a Matt aparcar la moto cerca de su casa mientras Colin seguía enfilando el camino de entrada a la casa principal.

Se sobrepuso a los nervios que sentía siempre que Matt estaba cerca y abrió la puerta para saludarlo.

—Buenos días.

Él se quitó el casco y lo colocó en el asiento.

—¿Cómo? —preguntó Matt.

—He dicho «buenos días».

La seductora sonrisa del bombero, que hacía que le brillasen las comisuras de los ojos, la alcanzó de pleno en el pecho. Iba recién afeitado, con el pelo castaño claro bien cuidado, y sus ojos, de color avellana, eran amables. No imaginaba esos ojos nublándose justo antes de montar en cólera.

Erin sintió que sus pensamientos se iban por unos derroteros indeseados y dio un paso atrás.

—Buenos días.

—¿Habéis comprado todo lo que necesitáis? —preguntó Erin.

—Creo que sí.

Se dirigió hacia ella y Erin hizo un esfuerzo sobrehumano para no retroceder. Matt pasaba mucho tiempo en el gimnasio, o al menos eso era lo que ella había deducido por la amplitud de su espalda y por la forma en que se le estrechaba la cintura hasta las caderas. Sus brazos rellenaban la camiseta de manga corta de un modo hacía que quisieras desenvolver el resto del paquete.

Que algunas mujeres quisieran.

No que ella quisiera.

O eso se decía a sí misma. Una y otra vez. La fuerza detrás de tanto músculo la intimidaba.

Él se acercó y ella encontró una excusa para dar un paso atrás.

—He preparado café y he hecho un bizcocho.

Matt se detuvo en cuanto ella se movió.

—¿Has hecho un bizcocho?

—Sí, azúcar, harina y un poco de glaseado.

Erin se dirigió a la puerta principal.

—Ya me habías convencido con el café, pero me encantaría comerme todo tu bizcocho.

La insinuación la hizo sonreír, y él sonrió también.

—Eso ha sonado muy mal, no quería decirlo en ese sentido…

Bueno, en realidad… Erin estaba segura de que sí había querido decirlo en ese sentido. Había intentado coquetear con ella al menos media docena de veces en los últimos seis meses y, en cada ocasión, ella había hecho lo que debía: ignorar sus insinuaciones y hacer como que no se daba por aludida. Por muy guapo que fuera Matthew Hudson, era un hombre… y ella había renunciado a toda su especie para siempre.

—Tomas el café solo, ¿verdad?

—¿Te acuerdas?

—Tengo muy buena memoria.

Colin gritó desde el otro lado del césped:

—¡Eh! ¡Ayúdame aquí con esto!

Matt la miró.

—Voy a… —Echó a andar.

—Vete. Yo te llevo el café y el bizcocho.

Una vez en el interior de la pequeña casa de invitados en la que llevaba viviendo desde hacía menos de un año, Erin se obligó a sí misma a ralentizar su respiración y calmar su ritmo cardíaco. Solo la ayudaba mantener las distancias. Aquel lugar se había convertido en su zona segura; era un espacio donde no había ocurrido nada malo y donde ningún recuerdo aterrador podía arrastrarla al pasado. Era el lugar donde estaba sanando. Cada día se sentía más fuerte, y el sistema de alarma que Matt y Colin iban a instalar en la casa era otra herramienta más en su caja de seguridad. Un arma más para no volver a ser una víctima.

—Toc, toc.

Erin levantó la vista y vio a Parker en la puerta.

—Entra.

—Están aquí —le dijo Parker.

—Sí, ya lo sé. Matt ya ha venido a saludarme.

La risita de Parker hizo que Erin negara con la cabeza.

—Conque ya ha venido a saludarte, ¿eh?

—Déjalo.

Su amiga entró en la cocina y probó un poco del bizcocho que Erin estaba cortando en porciones.

—¿Sabes que llamó a primera hora de la mañana?

—Eso no era necesario.

—Le gustas. Lo que quiere es llegar aquí lo más temprano posible y luego se monta excusas para quedarse hasta tarde solo para arrancarte una sonrisa más.

—Chisss... —Erin miró a la puerta entreabierta—. Que te va a oír...

—Anda ya... pero si están en el garaje, cogiendo herramientas de hombres.

—Tiene gracia que digas eso, precisamente tú.

Parker se chupó los dedos.

—Tuve que aprender a utilizar todas las herramientas que mi padre tenía ahí por pura necesidad. Ellos, en cambio, lo hacen para divertirse. Esa es la diferencia. Los hombres compran herramientas que no necesitan porque son buenas o porque puede que sí las necesiten algún día. Las mujeres, en cambio... pues no. Piensan: «Si las necesito, ya se las pediré a algún vecino».

—Nosotras hacemos eso con los platos y la vajilla en general. —Erin sacó dos tazas del armario de cocina que había llenado de tazas y platos multicolores.

—Yo no. Bueno, yo lo hago con las palas tal vez. Compré un montón de palas este invierno.

—Eso es porque las necesitabas.

Cada día había un programa de ejercicio físico preparado para todo aquel que vivía o se pasaba por el rancho Sinclair. El invierno anterior, el torrente de lodo del cañón había dejado un caos que precisó de todo tipo de maquinaria, grande y pequeña, para su limpieza. Y aunque hacía tiempo que las excavadoras más grandes ya se habían ido, los montones de barro seguían acumulados en multitud de espacios a lo largo y ancho de la propiedad. Tener que coger una pala y emplear toda la musculatura para retirar todo ese barro había hecho que todos se dieran de baja del gimnasio.

Erin se detuvo en seco y se asomó a la ventana de la cocina.

—Acabo de acordarme de algo.

—¿De qué?

—¿Qué regalos vas a pedir en tu lista de bodas? Ya tienes todo lo que necesitas, multiplicado por dos.

Parker cogió uno de los platos de pastel y un tenedor.

—Ni siquiera lo he pensado.

Erin recordó su propia boda y todos los regalos.

Regalos caros.

La clase de regalos que los ricos les hacen a otros ricos para hacer alarde de su riqueza. Nada de tostadoras ni de ollas de cocción lenta. En ese momento afloró a su mente el recuerdo de un jarrón de cristal de dos palmos estrellándose contra la pared, a escasos centímetros de su cabeza. La espátula que llevaba en la mano se le cayó al suelo.

Parker dejó el plato y le puso una mano en el hombro.

—¿Estás bien? Te has puesto muy pálida.

Erin aspiró aire despacio y luego lo expulsó.

—Sí, estoy bien.

Parker recogió la espátula y se agachó con un trapo de cocina para limpiar el suelo.

—Estabas pensando en él, ¿verdad?

Erin sintió cómo la sangre le volvía a la cabeza.

—Me estaba acordando de un regalo de bodas.

—Pues recuérdame que no pida lo que sea que estabas pensando. —Parker la miró con gesto vacilante al levantarse—. Espera, ¿estabas casada? Creí que era un exnovio.

Las voces de Matt y Colin se oían desde fuera.

—Mejor otro día —eludió Erin la pregunta, sirviendo otra porción de bizcocho.

Hizo caso omiso del gesto de asombro de Parker y salió por la puerta con una sonrisa de perfecta anfitriona.

—Aquí os traigo un tentempié para coger fuerzas —les dijo Erin a los dos hombres.

Matt llegó el primero a donde estaba ella y cogió uno de los platos. La miró a los ojos y su sonrisa se esfumó.

—¿Estás bien? Te veo un poco pálida…

—Estoy bien. —Le dio el otro plato a Colin—. ¿Café?

—Un café sería genial.

Pasó deslizándose junto a Parker y volvió a entrar en la casa.

—Se te da tremendamente bien —le susurró Parker.

—¿El qué?

—Fingir que no te pasa nada.

Erin se obligó a que dejaran de temblarle las manos mientras servía dos tazas de café solo.

—¿Quieres café?

Parker guardó silencio.

Erin levantó la vista y la vio fruncir el ceño.

—Sí.

Cogió las dos tazas y volvió a salir.

—La crema de leche está en la nevera.

**

Matt se tomó el café, el bizcocho y la conversación como si tuviera todo el tiempo del mundo. Su hermano iba a exprimir al máximo ese día, Colin lo veía en su mirada.

—He cogido sensores para todas las puertas y ventanas, un detector de movimiento para el interior y una cámara exterior que podemos instalar enfocada a la entrada.

—Yo he comprado una cámara para la puerta de abajo —añadió Colin—. Eso va a ser un poco más complicado de instalar, y no podremos hacerlo hasta que hayamos cavado una zanja más larga.

—¿Quieres decir que podremos ver quién entra y sale por la puerta de acceso? —preguntó Erin.

—La cámara irá conectada al monitor de la casa principal, no estará conectada aquí.

Erin trató de disimular su decepción. Habría estado bien saber quién entraba y salía. En aquellos momentos, los únicos que entraban eran los residentes en la casa, el puñado de personas que cortaban el césped, limpiaban la piscina y leían el contador... También el personal de la empresa de recogida de basura y las docenas de empleados del Departamento de Obras Públicas del condado durante los últimos meses. Así que, aproximadamente, la mitad de los habitantes de Santa Clarita, más o menos.

—¿Ahora cómo le abrís la puerta de abajo a la gente que quiere entrar en la propiedad? —le preguntó Matt a Erin.

—Yo no les abro.

—El acceso se controla con el teléfono de la casa —le contestó Colin.

—¿Y qué haces cuando alguien viene a verte? ¿Darles el código? Erin miró a Matt.

—A mí nadie viene a verme.

—¿Qué quieres decir con que nadie viene a verte?

Aquella confesión la hizo parecer la mujer más introvertida del mundo.

—Soy nueva aquí, no conozco a nadie.

Eso pareció aliviar la expresión de preocupación del rostro de Matt.

—Pues entonces lo único que hace falta es instalar un teléfono fijo aquí —sugirió Matt—. Pero eso significa que lo oirás sonar aunque no sea para ti.

Erin negó con la cabeza.

—No creo que sea necesario.

—¿Y cuando estemos en Cabo San Lucas? Ya sé que Austin estará por aquí, pero estarías más tranquila sabiendo quién entra y sale por la puerta, ¿no?

Al hermano menor de Parker, Austin, le quedaban apenas unos meses del último curso de instituto, y sus amigos iban a verlo a la casa bastante a menudo, así que podía añadir a la mitad de la población adolescente masculina a la lista de visitantes de la propiedad.

—Creo que, mientras estemos en México, deberías instalarte en la casa principal, Erin —le propuso Parker.

—Pero eso sería un fastidio para Austin y sus planes con sus amigos ¿no?

Fue Colin quien señaló lo obvio.

—Tiene dieciocho años; si te instalas en la casa principal, seguro que eso le quita las ganas de organizar alguna fiesta salvaje, aprovechando nuestra ausencia.

—No creo que a Austin se le ocurriera montar ninguna fiesta, de todos modos. —Parker sonrió a Colin.

Colin y Matt intercambiaron una mirada y los dos negaron con la cabeza.

—Te aseguro que sí se le ocurriría —dijo Matt con absoluta seguridad.

—Está bien, me instalaré en la casa principal y me aseguraré de que no haya jaleo.

—Sus amigos pueden venir a casa… es solo que no puede hacer fiestas.

—Lo entiendo —le aseguró Erin a Parker. Austin era un buen chico y sus amigos siempre habían sido educados. No creía que fuese a haber ningún problema.

Colin se apartó de la mesa y se puso de pie.

—Bueno, ¿vamos a pasarnos todo el día hablando de esto o nos ponemos a trabajar?

—¿Cuánto tiempo crees que vais a tardar? —preguntó Erin.

—Todo el día —dijo Matt.

—Unas horas —dijo Colin al mismo tiempo.

Matt fulminó a su hermano con la mirada.

—De unas horas a todo el día. Depende de… —Miró a su alrededor, tratando de elegir sus siguientes palabras con cuidado—. Cosas.

Parker se rio para sus adentros.

—De acuerdo, vale, pues avisadme si necesitas ayuda con esas… cosas.

Cuando Matt y Colin se alejaron, Parker se inclinó hacia Erin y dijo:

—Ya te dije que se buscaría alguna excusa para quedarse hasta tarde.

Erin puso los ojos en blanco, como si no diera ninguna credibilidad a las observaciones de Parker.

Horas más tarde, cuando empezaron a planear la cena, su expresión ya no era tan incrédula.

Capítulo 4

Matt y Colin pactaron terminar su tarea antes de abrir la primera cerveza porque, de lo contrario, se arriesgaban a no completarla. Además, para asegurarse de que el día no terminase cuando acabaran de instalar la alarma, Matt había enviado un mensaje de texto a Grace animándola a autoinvitarse a cenar.

Su hermana pequeña no lo decepcionó. Llamó a Parker después del mediodía y le dijo que se sentía excluida. Siendo como era una perfecta anfitriona, Parker la invitó a que se pasara por allí cuando quisiera. Poco después de las tres, Grace se presentó en la casa con una ensalada de pasta y con fresas para el postre. Cuando Matt se vino a dar cuenta, las tres mujeres estaban preparando unos margaritas. No fue hasta entonces cuando a Matt le entraron las prisas para que él y Colin pudieran terminar el trabajo y sumarse a la diversión.

Él y su hermano estaban volviendo de la puerta de entrada —donde ya habían instalado la cámara, aunque tendrían que esperar para pasar el cable a que el resto de la zanja estuviera excavada— cuando oyeron que alguien chapoteaba en la piscina.

Eran las cuatro y media y el sol acaba de dejar atrás su franja más abrasadora para dar paso a una temperatura tolerable.

—Parece que la fiesta ha empezado sin nosotros —señaló Colin mientras atravesaban el patio.

—Espero que tengas un bañador de sobra para mí.

—No te preocupes —lo tranquilizó Colin.

Matt estiró el cuello con la esperanza de ver a Erin en bañador antes de que ella se diera cuenta de que la estaba mirando.

—No te cortes y mira sin disimulo, anda —bromeó Colin.

—Podría hacerlo, sí, pero nuestra madre nos enseñó modales... —Los dos se echaron a reír.

—Creo que está empezando a sentirse cómoda contigo.

No hacía falta que Colin explicitase a quién se refería.

—¿Tú crees?

—Sí, hoy no se ha apartado cuando te has acercado a ella.

Matt siguió hablando en voz baja mientras se acercaban a las chicas.

—Bueno, pero es que no he estado a menos de medio metro de ella desde esta mañana.

Colin le dio un codazo.

—Ya, pero vas a tener que enseñarle cómo se usa el sistema de seguridad, y eso requiere un tutorial con el móvil y el monitor. Y como yo soy solo mano de obra y no pertenezco al departamento de formación... eso corre de tu cuenta.

Matt arqueó las cejas.

—Anda, ve a buscarme ese bañador. Consigo mejores resultados sin camiseta.

Colin se dio unas palmadas en el pecho entre risas y enfiló el camino hacia la casa principal. Gritó para llamar la atención de Parker y que lo oyeran pese a la música que habían puesto.

—¿Queréis algo de dentro? Voy a cambiarme.

Parker estaba junto a una batidora que habían sacado fuera.

—¡Más hielo!

Colin levantó el pulgar hacia arriba.

Austin era el responsable del chapoteo en la piscina.

Grace estaba sentada a un lado, con los pies en el agua, y no se veía a Erin por ninguna parte.

A Matt se le hacía la boca agua ante la idea de verla en bañador, y supuso que estaría dentro, cambiándose.

—¿Ya habéis acabado de instalarlo todo? —preguntó Parker mientras vertía una generosa cantidad de tequila en la batidora.

—Así es. Aún tenemos trabajo con la puerta de acceso a la finca, pero eso ya lo sabías.

Parker se deshizo en sonrisas.

—Erin se va a poner muy contenta.

Matt volvió a mirar a su alrededor.

—¿Dónde está?

—Dentro, cambiándose.

¡Bien!

—No pongas esa cara de ansioso, que la vas a asustar —lo regañó Parker.

Matt se quitó la sonrisa de la cara.

—¿Quieres uno de estos? —Parker levantó en el aire un vaso medio vacío de margarita.

—Por supuesto.

Parker aprovechó su respuesta para pulsar el botón, y su conversación se vio interrumpida por el ruido de la batidora.

—… qué va, si no eres mucho mayor que yo… —Austin estaba avanzando por el agua y hablando con Grace.

—Tienes como doce años —le dijo ella.

—Tengo dieciocho.

Grace puso los ojos en blanco y esbozó una amplia sonrisa.

—¿Qué está pasando aquí? —preguntó Matt.

—Austin me está tirando los tejos —contestó ella, tomando un sorbo de su bebida.

Matt se quedó pasmado.

—¿Que te está qué?

—Colega, mira a tu hermana. Está muy buena...

El comentario adolescente fuera de lugar le habría puesto los pelos de punta si el chico tuviera diez años más. En lugar de eso, Matt se encogió de hombros y dijo:

—Podría funcionar. Adelante.

Grace dio un pataleo en la piscina y mojó a su hermano salpicándolo con el agua.

—¡Eh!

Fue en ese momento cuando Erin asomó por la esquina con un playero transparente que intentaba ocultar el bañador que llevaba debajo. No lo conseguía. Era un traje de baño negro de una pieza, la clase de bañador que las modelos lucían en las revistas que no llevaban en la portada la palabra *Playboy*.

Matt empezó a salivar.

Por debajo del playero asomaban unas piernas largas y, aunque no podía verla entera, su cuerpo sabía que toda ella estaba allí debajo. Cada una de las partes importantes de su propio cuerpo lo advirtieron.

Detrás de él, Parker le dio un vaso de margarita.

—No te quedes ahí mirándola embobado.

«¡Mierda!»

—Gracias.

Tomó un trago y se estremeció al instante. El hielo le subió directamente al cerebro y le congeló secciones de él que esperaba no tener que usar en la vida. Cerró los ojos y reprimió unos pocos exabruptos.

—Tómatelo más despacio.

Movió la cabeza para sacudirse el frío de encima.

—¿Estás bien?

La voz de Erin era tan suave como el whisky, y tan reconfortante como una brisa fresca en una noche de verano.

—Me lo he bebido demasiado rápido.

Al abrir los ojos, la encontró de pie frente a él.

Su cerebro se cortocircuitó de tal modo que anuló cualquier pensamiento cognitivo.

—Está en los senos paranasales.

—¿Qué?

—Aquí.

La observó mientras le colocaba el pulgar entre los ojos y empezaba a frotar. Tenía unos ojos azules absolutamente hipnóticos, con larguísimas pestañas.

—Presiona la lengua contra el paladar.

Se le ocurrían varios sitios contra los que le gustaría presionar la lengua, pero su propia boca no era ninguno de ellos.

Se deleitó con el contacto de su piel, aunque solo fuera la piel de un dedo en un lugar que no tenía, ni remotamente, ningún carácter sexual.

—¿Mejor?

—Casi —mintió, solo para retenerla ahí un poco más.

—¿Qué está pasando aquí?

Matt oyó la voz de su hermano antes de asimilar sus palabras.

—A Matt se le ha subido el frío al cerebro por culpa del hielo del cóctel. Erin está poniendo en práctica algún tipo de truco mental vulcaniano, y este chavalín de aquí está intentando ligar conmigo —explicó Grace desde la parte menos profunda de la piscina.

Pasaron diez segundos largos antes de que su hermano respondiera. En ese tiempo, Erin apartó la mano de Matt.

—¡Di que sí, Austin!

—Por el amor de Dios... ¡Parker, ayúdame! —exclamó Grace.

—Austin —se rio Parker—, déjalo ya, anda.

—Gracias.

Matt chocó el puño con su hermano al ver el mosqueo de Grace.

—Supongo que sabes que Parker es mi hermana, no mi madre, y que no tengo que hacer lo que me diga...

—Eso es discutible —repuso Parker.

—Y tengo dieciocho años. No sería delito.

A Matt por poco le dio un ataque cuando Austin, sacando pecho, se deslizó la mano por los pectorales, que no eran más que un par de músculos escuchimizados y nada desarrollados que necesitarían dos horas de gimnasio al día para impresionar a su hermana.

—A eso lo llamo yo saber venderse —comentó Erin—, pero ¿sabes siquiera si a Grace le van los chicos?

Grace señaló con su copa en dirección a Erin.

—Exacto. Me gustan las mujeres, Austin. Lo siento.

Matt se echó a reír y sorprendió a Erin sofocando una sonrisa.

Austin puso los ojos en blanco, pero lo encajó con buen humor.

—Vale, vale… ya lo pillo. Pero si cambias de opinión, no me vendría mal que una mujer mayor y más sabia me enseñara algunas cosas.

—Para que lo sepas, chavalote… a ninguna mujer le gusta que la describan como una mujer «mayor y más sabia» —le dijo Matt a modo de consejo no solicitado.

—Ya he utilizado lo de «guapa» y «sexy», y no ha funcionado.

Grace se impulsó para levantarse del bordillo de la piscina.

—Necesito más alcohol para procesar esto.

Austin cogió un flotador tubular de espuma, sin apartar los ojos de Grace.

Matt negó con la cabeza.

—¿Vas a meterte en el agua? —le preguntó Colin.

—¿Me has traído un bañador?

Colin señaló la silla donde había dejado un par de toallas y el bañador.

Matt los cogió y luego miró a Erin.

—¿Te importa si me cambio en tu casa? —Estaba más cerca que la casa principal. Además, había algo estimulante en el hecho de cambiarse en el espacio personal de Erin, aunque ella no estuviera allí. Se dio cuenta de que eso podría haber sonado un poco raro, pero como solo había formulado ese pensamiento en su mente, supuso que no pasaba nada.

—Adelante.

Rodeó la piscina y bajó por el corto sendero hasta la puerta de la casa de invitados. Había pasado todo el día dentro, fuera, alrededor e incluso en el tejado de la casa, pero entrar y encerrarse en el baño de Erin para cambiarse le hizo sentir el mismo anhelo del que acababa de alardear Austin en la piscina.

El baño estaba lleno de los artículos femeninos habituales, lociones y pociones que las mujeres creían necesitar pero que ningún hombre era capaz de identificar. Teniendo en cuenta que el número de artículos de aseo personal que él tenía en su casa podía contarse con los dedos de una mano, la industria de la cosmética en general y la forma en que les sacaba el dinero a las mujeres le parecía, sencillamente, brillante.

Casi le daban ganas de comprar acciones de esas empresas.

Se prohibió a sí mismo abrir el armario del baño y curiosear y, en vez de eso, se quitó la ropa y se puso el bañador de su hermano. Le apretaba un poco, pero no lo suficiente como para avergonzarlo. Matt dobló su ropa y la dejó al lado de la bañera. Tendría que volver a cambiarse antes de irse, así que no le vio el sentido a llevarse la ropa fuera.

Ya que estaba allí, aprovechó para usar el inodoro y se aseguró de bajar la tapa, tal como le había enseñado su madre; aunque en su propia casa, y en el parque de bomberos, no hacía ninguna falta que lo hiciera. Se felicitó a sí mismo antes de salir.

Colin se había metido con Austin en la piscina, y las chicas estaban sentadas en el patio disfrutando de la sombra.

—¿Cómo está el agua? —le preguntó a su hermano, tratando de atraer la atención de Erin, que estaba de espaldas hablando con Parker y Grace.

—Perfecta. Sobre todo después de estar trabajando todo el día con este calor.

Matt rodeó la piscina en dirección a su vaso de margarita. Se situó en el centro del trío de amigas y cogió el vaso.

—¿Vais a meteros, chicas?

—Todavía no lo he decidido —dijo Grace.

Erin se volvió hacia él al fin. Sus ojos se posaron en su pecho y se quedaron allí, inmóviles y asombrados.

—Yo sí.

Matt apenas oyó las palabras de Parker.

Erin lo estaba mirando fijamente. Tal vez su físico y su presencia no le resultaban tan indiferentes, después de todo.

Fingió no darse cuenta y se volvió hacia un lado, casi como un pavo real mostrándole a la hembra otra parte de su vistosa anatomía. Tomó un sorbo, se volvió y dejó su margarita justo delante de Erin. Esta desplazó la mirada a su cara de golpe, como si la hubieran pillado haciendo algo malo.

—¿Y tú, Erin?

—¿Perdona?

—¿La piscina? ¿Vas a meterte?

—Sí… espera, no.

¿Se había quedado sin palabras? Eso le gustaba.

—Tal vez.

Matt se quedaría con ese «tal vez» y lo analizaría… más tarde. Por ahora, le daría un poco de distancia y algo que mirar.

Se acercó al borde de la piscina y se zambulló en ella.

El torrente de agua fría le refrescó las hormonas y le vigorizó el cuerpo mientras se estiraba en el agua. Sacó la cabeza con una sacudida.

—Ya sé dónde voy a pasar el resto del verano —anunció.

—Genial. Pero, sobre todo, ven los domingos por la mañana, cuando hay que limpiarla —bromeó Austin.

Levantó la vista hacia Erin y sus miradas se encontraron.

Cuando le sonrió, ella apartó los ojos.

—Trato hecho.

Capítulo 5

Erin estaba achispada.

Tal vez incluso un poco borracha. Y eso era prácticamente inaudito. La última vez que sintió que la cabeza le daba vueltas fue en Nochevieja, cuando se había ido de la lengua con Parker, hablándole de su pasado. Ella nunca se relajaba en compañía de otros seres humanos con niveles más altos de testosterona que ella. El hecho de que lo hubiese conseguido en presencia de dos hombres y medio —Austin aún no contabilizaba como hombre de pleno derecho— la sorprendió.

Ya había anochecido, la cena solo era un recuerdo... y, sin embargo, aún seguían bebiendo margaritas y la hoguera ardía.

Y ella estaba achispada.

Dejó su bebida y cogió una botella de agua.

Grace estaba contando anécdotas de su infancia para disfrute de todos.

—Nuestros padres no nos dejaron tener ordenadores en la habitación hasta que fuimos muy mayores.

—Eso fue por culpa tuya —señaló Matt.

—Al cien por cien —convino Colin.

—¿Por qué? —preguntó Parker.

La sonrisa que se dibujó en los labios de Grace lo decía todo.

—Tú cuentas la historia mejor que yo —le dijo a Matt.

—Colin iba a empezar el instituto, yo todavía iba a primaria, y aquí la pervertida estaba en... ¿qué curso? ¿Quinto?

—No me acuerdo —dijo Grace.

Erin sonrió, encantada con aquella dinámica familiar.

—Colin convenció al fin a mamá y papá para que le dejaran tener un ordenador en su habitación.

—Hasta entonces nos hacían trabajar a todos con el mismo ordenador, uno que nuestros padres podían vigilar —aclaró Colin.

Matt lanzó un gemido.

—Era un rollo. El caso es que Colin se fue... ahora no recuerdo adónde, y Grace y yo nos metimos en su habitación a ver YouTube o algo así.

—Solo que no fue eso lo que terminamos viendo —dijo Grace.

—¿Cuento yo la historia o la cuentas tú? —se metió con ella Matt.

Erin se rio.

—Adelante.

Grace se reclinó hacia atrás en la silla.

—Así que abrimos YouTube y Gracie empieza a hablar de otro YouTube mejor del que ha oído hablar en el cole. Y como no teníamos a nuestros padres controlando lo que hacíamos, había que comprobarlo. —Matt miró a Erin.

—¿Hay un YouTube mejor? —preguntó Erin.

—Eso es discutible. Así que entonces Grace teclea RedTube, la da al *intro* y nos quedamos los dos patidifusos.

Austin se echó a reír inmediatamente. Parker y Erin se miraron.

—¿Qué es RedTube? —preguntó Parker.

Grace intervino entonces.

—Ya no me siento tan mal.

—Porno —respondió Matt—. Es una página de porno *online*.

—En mi defensa, ni siquiera había llegado a hablar de sexo con mi madre cuando pasó eso. No sabía que un YouTube para adultos significaba que fuese a salir gente desnuda. —Grace no dejaba de sonreír.

Erin se inclinó hacia delante en la silla.

—¿Y qué hicisteis?

—Pues verlo. Durante unos veinte minutos largos.

—Hasta que entró mamá —dijo Grace.

Colin cogió la mano de Parker.

—Deberías oír a mamá contar esta historia.

—¿Se quedó horrorizada?

Matt negó con la cabeza.

—Lo primero que salió de su boca fue dirigido a mí: «Matthew, ¿qué le estás enseñando a tu hermana?».

—El muy idiota no tardó ni un segundo en decir de quién había sido la idea. —Grace le dio un pisotón a Matt.

—Le eché todita la culpa a ella, sin darle tiempo a defenderse ni a respirar siquiera. No lo vio venir. A la porra la caballerosidad. Además, yo ya sabía que mamá no se ensañaría con ella y que, en cambio, a mí me prohibirían entrar en internet de por vida.

Erin se sorprendió riendo a carcajadas, completamente relajada.

—¿Cuál fue el castigo?

—Una conversación entera sobre sexo a la hora de la cena.

—Uff, qué dolor… —exclamó Parker con un gemido.

—Si oyes a mamá contarlo, ella jura que se moría de la risa. Su recuerdo favorito de esa noche fue cuando le pregunté por qué iba una mujer a querer meterse una polla en la boca.

Erin echó la cabeza hacia atrás y los hombros le temblaron de risa.

—Ay, Dios… ¡Es buenísimo!

Parker estaba llorando y riendo a su lado.

—¿Y qué decía vuestro padre, mientras?

—Solo añadió dos palabras… —Matt miró a Grace y ambos las dijeron en voz alta a la vez—: Juegos preliminares.

Eso hizo que Erin se riera aún más.

Grace bostezó.

—Tienes que admitir que, a partir de ese día, si teníamos alguna pregunta, y me refiero a cualquier tipo de pregunta, fuera la que fuera, nuestros padres la contestaban sin pelos en la lengua.

—Supongo que por eso sois una familia tan unida —dijo Parker.

Erin sintió que su risa se desvanecía y que los recuerdos de su propia familia pugnaban por salir a la superficie. No era el lugar oscuro de su pasado en el que le apetecía hurgar después de haber estado bebiendo. Cuando Grace volvió a bostezar, Erin aprovechó la ocasión para sugerir que recogieran los platos.

—Deberíamos limpiar todo esto.

Parker se inclinó hacia delante y se puso de pie.

—Se está haciendo tarde.

Todo el mundo se movilizó en ese momento en un esfuerzo conjunto para arreglar el desorden que habían creado con su improvisada barbacoa y su fiesta en la piscina.

—Ya nos encargamos nosotros —le dijo Colin a Erin—. Matt todavía tiene que enseñarte cómo funciona tu nuevo sistema de alarma.

—Ah, es verdad. —Y así, sin más, su nerviosismo afloró de nuevo. Erin se armó de valor y se volvió hacia Matt—. Dijiste que era fácil, ¿verdad?

—Sí. Te lo enseñaré…

Matt recorrió el camino hasta la puerta principal de la casa de Erin y le abrió la puerta mosquitera. Al parecer, la caballerosidad que le había negado a su hermana cuando eran niños seguía estando en algún sitio.

Erin encendió las luces del salón y de la cocina. Cuanta más luz hubiera, menos nerviosa se pondría.

—Lo puedo controlar desde aquí, ¿verdad? —Señaló un monitor portátil que parecía la típica tableta.

—Sí, y desde la aplicación que te has descargado antes en el teléfono.

Se dirigió hacia el monitor más grande de la cocina y ella lo siguió. Matt pulsó un botón y los dos ángulos exteriores de la cámara aparecieron en la pantalla. Uno enfocaba la puerta principal, mientras que otro cubría un ángulo más amplio que abarcaba toda la casa excepto la parte trasera.

—He configurado esto como pantalla de inicio, para que puedas ver lo que ocurre fuera en cualquier momento. Si Scout hace que se encienda la luz de emergencia al pasar, podrás comprobarlo aquí antes de abrir la puerta.

Se acercó un poco más y volvió a tocar la pantalla.

—Si pulsas una imagen, llenará la pantalla para que puedas verla ampliada. Si la pulsas dos veces, vuelve a las imágenes dobles.

A continuación, le enseñó a configurar la alarma para cuando se fuera y a desactivarla cuando volviera a casa. A Erin lo que realmente le interesaban eran los ajustes nocturnos. La alarma estaría configurada de manera que, si alguien intentaba entrar en la casa mientras ella dormía, sonaría y se activaría la llamada a la policía. Tal vez así al fin lograría dormir; ahora solo lo conseguía cuando estaba agotada.

—Enséñame cómo funciona desde el teléfono.

Tras veinte minutos jugando con los dos monitores, configurando y reiniciando el sistema, sintió que ya le había cogido el tranquillo.

Miró su teléfono y sonrió al ver la imagen que mostraba la cámara de la puerta.

—No sabes cuánto significa esto para mí.

Matt se apoyó en la encimera de la cocina, con una amplia sonrisa.

—De nada.

Erin se dio cuenta de que aún no le había dado las gracias. Le puso la mano en el brazo a Matt y se lo dijo:

—Gracias.

Matt desplazó la mirada a donde ella acababa de tocarlo. Erin tenía las puntas de los dedos todavía en su antebrazo. No sabía cómo habían llegado hasta allí.

—¡Estabas coqueteando con él!

—No, no es verdad. Yo no haría eso.

—Te has echado encima de él.

—Me tropecé con la alfombra. Lo único que hizo fue evitar que me cayera al suelo. —Le temblaba la voz. La expresión de su rostro le decía que, fuese cual fuese su defensa, él no la creía.

Dio un paso, acercándose. Ella no se movió; sabía que no podía retroceder o su castigo sería aún peor. No podía tragar saliva, no podía respirar…

—¿Y quién va a impedir que te caigas al suelo ahora, eh?

Erin cerró los ojos y se estremeció.

—No pasa nada. Pon la cabeza entre las piernas. —Oyó la voz tranquilizadora de Matt a su lado. Recobró la vista y comprobó que estaba sentada en uno de los dos taburetes que había bajo la encimera de la cocina. Matt tenía la mano apoyada en su espalda, empujándole suavemente la cabeza hacia abajo—. Respira. Así, muy bien.

El corazón le palpitaba al ritmo de un grupo de *speed metal* de los ochenta. Se le había subido el estómago a la garganta y no se notaba las yemas de los dedos.

Y tenía frío.

Mucho frío.

Se llevó las manos a la cara y tomó unas cuantas bocanadas más de aire para intentar calmar su nerviosismo.

—Lo siento —acertó a decir, al tiempo que se incorporaba despacio.

—No pasa nada. No te preocupes.

Pero tenía motivos para preocuparse.

—Lo siento —volvió a decir, una costumbre que todavía tenía que erradicar de su vida. Repetir que lo sentía nunca le había ahorrado ningún puñetazo, pero, si no se disculpaba, siempre era peor.

—Son cosas que pasan. —Matt se arrodilló delante de ella, por lo que Erin tuvo que bajar la vista para mirarlo a la cara. Una mezcla de compasión, empatía y honda preocupación se reflejaban en la mirada penetrante de sus ojos.

—Lo sien…

Matt levantó un dedo en el aire.

—No más disculpas. Te traeré un poco de agua.

Abrió la boca para detenerlo, pero él ya se había levantado y se dirigía al fregadero. Erin aprovechó los escasos segundos que tenía mientras Matt abría un par de armarios y encontraba un vaso y lo llenaba con agua del grifo para serenarse.

Inspirar despacio… y espirar…

Los recuerdos —o tal vez debería llamarlos *flashbacks*— se abalanzaron sobre ella, recuerdos como el que acababa de tener y que la habían hecho caer de rodillas tantas veces que en ocasiones hasta conducir era peligroso para ella. Era la segunda vez que le ocurría aquello delante de Matt. La primera, Parker la había excusado diciendo que Erin tenía un problema de falta de azúcar.

Matt rodeó la encimera y le puso el vaso en la mano.

—Toma.

A Erin le sorprendió comprobar que los dedos de él temblaban casi tanto como los de ella.

—Gracias. —Bebió un sorbo—. Tal vez debería tomarme un zumo de naranja.

Matt se arrodilló por segunda vez, la miró a los ojos y le sostuvo la mirada.

—El azúcar no va a ayudar.

Erin abrió la boca para protestar.

Matt inclinó la barbilla firme hacia un lado, como dándole a entender que ya había descubierto su mentira.

—¿Te encuentras mejor? —le preguntó.

—Ya me noto los dedos de nuevo.

Se miró las manos crispadas y, mientras lo hacía, él flexionó sus propios dedos y se los frotó contra las rodillas.

—¿He hecho algo para provocar esto?

—¿Qué? No. —Erin negó con la cabeza—. No estoy segura de qué ha pasado. Tal vez hayan sido los margaritas…

Matt se levantó y se alejó de ella. No se creía sus excusas. Dando un amplio rodeo a su alrededor, alcanzó su móvil y se lo dio.

—Tengo que enseñarte una cosa más.

Erin desbloqueó su teléfono y volvió a dárselo a él.

Matt deslizó el dedo por la pantalla, pulsó algo y luego le devolvió el aparato. En la pantalla aparecía la aplicación con los contactos, donde Matt había anotado su número.

—Si tienes alguna duda, llámame. Si algo te preocupa, llámame. Si estás nerviosa, asustada, o si lo que te acaba de pasar vuelve a repetirse y necesitas compañía… llámame.

—Matt… yo…

—Llámame.

Erin sintió que se le espesaba la garganta.

—Les diré a los demás que estás cansada. —Matt se dirigió a la puerta—. A menos que quieras…

—Te lo agradecería —lo interrumpió ella.

Él abrió la puerta para salir.

—Gracias —dijo ella antes de que se fuera.

—De nada.

Capítulo 6

El recuerdo de la cara de Erin, cada vez más pálida, de la mirada desenfocada de sus ojos azules y del movimiento acelerado de su pecho mientras jadeaba, tratando de recuperar la respiración, seguía repitiéndose en la cabeza de Matt, como una de esas imágenes en *boomerang* que la gente subía a sus redes sociales para captar la atención. Reprodujo mentalmente cada minuto del tiempo que había estado a solas con ella para tratar de averiguar qué podía haber desencadenado su reacción. Era la segunda vez que la veía actuar de esa forma. La primera había sido meses antes, cuando él había levantado el brazo de repente y ella había retrocedido, encogiéndose como un perrito asustado esperando el golpe de su dueño. Parker estaba allí aquel día y había achacado la reacción de Erin a un bajón de azúcar, pero Matt no se había tragado aquello. No hacía falta ser ninguna lumbrera para darse cuenta de que Erin llevaba a cuestas una voluminosa mochila con todo su pasado. Un pasado del que no hablaba jamás.

Al principio pensó que era tímida, simplemente, una mujer introvertida que prefería estar sola que en compañía. Solo que no se mostraba retraída cuando estaba con un grupo de gente, sino que se sumaba a la conversación, hacía preguntas… Si se paraba a pensarlo, a Erin se le daba muy bien eludir cualquier pregunta personal y cambiar de tema. La mayoría de las veces que él estaba con ella, también lo estaba Parker… y las mujeres siempre hacían piña y se apoyaban. Parker participaba activamente en la tarea de desviar la conversación de la historia personal de Erin.

Alguien le había hecho daño y, como nunca hablaba de su familia, Matt no estaba seguro de si era un padre, un pariente o un antiguo novio. Alguien que se asustaba al ver una mano levantada era alguien a quien le habían levantado la mano muchas veces, alguien a quien habían pegado o dado golpes que no podía evitar o de los que no había podido escapar fácilmente.

Eso lo sacaba de sus casillas.

Matt ya había visto el lado más oscuro de la humanidad en su trabajo como bombero. El número de llamadas a los servicios de emergencias a las que había tenido que acudir a lo largo de los años, y los hogares y las vidas a los que se había asomado le habían hecho darse cuenta muy pronto de que algunas personas eran seres absolutamente despreciables: abusaban y maltrataban a niños, a mujeres y a ancianos, y el maltrato adoptaba muchas formas, desde el físico hasta el psicológico. Ver a un niño herido lo dejaba destrozado, y saber que aquellos desgraciados lo hacían de forma deliberada le provocaba una especie de deseo de venganza que solo conseguía reprimir con grandes esfuerzos.

Él era una persona protectora, lo había sido desde que tenía diez años.

Matt quería proteger a Erin. A pesar de tener la sensación de que cualquier peligro inmediato estaba solo en su cabeza, de todos modos sentía la necesidad de luchar contra los demonios de Erin.

Siguió corriendo en la cinta de su casa hasta acumular ocho kilómetros. Luego se bajó de un salto y la emprendió con el saco de boxeo que colgaba del techo.

El deseo de llevar su cuerpo al límite y de borrar la imagen de Erin a punto de caer redonda al suelo lo llenaba de energía.

Después de hacer ejercicio y ducharse, se dirigió al garaje y encendió el equipo de sonido. Apenas unos minutos después, estaba enfrascado en la tarea de arreglar el motor de la cortadora de césped de su padre, que había prometido reparar. Lo había pospuesto un par de días, pero le esperaba una semana de trabajo muy intenso que no le dejaría tiempo libre, así que, con la compañía de una emisora de música *country* que reproducía algunos de sus temas favoritos, Matt se volcó en el trabajo mientras se refrescaba con la corriente que entraba de vez en cuando por la puerta abierta del garaje. Los vecinos pasaban con el coche, algunos lo llamaban por su nombre y lo saludaban, y también se veía a algunos de los críos del vecindario ir en bicicleta por la calle. Le gustaba su barrio y su casa, una vivienda unifamiliar de una sola planta. Vivía solo, y como la casa de su hermano era más grande, las cenas familiares que no tenían lugar en casa de sus padres siempre se celebraban en la de Colin. Aunque Matt estaba seguro de que, a partir de ahora, se trasladarían a la de Parker. Era difícil competir con todo ese espacio, un rancho entero, con piscina y todo, y con un jardín donde poder incluso organizar tu propio Woodstock.

Estaba cantando la canción sobre un hombre que se emborracha en un avión después de que lo hayan plantado en el altar el día de su boda cuando oyó que alguien lo llamaba.

Al levantar la vista se encontró con una visita del todo inesperada.

—¿Erin?

—Hola. —Llevaba unos pantalones pirata y una camiseta de manga corta que se agitaba con el movimiento del viento. Se había recogido el pelo en la nuca y sus ojos quedaban ocultos por las gafas de sol de montura grande que solía llevar a menudo—. Espero que no te importe que asome por aquí.

¿Importarle? Joder, claro que no.

—Por supuesto que no. Cuando quieras. —Cogió un trapo y se limpió la grasa y el aceite de las manos—. Pasa.

Erin se refugió del sol deslumbrante del camino de entrada bajo la sombra del garaje. Fue entonces cuando Matt se fijó en el plato que llevaba en las manos. Lo sujetó con una mientras se quitaba las gafas de sol con la otra.

—Parker me dijo dónde vivías. Quería traerte esto.

Matt tiró el trapo y cogió el plato.

—Es mi forma de agradecerte toda tu ayuda de ayer.

Miró abajo.

—¿Me has traído *brownies*?

—Con el chocolate siempre se acierta.

—Mi postre favorito.

Ella sonrió.

—Me gusta usar el horno para hacer postres, incluso cuando hace calor.

Matt dejó a un lado el plato y bajó el volumen de los altavoces.

—No era necesario.

—Lo sé. Pero quería hacerlo.

Erin recorrió el garaje con la mirada y se fijó en un calendario que había encima de su banco de trabajo. Era el típico calendario de chicas en bañador que definía su espacio masculino. De repente Matt se sintió incómodo por tener expuestas en la pared a unas mujeres medio desnudas, luciendo unas tiras de tela que, supuestamente, eran ropa de baño.

—Vamos, entra en casa. Nos tomaremos esto con un vaso de leche.

—No, no hace falta…

—Insisto. —Ahora que la tenía en sus dominios, quería retenerla allí, y no que se quedara en el garaje, donde parecía más perdida que un pulpo en dicho garaje.

—Solo un minuto. No quiero entretenerte.

Él ignoró sus palabras y la acompañó dentro. Los años de trabajo en el cuerpo de bomberos hacían que siempre tuviese su espacio ordenado, pues en el parque estaba prohibido el desorden. Había veces que los llamaban y tenían que salir inmediatamente, pero, al volver, la máxima prioridad era dejarlo todo recogido, y solo en caso de algún incendio que requiriese muchas horas de trabajo dejaban el desorden. Ahora, al mostrarle su casa a una mujer a la que pretendía impresionar, agradecía sus hábitos de limpieza.

Su cocina era pequeña, pero tenía espacio más que suficiente para él. Matt ofreció una de las cuatro sillas a Erin.

—¿Leche? O puedo hacerte un café, si lo prefieres.

—Un vaso de leche estaría bien.

Matt se lavó las manos en el fregadero antes de sacar dos vasos y unos platos pequeños para los *brownies*.

—¿Hace mucho que vives aquí? —preguntó Erin.

—Unos cinco años. Quería un sitio con suficiente espacio para aparcar la autocaravana. ¿Te gusta ir de acampada?

Erin negó con la cabeza.

—Me gusta el agua corriente.

Matt llevó la leche a la mesa, donde ella estaba sentada con las manos en el regazo. La pilló examinando la habitación con una leve sonrisa en los labios.

—Mi autocaravana tiene un tanque de casi doscientos litros. Siempre hay agua corriente.

Erin retiró el envoltorio de film transparente de los *brownies* ya cortados y colocó una porción en cada plato.

—Nunca fui de camping cuando era niña y la verdad es que de adulta no he tenido muchas oportunidades.

Matt ocupó el asiento de enfrente, se acordó de las servilletas y se levantó de un salto para recogerlas.

—Entonces no es tanto que no te guste ir de acampada, sino que no lo has probado.

Erin se rio.

—Supongo que podría decirse eso, sí.

—Deberías probarlo algún día. Yo siempre secuestro a Colin en cuanto me da la oportunidad. Vamos a Rincon un par de veces cada verano.

—¿Qué es Rincon?

—Es un tramo de playa donde se puede aparcar con la autocaravana y disfrutar del mar durante un par de días. —Cogió el *brownie* y se lo llevó a la boca—. Huy, todavía está caliente…

Ella lo observó mientras le daba un mordisco.

Matt le habría dicho que era el mejor *brownie* del mundo aunque no hubiese quien se lo comiese, pero le costó mucho reprimir un gemido de placer cuando sus papilas gustativas procesaron lo que acababa de engullir su boca. El exquisito chocolate, con la consistencia de la mantequilla derretida, se le deshizo en la lengua.

—Oh, Dios mío…

Abrió los ojos y la sorprendió sonriendo.

—¿Te gusta? —le preguntó.

Él se tomó todo el tiempo del mundo para seguir masticando, paladeando cada pedazo antes de dejar que se le deslizara por la garganta.

—Guau… Eso no ha salido de una caja.

Ella respondió con un rápido movimiento de cabeza.

—No. Si vas a hacer un pastel, hazlo bien.

Matt dejó el siguiente bocado suspendido en sus labios.

—Tú haz bien los pasteles, que yo me los comeré bien también. Me alegro de que me lo hayas traído aquí y no al trabajo. No quiero compartirlo con nadie.

Ella dio un pequeño mordisco a su porción y sonrió.

—No está mal.

Siguieron comiendo en silencio y él engulló el último bocado antes de coger otro trozo.

—Tengo que asegurarme de que no ha sido casualidad que el primero estuviera tan rico. —El segundo *brownie* se reunió con el primero en su estómago—. No. Está tan bueno como el primero.

Ella se dejó el suyo a medias.

—Me alegro de que te guste. Te agradezco mucho toda tu ayuda ayer, de verdad.

—Si esta es mi recompensa por ayudar, ya me avisarás cuando necesites que te saque la basura o que te arregle el coche... o lo que sea.

Erin empujó su silla hacia atrás.

—No quiero entretenerte, tienes cosas que hacer.

—No te has terminado tu *brownie*.

—Puede que me haya comido un trozo mientras los cortaba.

Matt trató de pensar en alguna excusa para retenerla, cualquier cosa con tal de pasar más tiempo con ella, sobre todo si le sonreía como lo hacía ahora.

—Este próximo par de días tengo que trabajar, pero estoy libre el jueves. ¿Hay alguna posibilidad de convencerte de que te vengas conmigo a cenar?

Y su sonrisa se esfumó.

—Matt...

—No tenemos por qué llamarlo «cita». Solo sería una cena. O un almuerzo quizás... ¿un café? —Lo que fuese.

—Yo no... Sinceramente, no estoy preparada ahora mismo.

Matt sabía que su rechazo era una respuesta automática, y que en realidad no era un rechazo dirigido a él personalmente. No era un «no me interesas como pareja» sino más bien un «no estoy lista todavía para salir con alguien», que era el único rechazo con el que podía hacer algo.

—¿Más adelante, entonces?

—Matt…

La interrumpió con un gesto.

—No me contestes ahora. Si tienes hambre y no sabes adónde ir, yo puedo ayudarte. Considérame tu 911 para comidas de emergencia.

Ahora estaba sonriendo.

—¿Comidas de emergencia?

—También se me da bien exterminar arañas.

—Eso es muy útil —dijo Erin, poniéndose en pie.

Atravesó con ella la sala de estar y la acompañó a la puerta.

—Esto no parece un apartamento de soltero —comentó ella, mirando alrededor—. ¿Alguna antigua novia te ayudó con la decoración?

Matt se llevó una mano al pecho e hizo una mueca.

—Me encargué yo solito. —Con ayuda de su hermana, pero no pensaba admitirlo así como así—. ¿Quieres ver el resto de la casa?

—No. Debo irme. Tengo trabajo.

No insistió. En lugar de eso, la acompañó a la puerta y por el camino de entrada. Ella desbloqueó la puerta de su coche con el mando a distancia y él se la abrió.

—Gracias por los *brownies*.

—Gracias por lo de ayer.

Erin se sentó al volante, arrancó el motor y bajó la ventanilla.

Matt apoyó una mano en el capó del coche.

—Recuerda, el 911 de las comidas de emergencia… Soy tu hombre.

Ella sonrió y no le dijo que no.

—Adiós, Matt.

Él se irguió y echó a andar mientras ella se alejaba con el coche.

De vuelta en la cocina, se dio cuenta de que Erin se había dejado las gafas de sol, lo que le garantizaba volver a verla pronto. Y se había dejado el plato de los *brownies*. Así tendría para hacerle dos visitas.

Con ese plan en mente, se zampó el resto del *brownie* de ella y se fue de nuevo al garaje.

La vida era maravillosa.

***

—No me puedo creer que me vaya a ir mañana por la mañana.

Era miércoles y Parker tenía abierta una maleta delante con una docena de conjuntos de ropa, todos revueltos. Scout apoyó la cabeza en sus patas a los pies de la cama, con aire de aburrimiento.

Erin sacó un vestido de verano del interior del amplio vestidor y se lo enseñó.

—¿Y este qué tal?

A Parker se le iluminó la cara mientras cogía el vestido blanco de algodón y de tirantes.

—No me acordaba de que lo tenía... —Se lo acercó y se miró en el espejo de cuerpo entero—. Me lo compré cuando vivía en San Diego, en una tienda muy bonita de Point Loma. —Suspiró con aire soñador.

—Fuiste a la universidad allí, ¿verdad?

Parker salió de su ensimismamiento y metió el vestido en la maleta.

—Sí. Y si me hubiera puesto las pilas, me habría graduado en el tiempo que estuve allí. Por desgracia, estaba ocupada comprando vestiditos de tirantes y encontrando razones para ponérmelos.

Erin sabía que Parker no había conseguido su título universitario y ahora que su hermano menor iba a graduarse en el instituto, estaba considerando la idea de volver para terminar la carrera.

—No sirve de nada lamentarse por cosas del pasado.

El comentario de Erin hizo que Parker levantara la cabeza y la mirara directamente a los ojos.

—¿Tú no te lamentas de tu relación con tu ex?

La sola mención de su existencia hizo que a Erin se le acelerara el pulso.

—*Touchée*.

Parker se dio media vuelta y empezó a doblar los conjuntos que había elegido para llevarse.

—Y ya que hablamos del tema, ¿te importaría contarme cómo es que ese ex tuyo se convirtió en tu marido? ¿O vamos a hacer como si no me hubiese enterado nunca de eso?

Las ganas de cambiar de tema y desviar la atención del asunto hicieron a Erin mirar en la dirección opuesta.

—¿Tienes zapatos que hagan juego con ese vestido?

Parker dejó de hacer la maleta, bajó la cabeza y la miró desde el otro lado de la habitación.

—No sé a qué viene tanto secreto: hay mucha gente que se casa demasiado joven. Es obvio que tenías razones para dejar a ese capullo, así que no puedes culparte por eso.

Sin moverse de su sitio, Erin fijó la mirada delante y recordó las palabras que le había dicho su psicóloga antes de dejarlo todo para empezar una nueva vida en California: «Es mucho más difícil ser una persona sin pasado que alguien que sí lo tiene. Cuando la gente se acerca demasiado a la verdad, es casi imposible no revelarla. Cada vez que confíes en alguien, eso hará más fácil que él te encuentre».

—Por la cara que has puesto veo que prefieres hablar de zapatos —dijo Parker.

—Sí, por favor. —No soportaba oír la desesperación en su propia voz.

Parker se sentó en el borde de la cama y habló en un tono más bajo.

—A ver qué te parece esto: te diré lo que creo saber, y tú puedes confirmar o negar con la cabeza si me equivoco.

Erin se encogió de hombros, sin comprometerse a nada.

—Te casaste con el hombre equivocado, un hombre que te dio una paliza.

Erin parpadeó varias veces, pero no dijo nada.

—Te pegó más de una vez. De hecho, deduzco que te pegó muchas veces.

Más parpadeos.

—Te apuesto este viaje a Cabo San Lucas a que te aterroriza que venga aquí a por ti, lo cual explica el sistema de seguridad y las veces que llegas a comprobar las cerraduras de las puertas. Y el hecho de que no tengas amigos o incluso un trabajo normal que te obligue a salir de casa todos los días.

Erin empezó a deslizar el dedo índice sobre la yema del pulgar y siguió sin despegar los labios.

—¿Me dejo algo?

Erin percibió el chirrido de unos neumáticos y el impacto de los cristales contra su cara.

—No. Eso es todo, más o menos.

Parker esbozó una media sonrisa.

—Has contestado demasiado rápido, Erin.

En lugar de mentirle, optó por decirle la verdad:

—Es un hombre peligroso. Si me encuentra, me matará.

La sonrisa en el rostro de su amiga se esfumó.

—Cuanta más gente tengas a tu alrededor, gente que te quiere, más fácil será protegerte.

—Tú sabes mejor que nadie que no siempre puedes contar con eso —replicó Erin—. Estoy aprendiendo a protegerme.

Ambas permanecieron calladas durante unos segundos.

—Siento mucho que vivas con ese miedo —le dijo Parker.

Erin suspiró y se obligó a relajar las manos.

—Yo también. Pero al menos ya no es una realidad con la que deba convivir a diario.

—¿Cuánto tiempo estuvisteis casados? —preguntó.

«No… No voy a hacer eso».

—Juguemos a otro juego, ¿vale? Lo de verdad o acción está ya muy pasado.

Parker se levantó y asintió con la cabeza.

—Vale. Lo siento. No suelo ser cotilla.

—Sientes curiosidad, y lo entiendo. Yo también la tendría.

Parker metió el vestido de algodón en su maleta.

—Tengo un par de sandalias marrones que combinan con casi todo.

Los zapatos eran un tema mucho más seguro.

Erin observó a Parker entrar en el vestidor y volver con las sandalias.

—Por favor, que esto quede entre nosotras —le dijo.

Parker dejó de hacer la maleta y la miró fijamente a los ojos.

—Te dije que no diría nada, y no lo he hecho. Colin me preguntó una vez directamente por ti, y le dije que los secretos son sagrados.

Eso era un alivio.

—Gracias.

Otra camisa fue a parar a la maleta.

—Pero si yo me di cuenta, lo más probable es que otros no tarden mucho en sumar dos y dos. Aunque no me imaginaba que se tratase de un exmarido.

—Nadie más se lo imaginará tampoco. —Al menos eso esperaba.

Erin examinó la ropa que había encima de la cama y empezó a contar.

—Creía que habías dicho que era un viaje de cinco días. Seis si cuentas el día del trayecto en avión.

—Así es.

Volvió a contar.

—¿Así que te vas a cambiar de ropa tres veces al día?

Parker metió otro conjunto de ropa en la maleta sin inmutarse.

—No me he ido de vacaciones en tres años. Quiero tener opciones.

—Te apuesto lo que quieras a que, como mucho, llegas a ponerte tres conjuntos y un vestido. El resto del tiempo seguro que lo pasas en bikini o desnuda en la cama.

Parker sonrió.

—¡Opciones!

Capítulo 7

Erin estaba en la entrada de la casa junto a Matt, a quien habían engatusado para que llevara a Colin y a Parker al aeropuerto de Los Ángeles para su vuelo, a mediodía.

Mientras Colin metía las maletas en la parte trasera de la camioneta de Matt, Parker repasaba una lista de cosas que debían ocurrir —o no ocurrir— mientras ella estuviese fuera.

—Ya le he dicho a Austin que nada de fiestas.

—Estaba ahí cuando se lo has dicho. Ya lo sé.

—Y como vas a dormir en la habitación de invitados, ¿podrías asegurarte de sacar a Scout antes de irte a la cama? De lo contrario, se levanta en cuanto amanece y se pone a gemir para que lo dejen salir a hacer pipí.

—Entendido.

—Y Mallory dijo que vendría el sábado con Jase para bañarse en la piscina. Es probable que se queden a pasar la noche.

Sí, ya le había dicho eso a Erin también.

—Ah, y le he dicho a Austin que si se queda a dormir en casa de algún amigo mientras yo no estoy, que te avise. Y si va a volver tarde a casa, que te avise también… para que no te asustes si la puerta de abajo se abre o se cierra a una hora intempestiva. —Bueno era saberlo. El sistema de alarma de la casa avisaba cada vez que la puerta de acceso a la finca se abría y se cerraba, un mal necesario cuando dicha puerta se hallaba bastante lejos de la puerta principal de la casa.

—Genial.

—Ah, y…

Colin se acercó a Parker desde atrás y la rodeó con los brazos.

—Erin es una mujer adulta, ya sabrá qué hacer.

—Pero es que…

Matt abrió la puerta trasera de su camioneta.

—Creo que mamá y papá nos dieron menos instrucciones aquella vez que se fueron a Monterrey cuando íbamos al instituto —bromeó.

Colin se rio.

—Aun así, hicimos una fiesta.

Matt se rio.

—Y le echamos la culpa a Grace.

Erin negó con la cabeza.

—Sois muy malos. —Separó las manos para dar un abrazo a Parker—. Pásalo bien y no te preocupes.

—Gracias.

Erin bajó la voz para que nadie más que Parker pudiera oírla.

—Mándame un mensaje si te regala un anillo.

Eso le valió otro abrazo más antes de subirse al asiento trasero de la camioneta. Matt abrió la puerta mientras Colin rodeaba el vehículo.

—Te dejaste las gafas de sol en mi casa. Puedo traértelas luego, si estás por aquí —le propuso Matt a Erin.

Parker bajó la ventanilla.

—Espera… ¿te dejaste las gafas de sol… en su casa?

Parker siempre quería sacarle punta a todo.

—Me diste su dirección para los *brownies*… ¿te acuerdas?

La sonrisa radiante de Parker ante lo que creía que era una notición se esfumó de repente.

—Ah.

—Entonces... ¿me paso más tarde? —preguntó Matt.

—Cuando quieras —le contestó ella—. Tengo más gafas.

El chico sonrió como si acabara de recibir una invitación en toda regla.

—Será mejor que os vayáis ya. Cabo San Lucas es un vuelo internacional, así que tenéis que llegar al aeropuerto con más antelación —les recordó Erin.

Matt se despidió con la mano mientras avanzaba con el coche por el camino de entrada.

—¡Pasadlo bien!

Y se fueron.

Scout ladró a la camioneta mientras esta se alejaba por el camino antes de volver corriendo al lado de Erin.

—Estamos solos tú y yo —le dijo al animal.

Austin estaba en clase y tenía la casa entera para ella. En ese momento, como para recordarle que no estaba completamente sola, un par de las gallinas del gallinero reconstruido empezaron a cacarear. En lugar de dirigirse a la casa, siguió el alboroto de las gallinas y fue a ver si había huevos frescos con los que acompañar su café.

Scout la siguió, sin apartarse de su lado.

**

—... Y no te presentes en la casa sin avisar. Erin necesita saber quién entra por la puerta.

Era el turno de Matt de escuchar todas las instrucciones.

—No lo haré.

—Podrías haberle llevado las gafas de sol esta mañana, ¿sabes?

De hecho, las gafas de sol estaban en la guantera de la camioneta, pero no pensaba revelar esa información. Era esencial que se las llevara en el momento oportuno.

—¿Y qué gracia tendría eso? —dijo Colin por él.

—Ah. —Parker se quedó en silencio durante unos diez segundos—. Colin te ha dicho el nombre del hotel en el que vamos a alojarnos, ¿verdad? Así que si hay algún problema y el móvil no funciona allí, puedes llamarnos directamente al hotel, ¿vale?

Matt la miró por el espejo retrovisor.

—Sí, «mamá». Sé cuál es el hotel y sé el número de los vuelos, y hasta sé dónde hay una tienda de maría que vende pastillas de la risa para relajar a las mujeres con ansiedad.

Pilló a su hermano intentando reprimir una carcajada.

—Estoy casi segura de que eso ha sido un insulto —dijo Parker, apretando los labios en una línea fina y exenta de cualquier rastro de humor.

Matt soltó una carcajada.

—Si solo estás casi segura, la próxima vez me esforzaré más. Todo está controlado, Parker. Erin es una mujer adulta. Austin es… —vaciló—. No es ningún crío, y voy a pasarme por allí las veces que haga falta para asegurarme de que Erin está bien.

Colin se volvió en el asiento delantero para mirar a su novia.

—Todo va a salir bien, cariño. La casa seguirá ahí cuando volvamos.

Mientras Matt sonreía, volvió a levantar la vista y vio que una expresión de miedo nublaba el rostro de Parker. Había visto esa misma expresión antes, en los rostros de las personas que debían evacuar sus casas mientras él y sus compañeros corrían a entrar en ellas. Fue entonces cuando cayó en la cuenta: sí, Parker podía ser una mujer controladora, con todas aquellas instrucciones y sus palabras de precaución, pero la realidad era que había estado a punto de perder su casa hacía menos de un año, y estaba seguro de que se estaba acordando de eso en ese preciso instante.

—No es temporada de incendios —dijo rápidamente Matt—. Todo está plagado de verde por todas partes y los vientos de Santa Ana no han empezado a soplar aún.

Vio como la joven parpadeaba varias veces. No movió los labios.

Colin alargó la mano hacia el asiento trasero.

—¿Es eso lo que te preocupa?

—Es una estupidez.

—Es comprensible —le aseguró Colin.

Matt se topó con el tráfico de la 405 y respiró hondo.

—Yo me encargo de todo, Parker. Vete tranquila a Cabo San Lucas, toma el sol y vuelve relajada.

—¿Estás bien? —le preguntó Colin.

—Sí. Necesito desesperadamente estas vacaciones.

Matt miró a su hermano y sonrió. Sabía que había metido un anillo en su equipaje y que tenía un plan bastante elaborado para proponerle matrimonio. Tal vez cuando Parker sintiera que no estaba soportando toda la carga ella sola, se relajaría.

Volvió a mirar por el espejo retrovisor.

—No vamos a perder el avión por culpa del tráfico, ¿verdad?

Pensándolo bien... no estaba tan seguro de eso...

***

Erin no se consideraba una niñera y, desde luego, Austin no era ningún niño. Sin embargo, una vez que Parker y Colin se fueron en la camioneta con Matt, se encontró planeando las comidas para los próximos días y programando una nueva visita al supermercado para asegurarse de que tenía todo lo que necesitaba para que pudieran comer los dos.

Entonces recordó la larga lista de instrucciones de Parker y que Austin solía invitar a sus amigos a casa después de clase. Teniendo en cuenta que estaba en el último año de instituto y que no había padres, sus amigos optaban por ir allí en lugar de a sus propias casas, incluso para jugar a videojuegos. Teniendo eso en cuenta, duplicó la cantidad de comida que pensaba cocinar por si había algún otro chaval hambriento.

Siempre había utilizado el horno, pero había sido al llegar allí e instalarse en la casa de invitados cuando había empezado a disfrutar cocinando. En parte porque no comía fuera demasiado a menudo, algo que no tenía tanto que ver con el hecho de que comer fuera más caro sino con la necesidad de no dejarse ver. A medida que su amistad con Parker fue afianzándose, empezó a cocinar para las dos, o incluso para todos los residentes de la casa en los días laborables en que estaban todos. Mallory se había ido de allí pocos meses antes, pero venía los fines de semana con su novio, Jase. A lo que también contribuía el hecho de que Jase fuese primo hermano de Colin y Matt.

Le encantaba el ambiente familiar, además de las distintas personalidades y las risas. Le vino a la cabeza una imagen de su propia hermana y la familia de esta. Rememoró la última conversación que tuvieron antes de que Erin desapareciera para siempre:

—¿Adónde vas a ir? —le había preguntado Helen, su hermana.

—No puedo decírtelo. No puedo decírselo a nadie.

—¿Y cómo voy a saber que ese cabrón no te ha encontrado y estás muerta?

—Mi abogada me mantendrá al día sobre ti, y tú también sabrás de mí a través de ella. —Eso era lo máximo que podía hacer Erin—. Maci Brandt ya no existe. Voy a cambiar legalmente mi nombre, el pasaporte, la identificación... todo.

Su hermana lloraba al otro lado del teléfono. Erin no se había atrevido a mantener aquella conversación cara a cara porque su hermana podría haber intentado convencerla de que había otra salida. Así que había hecho la llamada minutos después de haberse marchado para siempre, horas antes de que Desmond se diera cuenta de que se había ido. Eso iba en contra de lo que los expertos en este tipo de situaciones le habían dicho que hiciera, pero Erin no podía dejar a su hermana con la angustia de no saber nada de ella.

—¿Qué le diré a papá?

—Sinceramente, me trae sin cuidado. Dile que estoy muerta. Lo que te resulte más fácil. —Nunca volvería a ver a aquel hombre.

—Maci, no hagas esto. Tiene que haber otra manera…

La imagen de un ataúd desfiló por su cabeza, el ataúd que Desmond le había enseñado al hacer el prepago de los gastos del funeral de ambos, pocos días después de que a ella le dieran de alta en el hospital. Había comparado el satén blanco del interior con su vestido de novia y había comentado en voz alta que un cadáver joven quedaría precioso allí dentro.

La amenaza era más que evidente.

Aquel hombre era capaz de matarla y hacer que pareciera un accidente. Él sería el pobre viudo, y ella estaría muerta.

—Te quiero, Helen. Por favor, no lo provoques. Es peligroso. Si cree que llegando a ti y a tu familia conseguirá localizarme, lo hará solo para traerme de vuelta. Por favor, por el bien de todos, no intentes encontrarme. Aléjate de él.

—No te vayas. Por favor, hablémoslo con calma.

—No hay nada que hablar. Ya me he ido. Ahora dime que me quieres por última vez.

—Joder, Maci. —Su hermana estaba dolida, lo percibía en su voz.

—Esas no van a ser las últimas palabras que me digas, ¿verdad? Helen estalló en sollozos.

—Maci… por favor.

—Te quiero.

—Yo también te quiero. Dios, lo odio tanto… ¿Cómo te ha podido pasar esto a ti?

Era una muy buena pregunta.

—Otra vez —dijo Erin.

—Te quiero, Maci.

Apagó el móvil, lo dejó en el asiento del autobús en el que viajaba y se bajó en la siguiente parada.

Ese día, Maci Brandt dejó de existir y nació Erin Fleming.

Erin había estado seis meses viajando por todo el país, asegurándose de taparse con maquillaje hasta la última de sus cicatrices, y luego se instaló en la casa de invitados de Parker. No fue hasta entonces cuando se compró un teléfono móvil en lugar de utilizar uno de prepago que nadie pudiera rastrear para llegar hasta ella. No fue hasta entonces cuando pudo respirar tranquila y dormir más de tres horas seguidas. Ya había llegado a dormir incluso cuatro, y le parecía un pequeño milagro. Podía contar con las dos manos el número de noches que había dormido del tirón, y cada vez se despertaba empapada en sudor y con pesadillas que le atenazaban el cuello con tanta fuerza que no podía respirar. Lo que de verdad necesitaba era ir a terapia. Era un hecho que no podía ignorar, pero que le daba demasiado miedo, porque la terapia revelaría su pasado a un extraño, y eso era precisamente lo único que no debía hacer.

Entonces ¿por qué no dejaba de dar vueltas a aquello ahora?

Erin se desplazó por la cocina de Parker disfrutando del enorme espacio en el que poder desenvolverse y preparó lo que iba a hacer para la cena. Austin no había vuelto a casa directamente desde el instituto, pero tampoco le había enviado ningún mensaje de texto para avisarla de que no vendría a cenar. Lo más probable era que no esperara que ella le preparara la cena. Era un chico autosuficiente, como cualquier joven de dieciocho años al que apenas le faltaban unas pocas semanas para graduarse. Aunque eso no impedía a Erin planear la cena de todos modos.

Con el portátil en la mano, se puso cómoda en el sofá, con Scout a sus pies y el escurridizo gato, Sushi, hecho un ovillo y dormitando a su lado. El pollo estaba dentro del horno y lo único que le quedaba por preparar era la guarnición. De momento, abrió uno de los últimos libros de su cliente y puso en práctica sus habilidades como correctora.

Ser correctora *freelance* de textos no era el trabajo de sus sueños, pero le permitía pagar las facturas y ejercer una profesión relacionada con su título universitario. Un título expedido bajo un nombre que ya no era el suyo. De momento nadie le había pedido ver el título en sí. Ahora que llevaba seis meses trabajando en tareas que iban desde el *editing* de un libro hasta la corrección de estilo, se sentía orgullosa del trabajo de sus clientes en lugar de centrarse en la razón por la que se sentía capacitada para hacerlo.

Maci Brandt nunca había ejercido la profesión para la que la habilitaba su carrera. Era lógico, por tanto, que Erin Fleming sí lo hiciera. Había entrado a trabajar como editora en dos pequeñas editoriales digitales, donde había descubierto que lo que mejor se le daba era revisar a fondo las obras de autores independientes para mejorarlas. Utilizar otro nombre y esconderse detrás de su ordenador le había resultado mucho más fácil de lo que creía. No se le escapaba que tal vez Desmond seguiría la misma lógica para encontrarla. No es que él pudiese pensar que ella fuese a ganarse la vida editando obras literarias; no había querido que trabajara durante su matrimonio y el único puesto que le había visto ocupar era el de becaria en la empresa que ahora dirigía él. Las prácticas como becaria habían sido en el departamento de *marketing*, algo totalmente opuesto a lo que ella quería hacer una vez que se graduara en la universidad.

Su padre le había conseguido aquel trabajo de verano para obtener los créditos necesarios para terminar la carrera y el resto, como suele decirse, era historia.

Erin había soñado con ser una especie de Lois Lane. No es que quisiera a Superman, sino que lo que quería era el trabajo de reportera. O, al menos, ser la mujer de la oficina que escribía historias para el periódico o la revista sobre acontecimientos importantes que el público tenía que saber.

Se había olvidado de ese viejo sueño. Editar y corregir el trabajo de otras personas era satisfactorio, y ahora mismo estaba trabajando en el manuscrito de una escritora de novelas de misterio. La mujer utilizaba un seudónimo masculino y quería que el público creyera que era un hombre para que compraran sus libros. La razón por la que Erin conocía su pequeño secreto eran las conversaciones telefónicas que había mantenido con ella mientras trabajaba en sus dos últimas obras. Había tenido cierto éxito publicando novelas románticas con su editorial tradicional, pero quería experimentar con un nuevo género y su editor no estaba demasiado dispuesto a respaldarla, así que decidió hacerlo como autora independiente. En su ya cuarta novela de misterio y suspense, la mujer que se hacía pasar por hombre estaba ganando mucha popularidad.

Y con razón.

Erin estaba en la primera lectura del manuscrito, la que hacía por el puro placer de la lectura. Cada vez que dejaba de leer, marcaba la página en el punto donde lo había dejado. Su lectura por placer era una forma de conocer el libro antes de profundizar en él para ayudar al autor a mejorarlo. Pero esa segunda lectura venía después; por ahora, Erin seguía al detective masculino página tras página y capítulo tras capítulo mientras perseguía a los malos. Pese a tratarse de la primera lectura, si la autora escribía un detalle específico sobre una flor que el asesino introducía en el té para asesinar a alguien sin ser descubierto, Erin marcaba la página de todos modos para comprobar ese dato más tarde.

La comprobación de los hechos formaba parte del trabajo, la parte que entusiasmaba de verdad a Erin. Caer en la madriguera de la comprobación de datos estimulaba su imaginación y sus ganas de escribir ficción ella también. Sabía perfectamente que nunca lo haría, pero eso no le impedía anotar sus ideas al azar en una libreta.

Como en ese momento, cuando cogió el cuaderno y escribió *El asesino de la flor de té*.

Sonrió. Sonaba francamente bien.

Le vino a la mente una imagen de su ex sentado en un café de Londres, uno de los muchos que frecuentaban cuando aterrizaron en la ciudad, pero a los que dejó de llevarla al cabo de solo una semana a causa de la hinchazón de los ojos, que no podía disimular ni con maquillaje. En su fantasía, él estaba sentado con una perfecta taza de té inglés, una taza con algún delicado motivo floral, el dibujo de un brezo o de peonías. La taza estaba llena de té hasta el borde y el camarero la había servido con una flor flotando en el medio. En su imaginación, la flor era azul, con el centro de color púrpura oscuro, casi negro. Un color muy parecido al de las marcas que él dejaba en ella cuando no estaba contento.

Él tomaba un sorbo de té y la miraba. La sonrisa se esfumaba de su rostro.

Erin se sacudió esos pensamientos. Seguramente no era una costumbre demasiado saludable imaginar la muerte de su marido… de su exmarido.

Cerró los ojos y suspiró.

«Pronto será mi exmarido».

Al formular ese pensamiento, se recordó a sí misma que debía llamar a su abogada por la mañana para ver si había noticias. La última conversación le había hecho perder la esperanza de que las cosas fuesen a resolverse. La orden de alejamiento había sido un milagro. Después de casi un año de estar en vigor sin que hubiera habido ningún tipo de contacto ni acercamiento por parte de él, había muchas posibilidades de que el juez la retirara. Aunque no es que una orden judicial fuese a impedirle ir a por ella.

Las imágenes se sucedieron rápidamente hasta que apartó el ordenador y se puso en pie. Se dirigió a la nevera y miró el vino que había puesto a enfriar.

No. Estaba sola.

Completamente sola, y si él la encontraba y había estado bebiendo… Erin lanzó un gemido y cogió una botella de agua fría.

Luego, como necesitaba moverse y distraerse, abrió la puerta de la nevera un poco más y empezó a vaciar el contenido.

Al cabo de media hora ya había tirado a la basura una larga lista de salsas y aderezos caducados. Por lo visto, a Parker no le importaba consumir mostaza caducada, pero para limpiar la nevera había que empezar de cero.

Por el ruido de la puerta al abrirse, supo que Austin estaba en casa.

Luchó con todas sus fuerzas contra el deseo de mirar por el ventanal para asegurarse de que era él, pero no lo consiguió y acabó dirigiéndose allí.

Sonrió.

Efectivamente, solo era Austin.

Scout fue hasta la parte superior de las escaleras traseras, las que subían desde el garaje, meneando la cola.

Erin volvió a las bandejas que había sacado de la nevera y que estaba lavando.

Austin entró en la casa como un tornado.

La puerta se cerró de golpe y se oyó el ruido de una mochila al caer al suelo al tiempo que alguien llamaba a Scout al pie de la escalera.

Después de mover la cola, Scout lanzó tres ladridos y salió disparado escaleras abajo para saludar a su humano favorito.

Erin sonrió.

Austin hablaba con el perro mientras entraba en la casa y asomaba por la esquina de la cocina.

—Algo huele muy bien.

—Estoy haciendo pollo al horno.

Austin se paró en seco al ver la cocina.

—Madre mía... ¿qué estás haciendo?

—Limpiando la nevera. ¿Sabías que el kétchup caducó hace un año?

Sin inmutarse, Austin fue a la despensa y volvió con una bolsa de patatas fritas.

—Pues seguía teniendo buen sabor.

—Iré a la tienda y compraré de nuevo todo lo que estaba caducado.

Austin echó un vistazo al cubo de basura que Erin había sacado y llenado hasta los topes.

—Como quieras.

En cuanto se volvió de nuevo hacia el fregadero para terminar lo que había empezado, el teléfono de la casa emitió un doble timbre indicando que había alguien llamando a la puerta de acceso a la finca.

Austin contestó al teléfono, murmuró unas palabras, dijo que sí y luego pulsó el botón para abrir a quienquiera que había llamado.

—La cena estará lista dentro de un rato, si vas a estar por aquí. Si no, te apartaré un plato para que te lo comas más tarde.

—Puedo comer a la hora que sea.

Eso la hizo sonreír.

—He preparado comida de sobra por si tu amigo se queda a cenar.

Para entonces, Austin estaba mirando la pantalla de su teléfono móvil y enviando mensajes de texto.

—Genial —murmuró.

El chico salió de la cocina con Scout pisándole los talones mientras Erin secaba una bandeja de cristal y la dejaba a un lado.

Iba a tener que emplearse a fondo si quería tener las puertas de la nevera terminadas para la cena.

Cuando oyó que llamaban a la puerta principal, esperó a que Austin fuera a abrir. Pero el chico se había ido a la parte de atrás de la casa, a su dormitorio. Secándose las manos, Erin se dirigió a abrir la puerta y se encontró con una cara que no esperaba ver tan pronto.

Capítulo 8

—¿Matt?

El hombre sonreía de oreja a oreja, con los ojos tapados por las gafas de sol de Erin. Tenía un aspecto ridículo. Ella no pudo contenerse y se echó a reír.

—¿Me quedan bien? —le preguntó, volviéndose hacia un lado.

—No te quedan mal —mintió ella—. Tal vez deberías probar con una montura blanca.

Matt la miró por encima de las gafas, como considerando en serio su sugerencia.

—Pues podrían quedarme estupendamente con el traje blanco de los setenta que me puse para una fiesta temática el año pasado.

—¿Te disfrazaste para una fiesta temática?

—Pareces sorprendida. ¿No es eso lo que hace la gente en las fiestas temáticas? ¿Disfrazarse?

Erin retrocedió dos pasos y le abrió la puerta para que entrara. Él le devolvió las gafas al pasar por su lado.

—No hacía falta que te dieras tanta prisa en devolvérmelas, de verdad.

—Teniendo en cuenta que te las dejaste en mi casa hace ya varios días, no puede decirse que me haya dado mucha prisa. —Entró en la cocina y miró el desorden—. ¿Zafarrancho de limpieza?

Se trataba más bien de una terapia para calmar sus nervios, ya que ponerse a limpiar la ayudaba enormemente.

—Podría decirse que sí —contestó Erin.

Matt pasó por delante de toda la acumulación de cosas, abrió la nevera y sacó una cerveza que ella había devuelto a un estante limpio.

—¿Te importa si cojo una? —preguntó.

—Estoy segura de que es de tu hermano, así que, no, no me importa.

A Matt no le hizo falta nada más: abrió el tapón y lo tiró a la basura.

—Es la *happy hour*. ¿Quieres tú una? —le preguntó.

—La cerveza no me va mucho, la verdad.

Matt volvió a abrir la nevera.

—También hay vino. Estoy seguro de que a Parker no le importará.

—Oh, ese vino es mío.

Erin permaneció clavada en su sitio mientras Matt se paseaba por la cocina como si estuviera en su propia casa. Desde que había terminado la temporada de lluvias, Erin había visto su camioneta aparcada en la entrada muchas veces. Aunque Colin no se había mudado oficialmente allí, pasaba mucho tiempo en el rancho y, al parecer, su hermano pequeño también pasaba mucho tiempo allí con él.

Matt sacó la botella de vino y cerró la puerta de la nevera.

—Entonces ¿me acompañas?

Abrió la boca para decir que no y dudó.

Él la miró directamente a los ojos y ladeó un poco la cabeza, tentándola. Erin abrió uno de los cajones de la cocina y le dio un sacacorchos.

—¡Esa es mi chica! —Soltó aquello con tanta naturalidad que Erin ni siquiera asimiló lo que había dicho hasta que se dio la vuelta para terminar de limpiar los últimos estantes.

Ella no era nada «suyo», pero no sabía cómo corregirle sin parecer ridícula, así que hizo como que no lo había oído.

—¿Copas? —preguntó él cuando le hubo quitado el corcho a la botella.

—En el armario de encima de la cafetera. —Apuntó hacia arriba con el codo para ayudarle a encontrar las copas de vino.

Una vez servido el vino, Matt se acercó a su lado y esperó a que cerrara el grifo antes de darle la copa. Le impidió que tomara un sorbo levantando su cerveza en el aire para hacer un brindis.

—Por Colin y Parker.

—Qué bonito…

No esperaba que dijese algo así. Ambos tomaron un sorbo de sus bebidas respectivas.

—Tengo que reconocerle el mérito a mi hermano: si no le hubiera gustado Parker, yo no te habría conocido a ti.

Dejó la cerveza y cogió un paño de cocina.

—Matt… —Pronunció su nombre como una advertencia.

Levantó la bandeja de la nevera y empezó a secarla.

—Nunca se tienen demasiados amigos, ¿verdad? —exclamó él.

¿Amigos? Ella no creía que estuviera hablando de amistad.

—Eso es cierto —admitió.

—Eso es cierto —coincidió él.

Lo observó mientras llevaba la bandeja a la nevera y volvía a meterla dentro.

—¿Todo esto de aquí va ahí dentro otra vez?

—No hace falta que me ayudes.

—Es mi forma de pagarte por la *happy hour*. —A continuación, procedió a meterlo todo ordenadamente dentro de la nevera.

Erin no podía hacer otra cosa más que quedarse mirándolo embobada. Matt no era un hombre menudo, precisamente. Ella medía un metro setenta y dos de estatura y él debía de medir metro noventa, y tenía unos hombros que llenaban todas las camisas que ella le había visto. De espaldas, lo único que se veían eran músculos que desembocaban en una cintura estrecha y en un firme…

Matt se volvió y la sorprendió mirándolo.

Ella cerró los ojos y se dio media vuelta.

Él se rio.

—Te he pillado —le dijo.

—Lo siento. —Erin sintió que se acaloraba por momentos. Cogió su copa de vino. ¿Hasta qué grado de sonrojo podía llegar una mujer cuando la sorprendían mirándole el culo a un hombre?—. Estaba intentando imaginarte con ese traje blanco de los años setenta.

—Ajá… Sí, claro.

Vaya, qué vergüenza.

—No, en serio…

Matt la rodeó y recogió su cerveza.

—Está bien, Erin. No pasa nada.

Se atrevió a mirarlo a la cara y se encontró con sus suaves ojos avellana y su sonrisa de niño pillo.

—No estoy acostumbrada a ver a un hombre trabajar en la cocina.

—¿Tu padre nunca ayudaba a tu madre?

Le tocó el turno a ella de moverse para que no se le notaran los nervios.

—Aunque suene sexista, la verdad es que no. Mi madre no sabía ni que existía la cocina, y la única experiencia que tuvo mi padre con una cocina fue pagar por ella. —Se puso a meter comida de nuevo en la nevera rápidamente.

—¿Y quién cocinaba entonces?

El servicio.

—Nos las apañábamos —respondió, en lugar de decir la verdad.

—Pero…

—Mis padres se divorciaron muy pronto y, cuando mi madre se fue, mi padre contrataba a unas canguros para que nos cuidasen. Eran ellas las que cocinaban. —Decir «la canguro» sonaba mucho más creíble que «la cocinera».

—Y cuando estabas en casa de tu madre… ¿ella también contrataba canguros?

Erin soltó una carcajada.

—Me he expresado mal y le he dado demasiado reconocimiento a mi madre: no la he visto desde que tenía siete años. Mi madre… nos abandonó. —Algo que había superado hacía mucho tiempo. Su madre no formaba parte de su vida.

—Joder, Erin… Eso es una putada.

Se encogió de hombros.

—Es la vida. Así que si estaba mirándote…

—Estabas mirándome —la interrumpió él con una sonrisa.

Erin irguió el cuerpo y levantó la vista para mirarlo de nuevo a los ojos:

—De verdad que ha sido porque no estoy acostumbrada a ver a un hombre trabajando en la cocina.

—Así que no me estabas mirando el culo por el simple placer de hacerlo.

Pestañeó una vez… y otra…

Se había quedado sin palabras.

Él se echó a reír.

—¡Eres un creído!

La sonrisa de niño pillo era deslumbrante.

—Me encanta cómo te ruborizas.

Erin se llevó ambas manos a las mejillas para tratar de calmar su sonrojo.

—Eres muy malo.

—Lo sé. Me merezco que alguien me pare los pies. —Se volvió y cogió la basura—. Voy a sacar esto a la calle mientras preparas una respuesta ingeniosa a mis pullas.

***

Matt poseía muchas cualidades dignas de mención, pero tenía que admitir que encandilar a las mujeres era la primera de la lista, y esa noche se sentía como si acabara de ganar el primer premio en cuanto a conseguir lo que se proponía.

Se las había ingeniado para brindar con ella en la *happy hour*, y ya llevaban dos copas cuando se puso a ayudar a Erin a terminar de preparar la cena… a la que se había autoinvitado él mismo… casi como un jugador de la primera base que roba la segunda sin que el lanzador se dé cuenta. Se sentó junto a Austin para poder mirar a Erin mientras comía.

—¿Tienes ganas de que llegue la graduación? —le preguntó Erin a Austin.

—Me muero de ganas de salir de ese instituto.

—Recuerdo esa sensación. Pero déjame decirte algo: las cosas se vuelven más difíciles después de la secundaria —le advirtió Matt.

—Eso es lo que dice todo el mundo.

—¿Vas a ir a la universidad? —le preguntó.

Austin negó con la cabeza.

—Iré a la escuela de comercio, creo. Acabaré de decidirlo durante el verano.

—¿Y Parker está de acuerdo con eso?

Aunque Parker era su hermana y no su madre, había hecho de madre de Austin y Mallory durante los últimos tres años.

—A ella le parece bien. Dice que la universidad no es para todo el mundo. Además, la opción de la universidad siempre va a estar ahí.

—Eso es verdad —concedió Erin.

Matt dirigió su atención al otro lado de la mesa.

—¿Tú fuiste a la universidad?

Erin asintió.

—¿A cuál?

Era como si Erin no acabara de procesar la pregunta, porque tardó un rato en contestar.

—A una de la costa este —dijo al fin.

La respuesta le pareció extraña. La mayoría de los graduados universitarios presumían de su *alma mater* diciendo: «Soy de los Cougars», o «Los mejores somos los Huskies».

Le habría gustado insistir para que concretara un poco más, pero entonces vio que Erin se frotaba el pulgar contra el índice mientras empujaba la comida por el plato en lugar de comérsela.

—¿Tú fuiste a la universidad? —le preguntó Austin.

Erin permaneció en silencio mientras Matt le contaba a Austin su trayectoria hasta convertirse en bombero: el primer año de universidad, el tiempo que pasó en una brigada de bomberos de élite… Y al fin la plaza en el cuerpo de bomberos del Condado de Los Ángeles. Había sido su sueño y le había costado una eternidad: cinco años presentándose a la plaza y haciendo pruebas en todo el estado e incluso en Arizona, Idaho y Nevada. No es que quisiera alejarse de su familia… pero estaba dispuesto a ir a cualquier parte para trabajar sobre el terreno. Habría podido pedir un traslado y volver a casa más adelante, de haber sido necesario.

—Tuve mucha suerte —terminó su relato—. Muchos de mis compañeros arrojaron la toalla y algunos se metieron en el cuerpo de policía; otros retomaron los estudios universitarios o aceptaron otros trabajos en el sector de la construcción.

—No veo a alguien que quiera ser bombero trabajando sentado detrás de un escritorio —señaló Erin.

—Sí, ese sería mi infierno particular.

Ella sonrió al oír eso.

—Y el mío también —dijo Austin—. Por eso creo que la universidad es una pérdida de tiempo. A mí me gustaba toda la maquinaria pesada que estuvo aquí el invierno pasado.

Matt asintió.

—Ese es un buen trabajo, con un buen sueldo. Y no se puede subcontratar, además.

Austin se sirvió otra ración de puré de patatas.

—¿A que no? No se pueden hacer ese tipo de pedidos a China.

—Otro trabajo muy bueno es el de encargado eléctrico —le dijo Matt.

—¿Qué es eso?

—Son quienes trabajan en el tendido eléctrico, instalando cable.

Erin soltó el tenedor.

—Ay, Dios… no le metas esas ideas. A Parker le dará un ataque al corazón.

Matt sonrió.

—No pasa nada. Enseñé a Colin a hacer reanimación cardiopulmonar. Se pondrá bien.

Y siguieron charlando animadamente. Austin mantenía vivo el interés de la conversación, con la intervención ocasional de Erin. Cuando terminaron, esta solo se había comido la mitad de lo que tenían en el plato, mientras que él y Austin habían dado buena cuenta de todo cuanto había en la mesa.

—Estaba realmente delicioso. —Matt llevó su plato al fregadero.

—Tú has contribuido —le dijo Erin.

—Mezclar la ensalada no es lo mismo que cocinar, que digamos.

Austin colocó su plato junto al de Matt y volvió a entrar en el comedor.

—Bueno, ¿así que vosotros dos estáis saliendo o qué?

El plato de Erin golpeó la encimera con un ruido fuerte.

—¿Qué? No.

Sus mejillas se tiñeron de rojo en cuestión de segundos. Le hacían juego con el pelo pelirrojo, que estaba adquiriendo una tonalidad más castaña cobriza. Con cierto énfasis en el cobrizo. Matt apostaría su próximo sueldo a que aquel tono pelirrojo no era su color natural. En los seis meses que hacía que la conocía, le había crecido el pelo hasta la mitad de la espalda. Su piel se bronceaba rápidamente con el sol, lo que le hacía sospechar que el pelirrojo no formaba parte de su herencia genética.

—Pero no es porque yo no lo haya intentado, ¿sabes, chaval? —dijo Matt, haciendo que las mejillas de Erin adquirieran una tonalidad rojiza aún más intensa.

Al oír ese comentario, ella se lo quedó mirando con un brillo divertido en la mirada.

—Definitivamente, te mereces que alguien te pare los pies.

Matt arqueó las cejas al comprobar cómo ella le devolvía sus propias palabras.

Erin, por su parte, puso los ojos en blanco.

—Supongo que ahora querrás un café, después de haberte agenciado una *happy hour* y la cena de esta noche…

—Y yo que pensaba que había sido muy sutil… —Tiró los restos de su plato al cubo de la basura y siguió recogiendo la mesa—. Pero ya que te ofreces, un café estaría genial.

Eso le valió otra risa burlona antes de que Erin se volviese para poner la cafetera al fuego. Diez minutos después, los platos ya estaban lavados, Austin se había ido a su habitación y Matt estaba sentado con Erin en el porche delantero tomando café mientras se ponía el sol.

—La próxima vez te prepararé yo la cena —le dijo.

Erin lo miró fijamente por encima del borde de la taza.

—Ya te dije que no estaba preparada para salir con alguien.

—Nadie está hablando de salir juntos ni de ninguna cita. Simplemente he dicho que prepararé la cena. —Dio un sorbo de café—. Oh, espera. ¿Esto era una cita? De haberlo sabido, habría traído flores.

El tono de broma logró borrar la expresión de preocupación de los ojos de ella.

—¿Esto te funciona con todas las mujeres? —le preguntó.

Él se hizo el tonto.

—¿El qué?

—Hacerte un hueco en la vida de alguien.

—No lo sé. Nunca había hecho esto antes.

—Oh, por favor… Se nota que has practicado mucho todos tus movimientos. Son más suaves que el trasero de un recién nacido…

Matt dejó el café a un lado, después de haber estado bebiéndolo lentamente a propósito para prolongar la noche.

—Aunque parezca una locura, no suelo tener que insistir varias veces para invitar a salir a una mujer antes de que acceda a hacerlo. Como eso no ha funcionado contigo, estoy probando otra táctica.

—Haciéndote un hueco en mi vida.

—Técnicamente, ya estoy en tu vida, ya que tú estás en la de Parker y Parker está en la de Colin, y Colin…

Lo interrumpió con un gesto de la mano.

—Vale, vale.

Él le enseñó sus hoyuelos.

—Así que vas a salir conmigo.

—Oh, Dios mío. Yo no he dicho eso.

Pasó de enseñarle los hoyuelos a hacer pucheros.

—Vale. Será una cena, no una cita. Mañana estaré trabajando todo el día, pero puedo quedar el sábado.

Erin soltó la taza.

—Matt. No vamos… Yo no tengo tiempo para salir con nadie.

—Necesitas comer.

Erin hizo una pausa.

Estaba tocándole la fibra, lo notaba.

—El sábado vienen Mallory y Jase.

—Genial. Haré una barbacoa. Y será «solo una cena». No una cita. —Que era lo que ella necesitaba oír. El hecho de que antes la hubiera pillado mirándole el culo y de que sus bromas la hubieran hecho sonrojarse como una colegiala le decía todo lo que necesitaba saber.

A Erin Fleming le gustaba Matt. Solo que ella no quería que le gustase.

Y a Matt le bastaba con eso, por el momento.

Capítulo 9

—Ha pasado un año desde la adopción de la orden de alejamiento, por lo que el juez va a concederle una audiencia.

El mero hecho de oír aquellas palabras en boca de Renee hizo que a Erin se le acelerara el pulso.

—Casi me mata.

—Argumento que utilizaré en tu favor, pero la policía no redactó ningún informe oficial y el accidente de coche quedó registrado como tal. La única razón por la que nos concedieron la orden de alejamiento, para empezar, fue por la cantidad de informes de «accidentes» que conseguimos del departamento de atención urgente. Puesto que no ha habido ninguna novedad y no hay contacto entre vosotros dos, no creo que podamos albergar muchas esperanzas de que el juez acceda a mantener la orden en vigor.

Erin se quedó mirando la finca, agradeciendo que Scout estuviera allí a su lado, y parpadeó para no llorar.

—Pero eso solo es porque él no sabe dónde estoy.

O eso esperaba.

—También voy a señalar eso en la vista, pero debo advertirte que he leído su refutación y la declaración de su abogado. Son bastante convincentes —la avisó Renee.

—Es un maestro de la manipulación.

—La mayoría de los narcisistas lo son. Plantéatelo así: una vez que se levante la orden, sus «razones» para no firmar los documentos de divorcio habrán desaparecido.

—No va a firmarlos.

—Al final lo hará.

Su instinto le decía lo contrario.

—Haz lo que puedas, Renee.

Se hizo un silencio al otro lado de la línea.

—¿De verdad crees que la orden de protección es lo único que lo mantiene alejado de ti?

No. Ella sabía desde el principio que la orden nunca iba a impedir que Desmond fuera tras ella, pero una vez que esta desapareciese, tendría una capa de seguridad emocional menos a la que poder aferrarse.

—Él no sabe dónde estás, Maci.

—Ya no me llamo así.

Renee suspiró por el teléfono.

—¿Cómo lo llevas? ¿Estás haciendo nuevas amistades?

—¿Para que puedan saber cuál es mi verdadero pasado?

—No puedes ser una ermitaña; no es sano.

—Estoy bien, Renee. Gracias por preocuparte. —Scout levantó la cabeza, se aupó sobre sus patas y apoyó la cabeza en su regazo—. Tranquilo, Scout.

—¿Scout? ¿Es una mascota?

—Un perro.

—Los perros son buenos. Unos magníficos compañeros y unas alarmas perfectas contra los intrusos. —La voz de Renee estaba impregnada de esperanza.

—¿Cuándo es la vista?

—El próximo viernes. Ya la he pospuesto una vez. El juez la desestimará si no damos un paso adelante. Lo voy a pelear, lo sabes, ¿verdad?

Erin pasó los dedos por la cabeza de Scout y le rascó por detrás de las orejas.

—Ya lo sé. Llámame cuando haya terminado.

—Lo haré.

Colgaron, y una lágrima solitaria le resbaló por la mejilla.

¿Y si resultaba que Desmond había sabido dónde estaba todo este tiempo y estaba esperando a que el juez anulara la orden de alejamiento? ¿Y si la había estado vigilando todos esos meses y cuando se le erizaba el vello de la nuca no se debía solo a su propia paranoia? ¿Y si aparecía y hacía daño a Parker o la tomaba con Austin?

Scout puso una pata junto a su hocico, en el regazo de ella.

Erin miró al perro.

—Eres demasiado grande para subirte a mi regazo.

El animal depositó una segunda pata en su regazo para tratar de demostrarle que estaba equivocada.

Tendría que marcharse. Si Desmond se presentaba allí, tendría que irse para proteger a las personas de las estaba empezando a encariñarse, porque él las utilizaría para vengarse de ella. Igual que había prometido hacer con su hermana. Por eso era mejor que Helen no tuviera ningún contacto con ella.

Un año atrás, antes de mudarse a Santa Clarita y encontrar refugio en la pequeña casa de invitados de Parker, pensaba que pasaría el resto de su vida huyendo. Pero aquellos últimos seis meses le habían dado esperanzas de poder echar raíces en algún sitio, aunque solo fuesen raíces superficiales, y tratar de vivir una vida real.

Si supiera con toda certeza que Desmond no la estaba buscando…

Pero la estaba buscando.

«Si me dejas y te vas, te perseguiré y te encontraré. Y cuando lo haga, te enterarás de hasta qué punto me has decepcionado». Le había murmurado aquellas palabras al oído mientras le pegaba, después de una discusión. Aunque no podía llamar «discutir» a lo que hacían.

Él le pegaba.

Y ella se encogía de miedo.

Se miró las manos, recordando las férulas de la muñeca, las de los dedos y la escayola del brazo.

Empezó a sentir un martilleo en la cabeza y eso la obligó a pensar en otra cosa.

Pero antes, una pastilla para la migraña.

***

Matt y su equipo pasaron buena parte del día siguiendo el recorrido de su ruta para comprobar que se había llevado a cabo la eliminación reglamentaria de la maleza, tanto en propiedades comerciales como residenciales. La mayoría de las veces los vecinos los recibían con una sonrisa y un apretón de manos, pero siempre había algún propietario que decidía que eso de que sus malas hierbas midieran un metro de altura y reptaran por las paredes de sus casas no era asunto de los bomberos.

Por muy diplomática que fuera la unidad de Matt, esos mismos propietarios siempre eran los que ponían el grito en el cielo y los que armaban más jaleo cuando, finalmente, se declaraba un incendio.

Era una parte de su trabajo que no le gustaba lo más mínimo.

Apagar un incendio, entrar en un edificio en llamas para salvar una vida… prefería mil veces hacer eso a tener que supervisar las costumbres de la gente en materia de jardinería.

El primero de mayo era la fecha límite para desherbar los jardines de las casas, así que en aquella ronda se limitaron a notificar avisos. Ya tenían un mapa de los residentes que precisaban recordatorios anuales, seguidos de una advertencia, seguida de una fecha en la que las autoridades municipales o del condado tomarían medidas contra ellos. En los casos en los que el propietario no cumplía, se contrataba a operarios para que llevaran a cabo la tarea y se le pasaba la factura al residente. Todo como parte del esfuerzo por mantenerlos a salvo.

Estaban subiéndose de nuevo al camión después de un intercambio bastante hostil cuando Tom empezó a quejarse.

—Joder, eso ha sido la repanocha.

—Ese protesta y se caga en todo todos los años. En julio reacciona —les dijo el capitán Arwin.

—¿Cuánto tiempo dices que llevas haciendo esta ruta? —le preguntó Matt.

—Diez años en esta estación, pero llevo casi veinte en el valle. Solo hay menos quejas cuando hay un incendio importante. El hecho de que hoy hayamos tenido tan pocas es la prueba de que el fuego del año pasado dejó huella.

Tom negó con la cabeza.

—Para el año que viene, ya se les habrá olvidado.

Jessie subió el último y cerró la puerta.

—Solo faltan un par de horas más y podemos dar el día por terminado —dijo Arwin.

Matt lanzó un gemido y cogió los auriculares mientras Tom ponía en marcha el gigantesco camión. Entonces, recibieron una llamada por radio.

—Oh, gracias a Dios —exclamó Matt.

Tom se giró en su asiento para mirarlo con la misma sonrisa en la cara.

Un incendio era una manera mucho mejor de pasar el día que llamando a las puertas de los vecinos. Aunque era consciente de que sonaba muy mal, lo cierto es que era la razón por la que todos se habían hecho bomberos.

Se había declarado un incendio forestal junto a la interestatal en Stevenson Ranch, y como la zona estaba llena de casas residenciales, la central había enviado media docena de camiones.

El fuego ya había devorado cuatro hectáreas antes de que llegaran allí, y estaba trepando por la ladera hacia una zona de casas. Ya había algunas brigadas en el flanco sur, y desviaron al equipo de Matt a las primeras estructuras en entrar en contacto con las llamas.

El vecindario era como los de la mayoría de los barrios del valle de Santa Clarita, con numerosos coches aparcados en las calles frente a las casas, y en ese momento muchos de los residentes estaban en la calle con sus teléfonos móviles en la mano, grabando imágenes en vídeo del incendio para colgarlas más tarde en internet.

Para Matt y su equipo, estaban en medio, estorbando.

Se detuvieron entre las dos primeras casas de la cabeza del incendio y se bajaron de un salto. Una vez cubiertos con los equipos de protección, desde el casco hasta las botas, se sujetaron los dispositivos respiratorios a la espalda. El capitán corrió a meterse entre las casas para visualizar las llamas.

Por la velocidad a la que había vuelto supieron que debían darse prisa.

—¡Rápido, chicos! Vamos.

Matt extendió el puño hacia los hombres.

—¡A moverse!

Entrechocaron los puños y, acto seguido, ya estaban formando una hilera, conectando las mangueras y corriendo a apagar el fuego.

A Matt se le aceleró el pulso y supo que no se le calmaría hasta que todo hubiese terminado.

Joder, cómo le gustaba su trabajo…

***

Erin vio las columnas de humo extendiéndose por el valle. Estaba demasiado lejos como para temer que el fuego fuese a alcanzarla, pero eso no impidió que se preocupara por Matt. Abrió la aplicación de su teléfono para ver si habían enviado a su brigada. Cuando confirmó que así era, se puso aún más nerviosa.

Como el humo no se extinguía de inmediato, encendió la televisión para ver los informativos locales con la esperanza de que cubrieran el suceso, pero lo único que vio fue un avance informativo diciendo que se había producido un incendio y que un equipo de bomberos iba de camino, cosa que Erin ya sabía. Entonces cayó en la cuenta de que lo más probable era que los medios de comunicación obtuviesen gran parte de su información de la misma fuente que ella.

La ansiedad de Erin fue en aumento a medida que el incendio se extendía y enviaban más camiones de bomberos.

Finalmente, unos equipos de televisión se desplazaron al lugar de los hechos para cubrir el suceso desde la calle con acceso más cercana al fuego. Las llamas escalaban la ladera de la colina desde la parte de atrás. Por el momento parecía que las casas estaban a salvo, pero en realidad lo único que veía era un humo denso y filas de coches de bomberos abarrotando las calles. Todos los bomberos parecían iguales, con aquellos cascos y con las mangueras en las manos. Por mucho que Erin se esforzara por distinguir a Matt entre ellos, no lo conseguía. Cuando las escenas empezaron a repetirse en bucle, se levantó del borde del sofá y se fue a la cocina de Parker.

Necesitaba moverse.

Necesitaba hacer algo para distraerse.

Pasó diez minutos juntando harina, azúcar y otros productos de hornear de la despensa y abrió la nevera. Al no encontrar lo que necesitaba, se fue a su casa, cogió los ingredientes y volvió corriendo.

Antes de empezar, refrescó la aplicación del teléfono y cambió de canal para ver las dos cadenas de noticias que estaban cubriendo el incendio.

Erin sabía que Parker no era una gran repostera, pero había heredado de su madre todas las sartenes y los cacharros adecuados, así que la cocina estaba provista de todo lo que necesitaba para trabajar con eficiencia. Con el aire acondicionado encendido y mitigando el calor, poco a poco convirtió la cocina de la casa en un obrador de panadería.

Para cuando Austin regresó del instituto, había docenas de galletas, una bandeja entera de *brownies*, un pastel y una tarta de melocotón enfriándose en una rejilla.

Austin soltó su mochila con la boca abierta.

—¿Qué demonios...?

Erin señaló la televisión.

—Hay un incendio —dijo, como si eso fuera explicación suficiente para su arrebato repostero.

Austin miró al televisor y luego volvió a mirar a la encimera, repleta de toda clase de barbaridades, pero maravillosas barbaridades, a fin de cuentas.

—Sí, ya lo he visto. Pero ¿qué tiene que ver eso con esto?

En ese momento sonó el temporizador, avisando de que había que sacar otra tanda de galletas del horno. Esta vez eran galletas de azúcar rellenas de fresa.

—Matt.

—¿Matt te ha pedido que le prepares un subidón de azúcar?

Sacó una bandeja del horno y metió otra dentro.

—Matt ha acudido al incendio.

Austin se metió una galleta en la boca y lanzó un gemido.

—Sí. ¿Y?

Erin negó con la cabeza.

—Matt está sofocando el incendio. Y yo, aaah… —Miró a su alrededor en la cocina y se apartó un mechón de pelo rebelde que se le había salido de la coleta, algo suelta—. Estoy haciendo galletas.

Austin se acercó a por un *brownie*.

—Te das cuenta de que lo que dices no tiene sentido, ¿verdad? —Dio un mordisco y luego miró el trozo a medio comer—. Madre mía… ¡esto está buenísimo!

—No te los comas todos. Son para Matt.

En ese momento se fijó en la inmensa cantidad de exquisiteces causantes de diabetes que había conseguido hornear en una tarde.

Austin acumuló tres *brownies* más en sus manos.

—No creo que vaya a ser capaz de comerse todo esto.

—El parque de bomberos. Lo llevaré al parque de bomberos.

Sí, eso es lo que estaba haciendo: hacer galletas y pasteles para el equipo.

Miró el reloj.

—¿Y vas a hacer esto cada vez que haya un incendio al que Matt deba acudir?

Erin dirigió la mirada al horno. Maldita sea… no había puesto el temporizador.

—No lo sé. Sí… tal vez.

Miró dentro, calculó el tiempo que quedaba todavía y se dirigió al fregadero para ir lavando los platos al mismo tiempo.

La reportera llevaba un abrigo amarillo que parecía pensado más para llamar la atención que como elemento de protección. Describió la escena con adjetivos como «feroz» y «destructivo» y a continuación empleó los términos «heroicos» y «valientes». Al final mencionó un porcentaje de extinción y expresó su esperanza de que el fuego estuviese completamente controlado a la mañana siguiente.

—Seguro que ya lo han sofocado —dijo Austin con la boca llena de chocolate.

—Ha dicho que será por la mañana.

—Sal y dime si ves humo.

En lugar de discutir, Erin abrió la puerta corredera y se asomó al borde del terreno para ver mejor.

Había humo, pero no tanto como apenas unas horas antes. Austin se le acercó por detrás.

—¿Lo ves?

—¿Crees que ya lo han extinguido?

—Creo que está casi apagado. No lo consideran «extinguido» hasta que establecen literalmente un perímetro en la tierra que rodea los daños ocasionados por el fuego.

—¿En serio?

—Sí. A finales de verano ya serás toda una experta en esto. —Austin se dio media vuelta para alejarse—. Si quieres llevar todo eso al parque de Matt para que se lo encuentren cuando vuelvan, deberías empezar a meterlo en bolsas o algo.

Capítulo 10

Había varios vehículos aparcados delante del parque de bomberos, y Erin reconoció la camioneta de Matt entre ellos. Tras asomarse a echar un vistazo a través de las enormes puertas, vio que no había indicios de que los camiones hubiesen regresado. Una parte de Erin quería que Matt estuviera allí, para asegurarse de que estaba bien, pero otra parte quería que no estuviera para poder entrar a hurtadillas, dejar allí la pequeña panadería que había acumulado y marcharse antes de que él se diera cuenta de que era ella quien lo había horneado todo. Aparcó el coche en la calle y cogió el primer paquete de provisiones del asiento trasero.

No fue hasta que se acercó a la puerta principal de la estación cuando cayó en la cuenta de que tal vez no habría nadie dentro para dejarla entrar.

Llamó a la puerta varias veces y se quedó allí plantada, sintiéndose un poco tonta. Al final hizo girar el picaporte para ver si la habían dejado abierta.

Efectivamente.

Abrió la puerta de golpe.

—¿Hola? —exclamó.

Unos ruidos procedentes de la parte de atrás del edificio llamaron su atención, así que entró con sigilo.

—¿Hola? —repitió.

Con su ofrenda en la mano, pasó por delante de las oficinas del parque y se dirigió a lo que supuso que debía de ser el garaje. En lugar de un espacio vacío repleto de bomberos, se encontró con una amplia sala en la que había dos mujeres atareadas en la cocina, preparando comida. Al igual que en su casa, la televisión estaba encendida y en la pantalla aparecían las noticias del incendio.

—Hola —dijo por tercera vez.

Ambas se dieron media vuelta y sonrieron.

—Deja que te ayude con eso. —La mujer que se acercó a ella era afroamericana, y debía de rondar los cuarenta años, aunque lo cierto es que Erin no sabría decirlo en realidad. La recibió con la sonrisa más amable y los ojos más expresivos que Erin había visto en su vida.

—Espero que no os importe que haya entrado sin esperar a que alguien me abriese... —Erin le dio la bolsa.

—No, claro que no. Adelante. —La segunda era una mujer blanca, unos diez años más joven que la otra, con el pelo corto y castaño y maquillada con abundante delineador de ojos. Erin no estaba segura de por qué el delineador de ojos llamaba tanto la atención.

—Tengo más en el coche —les dijo Erin.

—¿Te ayudamos?

—No, ya puedo traerlo yo todo.

Erin apiló las bandejas de tres en tres y pudo con el resto ella sola.

Una vez de nuevo en el interior del edificio, las mujeres la ayudaron a desempaquetar la comida.

—Soy Tamara, la esposa de Anton —dijo la mujer más mayor—. Y esta es Kim, la esposa de Tom.

De repente, Erin se sintió fuera de lugar.

—Yo soy Erin... mmm..., una amiga de Matt.

Aquellas palabras hicieron que ambas arquearan las cejas y que se ensancharan sus sonrisas.

—Me parece que no hemos oído hablar de ti.

En el estómago de Erin, las mariposas empezaron a agitar sus alas, y no con el agradable cosquilleo que se sentía justo antes de un primer beso, sino con la desazón que amenazaba con hacerle devolver el desayuno si no iba con cuidado.

—No, claro, es normal. Quiero decir, nosotros dos somos solo amigos y… —Se ruborizó—. No hace mucho que nos conocemos.

—No te preocupes, mujer. No pretendemos ser cotillas, es simple curiosidad —dijo Tamara—. ¿Te apetece algo de beber? ¿Agua? ¿Un refresco? Aquí no tienen nada más fuerte.

—No, no. Si no debería quedarme siquiera. Solo estaba…

«Muerta de preocupación», pensó.

Kim sacó una botella de agua fría de la nevera y se la dio a Erin.

—No tienes que darnos explicaciones. Entendemos que es complicado cuando los chicos salen a responder una llamada. Por eso estamos aquí —indicó.

Eso hizo que una sonrisa reemplazase a su ceño fruncido.

—Lo siento. No conozco a ninguno de vuestros maridos. Esto debe de ser horrible para vosotras. Yo solo soy una amiga y…

Tamara sonrió.

—Sí. Me gusta decir que, con el tiempo, se hace más fácil.

Kim quitó el envoltorio de una tanda de galletas.

—¿Tienes una panadería?

Erin negó con la cabeza.

—El horno me relaja cuando estoy nerviosa.

—Ay, madre… Pues esto solo ha sido un pequeño incendio… ¡A saber lo que harás si un incendio se prolonga una semana!

Erin tragó saliva ante la idea.

—¿Y sois vosotras quienes cocináis aquí siempre?

—No, no. Este es el primer incendio serio de la temporada. A Kim y a mí nos gusta venir aquí y cocinarles. Cuando hay incendios más importantes no vuelven a la estación y ya hay mucha comida en los campamentos y en las bases de operaciones, pero en un incendio pequeño como este, en realidad venimos para no volvernos locas mientras ellos están fuera. —Tamara hizo un movimiento con la cabeza mirando a Kim—. Christina estuvo aquí hace un rato, pero la enviamos a casa cuando tuvimos noticias de los chicos.

—¿Quién es Christina? —preguntó Erin.

—La mujer de Jessie.

Kim debió de reconocer la expresión confusa en su rostro.

—Ya los conocerás a todos, no te preocupes. Christina está embarazadísima. Le dijimos que la llamaríamos si había novedades.

La idea de conocer a alguien la ponía nerviosa.

—Creo que debería…

—¿Cómo conociste a Matt? —le preguntó Tamara.

—Su hermano sale con una de mis amigas.

—¿Cuánto tiempo lleváis saliendo?

Erin parpadeó varias veces.

—Solo somos amigos.

Kim y Tamara intercambiaron una mirada.

—Ah, eh… ya, claro. —Kim cogió un *brownie*—. Están buenísimos.

Sin ser consciente siquiera de que se había sentado o de que se había bebido la mitad de la botella de agua, Erin se puso en pie.

—De verdad, tengo que irme.

Las palabras acababan de salir de sus labios cuando se oyó el sonido inconfundible de una puerta motorizada al abrirse.

—Parece que han vuelto.

La sonrisa de Erin se esfumó. ¿Cómo diablos iba a explicar su presencia a Matt?

***

Tenía hambre y estaba hambriento, y a tope de adrenalina.

—Parece que al final sí vamos a comer caliente —les comentó Tom a través de los auriculares mientras aparcaban el camión en el garaje.

Matt se fijó en que había un par de coches más en el aparcamiento. Le gustaba que a veces las mujeres de los bomberos —e incluso un par de maridos—, estuvieran en la estación cuando volvían de un incendio, esperándolos con un plato de comida caliente, e impacientes por que les contaran cómo había ido la jornada. En situaciones largas, su madre era famosa por sumarse a las familias de los bomberos y ayudar. Todos salían ganando.

El incendio se había propagado rápidamente y con virulencia, y no habían tardado en tenerlo bajo control gracias a la ausencia de viento y al hecho de que la vegetación todavía no se había secado por completo. Las brigadas seguían haciendo labores de limpieza, y el nombre de Matt figuraba en la lista de voluntarios para acudir al turno extra al día siguiente. Las horas extras eran algo maravilloso. Eso significaría que se perdería la barbacoa con Erin, pero no creía que a ella le importara. De hecho, puede que incluso eso hiciese que lo echara de menos y entonces tal vez le diría que sí a una cita de verdad.

Tom aparcó el camión y todos se bajaron del vehículo.

El capitán les asignó la tarea de conectar el sistema de extracción de gases de escape y preparar el camión para la siguiente salida antes de que arrastraran sus sucios traseros al interior del edificio.

—Es como si nos hubiéramos quitado de encima el óxido del invierno —dijo Tom.

Matt le ofreció el puño para que se lo chocara.

—No podría estar más de acuerdo. Preparado para el siguiente.

—En el sur de California, siempre había un «siguiente».

En cuanto puso el pie en el interior del parque, empezó a salivar con la mezcla de olor a ajo y especias.

Vio al capitán abrazando a Tamara en el centro de la cocina y a Kim deslizándose junto a Tom cuando pasó por la puerta.

—Le hemos dicho a Christina que se fuera a casa, Jessie. Tienes que llamarla antes de ducharte.

Jessie ya tenía el teléfono en la mano.

Matt se estaba volviendo para irse a la ducha cuando la vio. Pestañeó varias veces.

—¿Erin?

Estaba al otro lado de la mesa de estilo rústico, detrás de una montaña de comida. Se retorcía las manos con nerviosismo delante de su regazo, y avanzó hacia él arrastrando los pies.

—Hola.

Matt no estaba seguro de qué era lo que le pasaba por la cabeza en ese instante. Más tarde reflexionaría y se daría cuenta de que, probablemente, no pensaba en nada. Movió los pies hasta situarse delante de ella y extendió la mano. En ese instante, ella lo estaba mirando con nerviosismo, pero, segundos después, él ya estaba inclinando la cara, buscando los labios de ella con los suyos.

En el instante en que sus labios entraron en contacto, la adrenalina de su cuerpo alcanzó un pico que ni el más terrible de los incendios podía provocarle, por muy peligroso que fuera.

Erin sabía a sol y a lluvia de primavera, todo a la vez.

Ella jadeó, o tal vez fue él, pero no se apartó. Y cuando el cerebro de Matt asimiló lo que acababa de hacer su cuerpo, la retuvo un poco más.

—Estás aquí.

Erin tenía la cara completamente roja, y los ojos abiertos como platos por la sorpresa. Centró su mirada en los labios de él.

—Es que estaba, mmm…

Matt sabía que no iba a dejar de sonreír en mucho rato.

—¿Preocupada?

Ella asintió tres veces con la cabeza, tímidamente.

Matt desplazó las manos a sus hombros y vio la huella de hollín que le dejó en la piel con aquel movimiento. Trató de eliminarla con el pulgar, pero no hizo más que empeorar el resultado.

Aunque no quería dejar de tocarla, apartó la mano.

—Necesito ducharme.

Ella aún estaba sin habla.

—No te vayas. —Estaba bastante seguro de que tenía que decirle eso o se iría.

—Mmm…

—Por favor.

Erin se llevó la punta de los dedos a los labios.

—De acuerdo.

Matt cogió un trozo de papel de cocina y se lo dio a Erin antes de irse a la ducha.

El capitán y Tom le siguieron.

Matt oyó la voz de Tamara al salir de la habitación:

—Conque solo amigos, ¿eh?

***

Erin estaba paralizada.

Miró el trozo de papel de cocina que llevaba en la mano y le resultó igual de confuso que lo que acababa de suceder.

Matt la había besado.

Y ella había dejado que la besara.

Delante de sus compañeros de trabajo.

Kim se acercó a ella y se rio.

—Tienes un poco de… —Hizo un gesto señalándole la mejilla.

—Allí hay un baño —dijo Tamara, indicándole dónde.

Eso era justo lo que necesitaba.

Erin corrió a cerrar la puerta del baño a su espalda y, al mirarse al espejo, advirtió el hollín en su cara y el brillo en sus ojos. Abrió el grifo del agua y se quitó la huella de Matt de la cara. Luego se quedó frente al espejo, mirándose.

La había besado.

Y… ella le había devuelto el beso, por Dios santo…

Un momento, ¿ella había hecho eso? Cerró los ojos y recordó su beso, el segundo antes de que sus labios tocaran los suyos y el cosquilleo en su estómago. Había visto los restos del esfuerzo de la jornada en su cuerpo cuando entró por la puerta, y la forma en que la miró a los ojos y le sostuvo la mirada. Él había ido a por ella sin pensarlo dos veces, como si lo hubiera hecho en centenares de ocasiones y besarla fuera algo natural en lugar de una primera vez.

Había sido maravilloso.

La había besado con tanto cuidado y tan delicadamente que ella había jadeado y se había acercado a él.

¡Sí! Ella le había devuelto el beso.

—Ay, Dios…

Ahora tenía que verlo de nuevo. A él y a todo su equipo.

Veinte minutos después, Matt y los demás estaban vestidos con sus pantalones azules de uniforme y sus camisetas del cuerpo de bomberos. Se abalanzaron sobre la pila de comida como adolescentes entrando por la puerta después de clase.

—Una comida así hace que me entren ganas de que haya un incendio de escasas proporciones todos los días —comentó Tom mientras se servía una generosa ración de puré de patatas con ajo en el plato.

—Eso es porque no te gusta cocinar —le contestó Jessie.

Tom se encogió de hombros.

—Si eso te hace sentir mejor, a nosotros tampoco nos gusta lo que tú cocinas —le espetó Matt a su amigo.

Erin se sentó tranquilamente a observar el intercambio de bromas y pullas con una sonrisa. Era el grupo de desconocidos más numeroso con el que había estado desde que vivía en California, y solo había cinco personas en la mesa a las que no conocía. A Maci, la mujer que era antes, le encantaba ese tipo de reuniones sociales. A Erin, en cambio... no, no se sentía cómoda con los grupos de gente. Ese ambiente íntimo daba pie a pasar a las preguntas personales para «conocerse mejor». Y las respuestas a esas preguntas requerían mentiras bien ensayadas. Menos mal que no había alcohol en la mesa. Las veces que había bebido con Parker ya se había dado cuenta de que, cuando llevaba unas cuantas copas encima, se le daba fatal mantener sus secretos.

—Hay un montón de postres, así que guardad sitio en el estómago —les dijo Tamara.

—¿Has hecho tarta de frutas? —preguntó Anton a su mujer.

—No. Erin ha traído el postre —le contestó.

Kim soltó una risita, pero no dijo nada más.

Matt se inclinó.

—¿Has traído *brownies*?

Esa era una pregunta fácil.

—Sí.

Matt hizo una mueca de dolor.

—¿Qué pasa? Creía que te gustaban.

—Tus *brownies* están de muerte, y presentárselos a estos tipos podría ser peligroso.

Había tanto orgullo en su voz que era difícil no sonreír.

—Conque están de muerte, ¿eh? —exclamó Jessie.

Matt negó con la cabeza.

—No. En realidad, no os van a gustar nada. Os ahorraré el mal trago y me los llevaré a casa.

—Ahora tengo que probarlos, con o sin dieta —dijo Tamara.

—No te hace falta perder peso... —Kim cambió de tema y enseguida se pusieron a hablar todos como cualquier familia.

Anton era el cabeza de aquella familia, y Jessie era el benjamín. No es que alguno de ellos fuera viejo o joven... simplemente, aquella era la dinámica. Kim era la segunda esposa de Tom. Anton y Tamara llevaban casados «desde siempre», tal como dijo ella misma antes de inclinarse y besar a su marido. Jessie era un recién casado con un bebé en camino.

—¿Cómo os conocisteis vosotros dos? —Tamara centró la conversación en Erin y Matt.

Erin dejó que la pausa se prolongara para que fuera Matt quien respondiera.

—A través de Colin. Su prometida es la casera de Erin.

—No sabía que Colin se había comprometido —dijo Tom.

—Todavía no es oficial —añadió Erin y miró a Matt—. A menos que sepas algo que yo no sé.

—Estoy seguro de que a estas alturas ya se lo ha pedido —explicó Matt. Se dirigió a los demás en la mesa—. Parker y él están en Cabo San Lucas. Le va a regalar el anillo antes de que termine el fin de semana.

—Pero ¿ella le dirá que sí? —preguntó Jessie.

Todos miraron a Erin.

—Sí, lo hará —dijo ella.

Matt sonrió.

Tamara ladeó la cabeza.

—Eso es fantástico. Es la chica que vive en lo alto de Creek Canyon, ¿verdad? ¿Donde hubo todas aquellas inundaciones?

Matt asintió.

—Sí. Erin vive en su casa de invitados. Ha sido una locura de invierno para todos ellos.

Varias miradas se volvieron hacia ella.

—Tuvo que ser horrible. Primero el incendio, luego la inundación… —comentó Kim.

—Yo me fui a vivir allí después del incendio, pero Parker me contó que fue un auténtico infierno —les dijo Erin.

Anton apartó su plato vacío y se recostó hacia atrás.

—El incendio de Creek Canyon fue uno de los peores que hemos visto por aquí. La forma en que se propagó desde ese cañón no dio tiempo a ninguna intervención aérea ni a actuaciones directas para que las brigadas terrestres trazaran una línea de control con los *bulldozers*. Me sorprende que no ardieran más casas.

A partir de ese momento, los hombres se pusieron a hablar del incendio en el que acababan de intervenir, sobre cómo se había comportado y lo que habían hecho para salvar las casas. A medida que se iba desarrollando la conversación, Erin se dio cuenta de que esa era la razón por la que las esposas formaban parte de aquel primer incendio de la temporada. Los bomberos —los amigos de Matt— hablaban de su jornada de una forma que hacía que todos los presentes se relajaran. El fuego era algo normal para ellos: lo que para cualquier persona normal supondría una pesadilla, para ellos era su vida cotidiana, o al menos formaba parte potencial de su vida diaria. Erin descubrió que todos los incendios forestales a los que habían acudido en lo que iba de año se habían controlado en una hora. También descubrió que el siguiente incendio forestal que se produjera no daría pie a otra cena informal en el cuartel de bomberos, sino que se limitarían a llamar a sus mujeres a casa para avisarlas.

—Normalmente, si un incendio se alarga mucho, acude una nueva brigada para encargarse del cuartel mientras nosotros estamos en la línea de fuego.

En la estación había tres turnos: A, B y C. Ellos eran del turno B, lo que significaba que aquel equipo trabajaba junto la mayor parte del tiempo. Sin embargo, eso no significaba que no trabajaran con otros compañeros de la estación.

Erin tenía mucho que aprender.

Cuando Tamara se levantó y cogió un plato, todos los demás la imitaron. Nadie se quedó sentado mientras retiraban la mesa.

Guardaron las sobras en recipientes para que las mujeres pudieran llevárselas a casa.

—¿Qué es todo eso? —Jessie señaló un mostrador lleno de platos envueltos en papel de aluminio.

—El postre —le dijo Kim—. Espero que te hayas dejado un hueco.

Matt se volvió hacia Erin.

—¿Cuántos *brownies* has hecho?

Ella parpadeó varias veces.

—Me gusta hacer cosas en el horno.

Capítulo 11

Matt acompañó a Erin al exterior del cuartel de bomberos y luego hasta su coche, aparcado en la calle.

—Puedes aparcar en el aparcamiento de dentro la próxima vez.

—Estás dando por sentado que va a haber una próxima vez…

Por la sonrisa en la cara de ella, Matt supo que hablaba en broma. Sin embargo, con Erin, uno nunca podía estar seguro. Se apoyó en la puerta de su coche para poder pasar unos minutos más a solas con ella antes de que se fuera.

—Me sorprendió verte aquí.

Tenía los ojos más bonitos que había visto en su vida: azul celeste, pero no demasiado claro, grandes e inocentes… la clase de ojos en los que él podría zambullirse y perderse para siempre.

—Yo misma me quedé un poco sorprendida —dijo.

—Te das cuenta de que has hecho postres suficientes como para que acabemos todos diabéticos, ¿verdad?

Eso la hizo reír.

Le gustaba su risa. Ojalá pudiera hacer que lo mirara a los ojos.

—Siento perderme la barbacoa de mañana.

—No pasa nada. Es tarde. Seguramente dormiré hasta tarde y Austin y Mallory pedirán pizza.

Se moría de ganas de que aquellos ojos lo miraran directamente a la cara.

—Pues siento perderme la ocasión igualmente. A menos que les guste la pizza con anchoas. Entonces no me importa.

Bingo. En ese momento lo miró a los ojos, iluminados por su sonrisa.

Entonces dijo algo que sabía que le haría apartar la mirada, pero con aquella mujer también sabía, instintivamente, que expresar las cosas en voz alta era mejor que no hacerlo, así que hizo lo que le aconsejaría su hermana pequeña.

—Te he besado.

De inmediato, ella bajó la mirada a los pies.

—Ya me he dado cuenta.

—Y tú no te has apartado.

Sus manos empezaron un tira y afloja personal con la correa del bolso que llevaba colgado del hombro.

—También me he dado cuenta.

Matt percibía la incomodidad de ella como percibía el aire fresco de la noche, que le recordaba que aún no era verano.

Se alejó un paso del coche y le abrió la puerta para que se subiera a él.

Erin se puso delante de él y vaciló un instante. Desvió la mirada hacia sus ojos para, acto seguido, deslizarla muy despacio a sus labios. Era una invitación. Sin embargo, en lugar de obrar en consecuencia, Matt optó por esperar.

«Vamos, lánzate», le gritaba su mente. Solo unos centímetros más y podría besarla de nuevo y asegurarse de que se diera cuenta de verdad.

—Mmm… —empezó a decir ella.

Justo entonces, la alarma del cuartel de bomberos los arrancó a ambos de ese momento.

Él echó la cabeza hacia atrás y cerró los ojos.

—¿Qué es eso?

—Una llamada de emergencia.

—Pero si acabáis de volver…

Se rio. No pudo evitarlo.

—Hemos podido cenar tranquilos; ya es todo un milagro, créeme. —Desplazó despacio la mano a la mejilla de ella y se inclinó hacia delante—. Te llamaré mañana.

—No tienes…

La puerta del garaje se abrió.

Tenía que irse.

Bajó la mano. El beso que ella le ofrecía tendría que esperar.

—Conduce con cuidado.

—Ve con cuidado tú también —respondió ella.

Matt le guiñó un ojo.

—Siempre lo hago.

***

El teléfono de Erin vibró en la mesita de noche tres veces seguidas, sacándola de su aturdimiento matinal. El hecho de que no hubiese dormido bien por la noche no la ayudaba en nada. Había recreado las palabras de Matt, sus expresiones y su beso más veces que una quinceañera en su primera cita. Estaba desesperada. Absolutamente desesperada. Cuando no daba vueltas en la cama, miraba el teléfono y la aplicación que le indicaba cuándo su parque de bomberos tenía que responder a una llamada.

El teléfono le vibró por cuarta vez y Erin lo cogió para averiguar cuál era la emergencia a las siete de la mañana de un sábado.

El primer mensaje solo era una foto enviada por Parker, la imagen de lo que supuso que era la mano izquierda de su amiga, con los destellos de un impresionante diamante en su dedo anular.

El segundo era una imagen de la pareja en una playa con unas rocas de gran tamaño de fondo. El cielo estaba nublado y los dos estaban empapados de la cabeza a los pies, casi como si se hubieran caído al agua completamente vestidos y los hubieran sacado y arrastrado por la arena. Tenían un aspecto horrible y, a pesar de todo, ambos sonreían como si acabaran de dejar de reírse el tiempo suficiente para posar para la cámara. Acompañando la imagen, Parker había enviado un mensaje de texto:

Recuérdame que te cuente la historia que hay detrás de esta foto...

El tercer mensaje era de Matt.

Parker ha dicho que sí. Y... buenos días.

Erin respondió primero a Parker.

¡Felicidades! Me muero de ganas de que me cuentes por qué parecéis un par de sardinas en remojo.

Su siguiente mensaje fue para Matt.

Buenos días a ti. Y sí, Parker ya me ha enviado las fotos. Tu hermano tiene buen gusto para los anillos.

Aunque Erin estaba segura de que Parker había dejado fotos de anillos a la vista para que Colin se fijara bien. Aun así, el chico había cumplido.

Erin soltó el teléfono y retiró las sábanas. Aguzó el oído para detectar algún movimiento de Austin o Scout, pero no oyó nada. Por otra parte, Austin dormía hasta tarde los fines de semana, según le había dicho Parker.

Le vibró el teléfono.

¡¡¡No me lo puedo creer!!! ¿Te ha besado? ¿Matt te ha besado?

Erin parpadeó varias veces, sacudió la cabeza y volvió a parpadear.

No, lo había leído bien.

¿Te lo ha contado él?

Tres puntos estuvieron parpadeando en la pantalla durante un buen rato.

Matt se lo dijo a Colin y Colin me lo dijo a mí. Cosas de familia… Sí, ya lo sé, es raro. ¿Cómo fue?

«Maravilloso… demasiado maravilloso».

Ya hablaremos cuando vuelvas. Que disfrutes de tu nueva joya.

Me tienes muerta de curiosidad, en serio, Erin. Solo dime una cosa: ¿estás sonriendo ahora mismo?

La pregunta de Parker la pilló por sorpresa.

Erin se llevó una mano a la mejilla y percibió la sonrisa en sus labios.

Sí.

Obviamente, Parker tenía que decir la última palabra.

¡Oleee! Está bien. Hablaremos cuando vuelva.

Después del texto del mensaje había tres líneas de corazones de distintos colores, unos labios dando besos y un montón de flores.

Era evidente que su amiga era muy feliz.

Apoyó los dedos de los pies en la moqueta y se obligó a salir de la cama. Cuando llegó a la cocina, Scout había salido del dormitorio de Austin y estaba plantado junto a la puerta corredera, moviendo la cola.

Ya estaban a veintiún grados, así que dejó la puerta abierta para que el perro entrara y saliera a su antojo.

En lugar de café, puso a hervir agua para el té. La cafeína estaba en la lista de prioridades, junto con decidir cómo manejar lo de Matt. No entendía cómo podía haberle devuelto el beso, ni cómo había dejado que la besara, para empezar.

Ni siquiera estaba divorciada todavía.

Aunque eso él no lo sabía. Y no es que ella se considerara una mujer casada. Pero aun así.

Justo cuando la tetera empezaba a silbar en el fuego, le sonó el teléfono.

«Hablando del rey de Roma...».

—Buenos días, Matt.

—Me gusta cómo suena eso en tus labios —le dijo él.

Ella negó con la cabeza.

—Eres incorregible.

—Lo soy. Había empezado a escribirte otro mensaje, pero he pensado que era mejor llamarte, porque es evidente que estamos los dos levantados.

Erin colocó el teléfono sobre la encimera y pulsó la opción manos libres.

—Parece que esta mañana estás haciendo muchas llamadas muy temprano.

—¡Ay! Me has pillado, ¿verdad?

Vertió el agua hervida en la taza con la bolsa de té.

111

—¿Se lo cuentas todo a tu hermano?

—Las cosas importantes, sí. Él me dijo que Parker había dicho que sí, y puede que yo le dijera que tú y yo nos besamos.

—Sinceramente, creía que los hombres no hacían esas cosas —dijo ella.

—Bueno, más bien me dijo que a Parker le había encantado el anillo y que ella pensaba que todo el mundo necesita un poco de romanticismo en su vida. Parker estaba ahí al lado de él y oí que preguntaba cómo iban las cosas por aquí. Ya sabes que le gusta estar pendiente de todo.

—Sí. Lo sé.

—Sí. Así que me preguntó si había estado en la casa. Les dije que habías venido a la estación. Creo que entonces Parker lanzó un grito. Ya sabes, uno de esos gritos que dais las mujeres cuando estáis contentas...

Erin se imaginó la escena.

—Sí. Lo sé.

—Y entonces, como quien no quiere la cosa, les dije que te había besado. —Hizo una pausa—. Entonces hubo más gritos.

—Ibas bien hasta que has dicho eso de «como quien no quiere la cosa». ¿Cómo le cuentas algo a alguien «como quien no quiere la cosa»?

—No lo sé. Tal vez estoy delirando por la falta de sueño de anoche. ¿Estás enfadada?

Él tampoco había dormido. Y eso la hizo sonreír.

—No.

—Gracias a Dios.

—Pero soy una persona muy reservada, Matt.

—No volverá a ocurrir.

Ella dudó.

—¿Lo del beso?

—¡No! Quiero decir, espero que no. Me apunto totalmente a lo de que haya más besos. Simplemente, no se lo diré a nadie.

De pronto, Erin se dio de bruces con la realidad de que no solo estaba coqueteando abiertamente con él, sino que, además, le estaba dando alas.

—No estoy en un buen momento de mi vida para garantizarte más besos.

Matt se quedó en silencio durante unos segundos.

—¿Es que no te gustó?

—No. Fue… —Erin suspiró—. Esto no se me da nada bien.

—En eso te equivocas. Anoche no dormí porque no podía dejar de pensar en ti.

Ella puso los ojos en blanco.

—Anoche no dormiste porque te sacaron de la cama dos veces.

—Oye, ¿y tú cómo lo sabes?

Erin hizo una mueca de dolor. No había sido buena idea decirle eso.

—La aplicación.

—Conque me estás espiando, ¿eh? —Erin percibió la risa en su voz.

—Es una aplicación de información pública. No estaba ahí enfrente del parque de bomberos vigilándoos con unos prismáticos ni nada de eso…

—Eso sería un poco preocupante —dijo él.

—Sí, claro. Así que no estaba espiándote.

—¿Sentías curiosidad?

—Preocupación.

—Eso es aún mejor.

Erin cerró los ojos.

—Matt…

—Está bien, Erin. Lo entiendo. Te besé y te gustó lo suficiente como para darle vueltas a la cabeza. Lo cual me parece muy bien. Quiero que pienses en mí.

—Estás muy seguro de ti mismo.

—¿Me equivoco?

Ah, qué ganas tenía de pedirle explicaciones por sus palabras y seguir por esa senda…

Y sin embargo, no dijo nada.

—Exactamente —concluyó Matt—. Solo quiero que sepas que yo también pienso en ti.

A Erin le gustaba cómo sonaba eso, por mucho que odiara admitirlo.

—Déjame invitarte a cenar —propuso Matt.

—No. —Su rechazo fue instantáneo. Estaba en modo piloto automático—. Quiero decir que ahora mismo no es un buen momento para mí. —Había ensayado esa frase tantas veces que empezaba a sonar muy gastada, incluso para sus propios oídos.

Al cabo de unos segundos de silencio, Matt dijo:

—Vale, no insistiré más.

Justo lo que ella quería oír, pero ¿por qué sentía aquella opresión en el pecho?

—De acuerdo.

—No me voy a rendir. Simplemente no te voy a presionar. —Había tanta luminosidad en sus palabras y eran tan livianas que la presión en su pecho se disipó al instante.

—Eres increíble.

—Sí, ya lo sé. Y tengo que irme.

—Ten cuidado —le dijo.

—¿Erin?

—¿Sí?

—Nada. Es solo que me gusta decir tu nombre. Te llamaré más tarde. —Y colgó.

Antes de que su cerebro se hubiera recobrado de la conversación, le vibró el teléfono.

Tú también eres increíble.

Se quedó mirando la pantalla.

—Ay, Erin, ¿dónde te estás metiendo...?

***

Erin estaba en la puerta de la salida de la terminal, ejerciendo el servicio de recogida del aeropuerto. Teniendo en cuenta que el lugar estaba tan concurrido como de costumbre, optó por aparcar el coche en lugar de conducir en círculos esperando recibir la llamada de Parker diciéndole que estaban listos para que los recogiera en la acera. Como cada vez que iba a un lugar público tan grande como el aeropuerto de Los Ángeles, llevaba una gorra de béisbol y gafas de sol. Quería pasar desapercibida y que nadie la reconociera. Especialmente en un aeropuerto.

Desmond había viajado mucho, por exigencias de su trabajo, o al menos eso era lo que le decía. Ella daba por sentado que tenía varias amantes y que hacía auténticos malabarismos para compaginar todas sus relaciones. En cualquier caso, se iba de viaje muy a menudo, lo que le daba a ella la oportunidad de pasar varios días sin él. El mero hecho de pensar en su expareja le hacía agachar la cabeza y ocultar los ojos, que en aquel momento no se tapaba con las gafas de sol, ya que ponérselas en interiores llamaba aún más la atención de la gente.

A menudo se preguntaba —más veces de las que le gustaría— si también pegaría a sus amantes. Seguro que no era la única. Ojalá se hubiese equivocado pegando a alguien a quien no debía y ese alguien lo hubiera metido entre rejas. Entonces tal vez Erin podría haber conservado su vida anterior.

Por mucho que tratara de apartar esos pensamientos de su cabeza, el ruido del ajetreo de los viajeros que recorrían el aeropuerto le traía muchos recuerdos, la mayoría de ellos relacionados con él.

Un hombre de negocios, vestido con traje, se le puso al lado y, por un segundo, se quedó paralizada. Por el rabillo del ojo vio una tableta digital con el nombre del pasajero, y solo entonces levantó la vista y confirmó que el hombre no se parecía en nada a su marido.

Matt nunca llevaba traje, o al menos ella nunca lo había visto vestido con uno.

Pensar en él ayudó a que su acelerado corazón se apaciguara hasta alcanzar un ritmo normal.

Una nueva hornada de pasajeros salió de la zona de seguridad del aeropuerto y la obligó a concentrarse. Examinó a la multitud, buscando a la feliz pareja. Pasaron cinco minutos y salieron tal y como los había imaginado: bronceados, sonrientes y tan increíblemente relajados que era imposible no adivinar cómo habían pasado sus vacaciones.

Parker se puso a chillar en cuanto la vio, echó a correr y plantó la mano delante de la cara de Erin antes de saludarla siquiera.

El anillo era aún más bonito en vivo y en directo.

—Bien hecho, Colin —lo felicitó Erin antes de abrir los brazos para recibir un abrazo de cada uno.

—Puede que haya sabido captar una indirecta.

—Pues enhorabuena.

Parker caminó acurrucada junto a Colin mientras se dirigían a la zona de recogida de equipajes.

—Tenemos muchas cosas que hacer. Nora ya está planeando una fiesta de compromiso. —Nora era la madre de Colin y Matt.

—Tu vida está a punto de convertirse en algo que no vas a reconocer —le dijo Erin a Colin.

—Sí, empiezo a darme cuenta. —Por la sonrisa en su cara, estaba claro que no le importaba.

Erin había sido dama de honor dos veces antes de casarse, y todas sus amigas habían actuado igual que Parker. Sus prometidos también se lo habían tomado todo con la misma tranquilidad. Erin no tenía ninguna razón para pensar que cuando ella se casara las cosas fueran a ser diferentes, pero se había equivocado.

—Podrías habernos recogido en la calle… Oye, ¿estás bien? —Parker estaba de pie delante de Erin y había dicho algo, pero ella no la estaba escuchando.

—Lo siento, sí. ¿Qué estabas diciendo?

Parker ladeó la cabeza.

—Nada.

Las dos se apartaron mientras Colin recogía una de las maletas de la cinta.

—¿Cómo está Matt? —preguntó Parker.

—Esa es una pregunta capciosa —señaló Erin.

Parker se rio.

—Estoy deseando que me lo cuentes todo.

Erin se inclinó hacia ella y bajó la voz:

—No con Colin delante. Esos dos se cuentan más secretos que las niñas de trece años en un campamento de verano.

—Noche de chicas, entonces.

—¿Cuándo?

—El jueves. Colin lo sugirió en el avión. Dijo que me sentaría bien un poco de vino, chocolate, estrógeno y revistas de novias.

Observó cómo Colin recogía la segunda maleta.

—Es tan considerado…

—Sí. Tengo mucha suerte.

Erin rodeó los hombros de su amiga con el brazo.

—Es él quien tiene suerte.

Colin arrastró las dos maletas hasta donde estaban ellas.

—¿Habéis terminado de hablar de mí?

Parker negó con la cabeza.

—Ni mucho menos.

Su felicidad era contagiosa.

—¿Listos? —preguntó Erin.

Se volvieron y se dirigieron a la salida, y fue entonces cuando lo oyó. Alguien la llamó por su nombre.

—¿Maci?

Venía de lejos de donde estaban ellos. Era una voz de mujer. Una voz que no le resultaba familiar. Dio unos pasos vacilantes y le costó Dios y ayuda no volverse para ver quién la llamaba.

—¿Te has tropezado con algo? —le preguntó Parker.

—¿Maci? ¿Eres tú? —Seguía oyéndose lejos, muy por detrás de ellos. Venía del interior de la zona de recogida de equipajes.

Echó a andar más rápido y se abrió paso entre el gentío que salía del aeropuerto. El semáforo del paso de peatones indicaba la cuenta atrás, y solo faltaban nueve segundos para que se pusiera en rojo.

—Nos da tiempo. —Y sin esperar, se puso a cruzar la calle, confiando en que Parker y Colin la siguieran.

Sacó las gafas de sol del bolso, a pesar de que ya había oscurecido, y se escondió tras ellas al entrar en el aparcamiento.

—Alguien tiene prisa.

Erin aguzó el oído para oír su nombre, el que ya no utilizaba, y no aminoró el paso.

—Cuanto antes nos pongamos de camino, mejor.

—¿Por qué? —preguntó Parker—. ¿Tienes una cita importante? Madre mía… La tienes, ¿no? ¿Tú y Matt vais a salir esta noche?

Una vez a salvo en el aparcamiento, Erin se atrevió a mirar hacia atrás.

Nada. Nadie la seguía. Tal vez se había equivocado. Tal vez alguien estaba llamando a otra Maci.

—Es martes. Nadie tiene una cita romántica un martes. —Erin miró por encima del hombro y abrió el maletero del coche con el mando.

—Sí, si tu pareja trabaja los viernes y los sábados.

Erin rodeó el coche y se sentó al volante.

—Matt y yo no vamos a salir esta noche.

Parker subió detrás de ella, dejando el asiento delantero para Colin.

—¿Cuándo habéis quedado, entonces?

—No hemos quedado. —¿Por qué tardaba tanto Colin? Que metiera el equipaje en el maletero de una vez.

—¿Qué? ¿Por qué?

—Tú mejor que nadie sabes por qué. —Erin miró por el espejo retrovisor y suspiró cuando Colin cerró el maletero. Buscó en su bolso un billete de diez dólares.

—Erin… Matt no es él.

Erin miró el espejo retrovisor y los espejos laterales. No había nadie acechando en el aparcamiento.

—Ya hablaremos de esto luego.

Colin se sentó en el asiento del copiloto y cerró la puerta. Antes de que pudiera abrocharse el cinturón de seguridad, ella ya había puesto marcha atrás para salir de la plaza de *parking*.

No fue hasta que se incorporaron a la autopista —que más que una autopista, parecía otro aparcamiento— cuando Erin aflojó la presión sobre el volante.

—Bueno… —suspiró—. ¿Y ya habéis fijado una fecha?

En lugar de una respuesta, dos pares de ojos la miraron fijamente.

—¿Qué?

Capítulo 12

Había un pequeño bar de mala muerte en el centro de la ciudad que era el lugar perfecto para la *happy hour* con los compañeros de trabajo, y como Erin estaba con Parker y un par de chicas más celebrando una especie de fiesta de pijamas en el rancho, Matt estaba allí pasando el rato con Colin y algunos de sus compañeros. Por «pasar el rato» se entendía invitarlos a las cervezas y llevar luego a Colin a casa.

—Parker es una tía genial, hombre. Me alegro un montón por ti. —Las palabras venían de Fabio, de la cuadrilla de Colin. Aparte de su pelo largo, no se parecía en nada al estereotipo de hombre que había adornado las portadas de las novelas románticas en los años ochenta.

—Es muy especial. —Colin iba por la segunda cerveza con espuma, y una tercera estaba en camino.

Glynn le dio una palmada en el hombro a Colin.

—¿Todavía lleva un arma?

—Solo cuando tiene que hacerlo —dijo Colin.

—Esa mujer tendría que vivir en Texas, donde se puede llevar una armería entera en la parte de atrás de la camioneta. Estás al tanto de eso, ¿verdad, Matt? —preguntó Fabio.

Matt asintió.

—He oído algunas historias sobre Parker y su escopeta. ¿No cogió un arma el primer día que os conocisteis, antes de acompañarte al barranco? —le preguntó Matt a Colin.

Colin se llevó una mano al pecho.

—Amor a primera vista. En ese momento supe esa mujer era alguien a quien tenía que conocer más a fondo.

—Sabrá cómo ponerte siempre en tu sitio —se burló Glynn.

A continuación, siguieron muchas risas masculinas y algunos comentarios socarrones sobre piernas largas y curvas femeninas, pero ninguno fue demasiado lejos, teniendo en cuenta el hecho de que ahora Colin estaba prometido. El título llevaba consigo cierto grado de respeto. La verdad era que Parker se había ganado el respeto de todos los hombres de la cuadrilla de Colin, porque nunca se limitaba a sentarse a verlos trabajar. A lo largo de la jornada, se arremangaba, se ensuciaba las manos y se partía la espalda tanto ellos. Matt lo sabía, sobre todo porque Colin se pasaba el día quejándose de ello. Por mucho que Colin insistiera en acudir al rescate todo el tiempo, Parker nunca le esperaba y optaba por hacer siempre las cosas por sí misma.

Matt tenía que admitir que él también sentía admiración por aquella mujer.

—Va a ser una buena Hudson —le dijo a su hermano.

La expresión de Colin se suavizó.

—Vaya, no había pensado en eso: Parker Hudson.

—La señora Parker Hudson —añadió Glynn.

Matt levantó su vaso.

—Por un soltero menos en el vecindario.

Al brindis y los vítores los siguieron un par de eructos.

***

—Así que allí estábamos, peleando por salir de la pequeña embarcación que Colin había fletado para llevarnos a la Playa de los Enamorados. Colin ya estaba fuera de la barca y junto a la escalerilla para ayudarme a bajar cuando, de pronto, viene una ola gigante. La barca se levanta en una dirección y yo salgo volando hacia atrás. Colin intenta atraparme y los dos acabamos tumbados de espaldas en el agua, mientras otra ola se estrella en la orilla. Nos reíamos tanto que no podíamos ni levantarnos. Intenta llegar andando a la orilla con un vestido de verano pegado a las piernas, anda.

—Qué locura. Pero si hacía tan mal tiempo, ¿por qué salisteis en barca?

—Porque Colin tenía un plan. Y, además, no había estado nublado todo el día, así que el patrón, o el capitán... o como se llame el tipo del barco, no paraba de decir: «No hay problema. Los llevaré hasta allí».

—Quería vuestro dinero —le dijo Erin.

Grace escuchaba asintiendo con la cabeza mientras Jennifer, una amiga de Parker, rellenaba sus copas.

—Así que estamos en la playa y, de repente, Colin empieza a darse golpecitos en los bolsillos en un extraño baile de cabeza, hombros, rodillas y dedos de los pies, y luego se da media vuelta y vuelve a meterse corriendo en el agua.

Erin se quedó boquiabierta.

—¡Se le había caído el anillo!

La sonrisa de Parker se ensanchó.

—Sí.

—¡Oh, Dios mío! —Jennifer se sentó en el sofá.

—¿Cómo lo encontrasteis?

—Espera, así que empieza a gritar: «¡Está en una cajita negra, está en una cajita negra!», y yo digo: «¡Mierda!». Así que ahora estamos los dos otra vez dentro del agua, buscando en la arena para ver si encontramos una cajita negra. Y yo pensando: «Ya está. No lo vamos a encontrar». A ver, es que el mar de Cortés es superturbulento y las olas son implacables.

Erin cogió la mano izquierda de Parker.

—Pero es obvio que lo encontrasteis, ¿qué pasó?

—Espera, todavía no he llegado a eso. Debíamos de llevar treinta minutos ahí en el agua, corriendo de un lado a otro, rebuscando en la arena. Al final, otras personas de la playa nos vieron, nos preguntaron qué estábamos haciendo y se sumaron a la búsqueda. Al final, hablé con Colin y le dije que era inútil. Me dijo que quería que el momento fuera perfecto. Yo le dije que el mal tiempo y el agua nos habían unido y que no podíamos permitir que truncaran nuestros planes otra vez.

Grace lanzó un suspiro.

—Qué bonito…

Parker sonreía de oreja a oreja.

—Entonces tu hermano va y se arrodilla en el agua y me coge la mano. Se notaba que había estado practicando su discurso, pero no dejaba de estropearlo, porque no paraba de repetirse. Claro que el oleaje seguía embistiendo a nuestro alrededor, y eso no ayudaba en nada. Pero no nos importaba. Me dijo que me compraría otro anillo en cuanto volviésemos a casa, y que hasta le compraría algo a algún vendedor ambulante de por allí como gesto simbólico. Entonces me pidió que me casara con él. Yo empecé a llorar, él empezó a llorar… Fue increíble y perfecto. —Sus ojos se humedecieron con el recuerdo.

Erin se secó una lágrima.

—Todavía no nos has dicho cómo encontrasteis el anillo —le recordó Jennifer.

—Ah —se rio Parker—. Pues volvimos a la barca y el patrón, que había permanecido subido al barco todo el tiempo, se volvió, le enseñó a Colin una cajita negra y le preguntó si era suya.

Grace empezó a reírse primero, y luego todas se contagiaron con su risa.

—¿Había estado en la barca todo el tiempo? —preguntó Jennifer.

—Sí. Entonces le hice a Colin volver a bajarse de la barca para sacarnos una foto, con el anillo, en la Playa de los Enamorados. Y por eso estábamos mojados como una sopa en la foto.

—Los dos parecíais increíblemente felices —comentó Erin.

Jennifer miró la foto que Parker había impreso.

—Parece como si el mar se os hubiese tragado y luego os hubiese vomitado.

—Fue una locura. Nunca lo olvidaré.

—Seguro que a mi hermano un poco más y le da un ataque al corazón. Ese anillo no era barato —señaló Grace.

Parker se miró la mano.

—¿Y tú cómo sabes lo que cuesta el anillo?

Grace la miró como si hubiera perdido la cabeza.

—Pues porque estaba con él cuando lo compró.

Parker se quedó boquiabierta.

—¿Y no me dijiste nada?

—Ni loca.

Erin puso los ojos en blanco.

—Pensaba que en tu familia os lo contabais absolutamente todo…

Grace se volvió hacia ella con una mirada inquisitiva.

—¿Por qué dices eso?

Erin permaneció en silencio unos segundos más, y Parker intervino entonces:

—Erin está enfadada porque Matt le dijo a Colin que la había besado.

—¿Qué? —exclamó Grace, casi con un grito.

—Venga… No me digas que no sabías nada de eso —dijo Erin.

Jennifer levantó la mano.

—Un momento. Esto es nuevo, ¿no? Matt es tu otro hermano, ¿verdad? ¿El bombero?

Parker, Grace y Erin asintieron, aclarando las dudas de Jennifer.

—Pues primera noticia. —Grace se volvió hacia Parker—. ¿Por qué no me lo dijiste?

La joven agitó su nuevo anillo en el aire.

—Es que he estado un poco distraída.

—¿Cuándo fue ese beso?

Oh, no. Erin sintió que toda la atención se centraba en ella. Era hora de dejar el vino y pasarse al agua, se dijo, regañándose.

—El viernes.

Parker se inclinó hacia delante y apoyó los codos en el regazo.

—Me dijiste que me lo contarías todo con pelos y señales más tarde. Bueno, pues ahora es más tarde, amiga mía. Suéltalo todo.

Tenía que parar aquello cuanto antes.

—No fue para tanto, de verdad.

Grace prácticamente se lanzó hacia atrás en el sofá poniendo los ojos en blanco con un gesto teatral.

—Oh, por favor… Matt llevaba colado por ti desde Navidad. No nos digas que no fue para tanto.

—¿Desde Navidad? Si solo lo había visto una vez por aquel entonces.

—¿Y?

La noticia de que Matt se había sentido inmediatamente atraído por ella hizo toda clase de acrobacias en su vientre.

Jennifer se puso de pie y metió la mano en una bolsa de patatas fritas.

—Madre mía, esto sí que es apasionante.

Los tres la miraron. Parker y Grace se rieron. Jennifer miró a Erin.

—Yo llevo casada siglos. Todo esto del enamoramiento, el primer beso y los detalles del compromiso son mejores que una novela subidita de tono.

Erin se despegó del sofá para cumplir su propósito de sustituir el vino por agua.

—No fue un… solo fue un beso.

Parker se levantó de un salto y le apartó el brazo cuando Erin quiso buscar la botella de agua.

—Ah, no. Llevo esperando a oírlo todo sobre ese beso desde Cabo San Lucas, así que sigue bebiendo el suero de la verdad y empieza a cantar, pequeño canario.

Erin dejó que Parker la empujara hacia el sofá y aceptó el vino que Grace le plantó en la mano.

—Vale, vale… —Tomó un sorbo para armarse de valor y continuó—. El día que Matt os llevó al aeropuerto, volvió para devolverme las gafas de sol.

—¿Las que te dejaste en su casa cuando fuiste a llevarle *brownies*? —preguntó Grace.

—De verdad, todos los hermanos lo sabéis absolutamente todo de la vida de los otros —señaló Erin.

Grace se encogió de hombros.

—Dijo que si se te daban tan bien los besos como la repostería, iba tener un verdadero problema.

Erin sintió que le ardía la cara ante tanta expectación.

—Para los hombres la repostería es como los preliminares —añadió Jennifer.

Parker soltó una risita y Grace la imitó.

El vino estaba teniendo un potente efecto entre ellas.

Grace agitó la mano en el aire.

—El caso es que le preparaste un afrodisíaco a base de chocolate y se inventó una excusa para ir a verte sabiendo que no había nadie en la casa.

—Austin estaba aquí. No estábamos solos.

Grace frunció el ceño.

—Qué pena.

—No importa. No fue esa noche cuando me besó. Fue al día siguiente.

Parker entrecerró los ojos.

—Creía que estaba trabajando.

Erin sabía que aquel grupito de mujeres ligeramente borrachas se iba a reír a gusto con lo que iba a decir a continuación, así que en vez de quitarse la tirita lentamente, lo hizo muy rápido.

—Hubo un incendio y yo estaba un poco preocupada, así que me puse a hacer galletas y pasteles. Y cuando se me acabó el azúcar y la harina, lo llevé todo al cuartel de bomberos pensando que Matt se lo encontraría allí cuando volvieran. Solo que, cuando llegué, había otras mujeres, dos de las esposas de los compañeros con quienes trabaja. Iba a dejar las cosas e irme, pero entonces aparecieron Matt y su equipo. Me vio. Creo que se quedó muy sorprendido. Se acercó a mí como si lo hubiera hecho otras veces y me dio un beso. Y eso es todo. —Pronunció todo su monólogo inconexo dirigiéndose a su copa de vino.

—¿Y tú qué hiciste? —preguntó Jennifer.

No sabía por qué, pero le resultaba más fácil mirar a Jennifer. Seguramente porque Erin no la conocía tan bien.

—Me quedé ahí. —Cerró los ojos—. Y le devolví el beso.

Parker gritó primero, seguida de Grace.

—Solo fue un beso, y fue delante de unos desconocidos.

—Es el comienzo de algo prometedor —le dijo Parker.

Erin agachó la cabeza.

—No estoy preparada para empezar nada. Sea prometedor o no.

Grace dejó de reírse e hizo una pregunta muy simple.

—¿Por qué?

Erin miró a Parker, que también había dejado de reírse y no abrió la boca.

«Dar las explicaciones más sencillas posibles manteniéndose siempre lo más cerca posible de la verdad, sin revelar nada». Dejó el vino, decidida a no tomar ni un solo sorbo más.

—Acabo de salir de una mala relación y no estoy lista para salir con alguien.

Su excusa no coló con Grace.

—La mejor parte de salir de una mala relación es encontrar otra buena. Ya sé que no soy objetiva, pero Matt es uno de los buenos —le dijo Grace.

—Estoy segura de que sí, pero el problema soy yo: no estoy preparada.

Grace bajó la barbilla y la miró fijamente.

—Pero le devolviste el beso.

Parker se rio.

—No ha dicho que su libido no esté preparada, ha dicho que ella no está preparada. Lo entiendo perfectamente. A veces estas cosas llevan su tiempo. Si hubiera conocido a Colin justo después de la muerte de mis padres, no sé si habría sido tan receptiva.

A Erin le entraron ganas de abrazarla.

—Lo entiendo, pero no voy a perder la esperanza. Tal vez tu libido le diga a tu cerebro qué hacer.

—No soy un hombre. Intento no pensar con esa parte de mi anatomía.

El comentario de Erin las hizo reír a todas otra vez.

Y por suerte, Parker cambió de tema y se puso a hablar de vestidos de novia. Erin no tenía ninguna duda de que había esquivado una bala con aquella conversación.

Y le debía a Parker una hornada de *brownies*.

Capítulo 13

Erin abrió su portátil y se puso a trabajar en el manuscrito de su cliente. Había prometido que lo terminaría en una semana. Tenía el calendario de entregas lleno hasta el final del mes, cosa muy positiva para su cuenta bancaria, pero que no le dejaba mucho espacio para remolonear. Se programaba una agenda tan apretada a propósito: se suponía que estando muy ocupada con el trabajo se mantendría centrada en los libros, y no en lo que hacía su futuro exmarido.

Sin embargo, allí estaba, a primera hora de la mañana, pensando en él, después de su conversación con las chicas la noche anterior y de haber bebido tanto como para dejarle la boca pastosa a la mañana siguiente. Aunque sus pensamientos se centraban más bien en Renee y en lo que estaba haciendo. En lo que iba a decir el juez.

Y no había nada que Erin pudiera hacer o decir para que la orden de alejamiento siguiese en vigor.

Leyó la primera página del manuscrito cinco veces y, aun así, no habría sido capaz de decir qué pasaba en aquella historia. Dándose por vencida, apagó el portátil y entró en su pequeña cocina. La necesidad compulsiva de moverse le recorría todo el cuerpo. Abrió varios armarios y se dio cuenta de que no había repuesto la mayor parte de los ingredientes después de su último arrebato repostero, que había tenido como resultado la mesa entera de postres que le había dejado a Matt.

Zafarrancho de limpieza.

Sí, limpiando quemaría algo de energía y mataría algo de tiempo mientras esperaba la llamada de Renee.

Abrió el armario de debajo del fregadero para coger algunos utensilios, pero, al ver el desorden que había empezado a acumularse en el reducido espacio, decidió sacarlo todo y fregar primero esa superficie.

Puso una emisora de radio por satélite con la esperanza de distraerse. Una vez lo tuvo todo colocado en el suelo de la cocina, llenó el fregadero con agua caliente y procedió a fregar el interior del armario mientras se concentraba en la letra de la canción que sonaba por la radio. Cuando sonó el teléfono, se levantó de un salto y se dio con la cabeza contra la parte inferior del fregadero. Durante unos segundos, vio las estrellas y luego sintió un ataque de náuseas. Se había golpeado la cicatriz, la que le quedaba oculta por el pelo pero que aún no estaba lisa y seguía enganchándose con el cepillo todos los días.

Su teléfono sonó por segunda vez y en esta ocasión tuvo más cuidado al salir de debajo del fregadero.

—¿Hola? —No se preocupó de mirar a ver quién era la persona que llamaba. Tenía una mano en el teléfono y la otra en la nuca.

—Soy yo.

Era Renee. Tenía una voz rara.

Erin se sentó con la espalda apoyada en los armarios de la cocina.

—No son buenas noticias, ¿verdad?

—Tenemos mucho de que hablar, pero primero quiero saber qué te ha parecido la receta de galletas de mantequilla que te envié.

Sus palabras en clave.

—Quedaron muy buenas.

—¿Estás sentada?

Erin miró el suelo a su alrededor.

—Sí.

—El juez ha retirado la orden de alejamiento. Lo siento.

El aire se le quedó atrapado en la parte posterior de la garganta.

—Supongo que ya sabíamos que eso iba a pasar.

—Lo intenté. A Desmond la arrogancia le brillaba en los ojos, pero, por lo demás, creo que ha estado yendo a clases de interpretación.

¿De verdad quería escuchar aquello? Por muchas ganas que tuviera de colgar el teléfono y olvidarse de todo eso, Erin sabía que tenía que reunir el máximo de información que pudiera sobre los movimientos de su marido para ir un paso por delante de él. O veinte, si eso era posible.

—¿Qué ha pasado?

Renee suspiró.

—Al principio se sentó junto a su abogado y dejó que él tomara la palabra casi todo el tiempo. Sinceramente, yo no creí que fuera a hablar en ningún momento, pero entonces solicitó prestar juramento. Hizo una magnífica actuación. Se puso delante del juez y le dijo que la razón por la que habías pedido la orden era simplemente por la lesión que sufriste en la cabeza tras el accidente. Su abogado preguntó por la documentación médica sobre tu amnesia justo después de que te llevaran al hospital y luego continuó alegando que, una vez que empezaste a recuperarte, era obvio que no habías recobrado del todo la memoria.

—Así que repitió todo lo que hizo la primera vez.

—Sí, solo que en esta ocasión se las arregló para hacer llorar al juez. Dijo que te quería muchísimo y que no podía soportar la idea de que estuvieras por ahí, sola en el mundo, convencida de que había intentado hacerte daño. Dijo que necesitabas ayuda psicológica. Tuve que hacer un esfuerzo sobrehumano para no reírme.

Erin se imaginaba perfectamente las lágrimas de cocodrilo con las que Desmond debía haber aderezado aquellas patrañas de mierda. Las había visto muchas veces mientras la acompañaba en las salas de Urgencias de los hospitales.

—¿Qué pasó después?

—Que le planté cara, por supuesto. Le pedí que explicara la multitud de informes de lesiones que había habido a lo largo de los años. Mantuvo la misma versión de los hechos, solo que esta vez dijo que varios médicos habían sugerido que la enfermedad mental podría haber desempeñado un papel importante en todo esto. Protesté. Entonces habló de la medicación que tomabas después de cada visita al hospital. Como eso estaba en la documentación original, no pude objetar nada. Dijo que cada vez que te autolesionabas, los médicos te daban más analgésicos...

—Solo me tomaba una mínima cantidad de esas pastillas.

—Pero no podemos demostrarlo —le dijo Renee.

Erin empezó a sentir un martilleo en la cabeza.

—Sugirió que tal vez se tratara del síndrome de Munchausen.

—¿Qué demonios es eso? —exclamó Erin.

—Un trastorno en el que alguien se hace daño intencionadamente, o finge una enfermedad, para recibir atención y medicación.

Le dieron ganas de vomitar.

—¿Así que ahora Desmond es médico?

—La verdad es que había un informe en el que un médico de urgencias lo mencionaba en su valoración. No creo que el abogado de Desmond se percatara la primera vez.

—A ver si lo entiendo: soy una enferma mental que se autolesiona para llamar la atención y para que la mediquen, y resulta que Desmond es la víctima aquí.

Renee soltó un suspiro que transmitía su sufrimiento.

—Ese es el panorama que describió.

—Esto es absurdo.

—Lo siento. Por si te sirve de consuelo, no creo que el juez se tragara todo lo que le intentó colar. Lo que hizo el magistrado fue evaluar el último año, y vio que no había habido contacto entre los dos y que el divorcio debería servir como medio adicional para manteneros alejados al uno del otro. Como Desmond nunca llegó a ser acusado de malos tratos y carecía de informes policiales, desestimó la orden de alejamiento.

Erin se quedó callada unos segundos.

—Sabíamos que esto acabaría pasando tarde o temprano, Maci —dijo Renee.

—Lo sé.

—Todo va a ir bien.

Erin sintió las lágrimas acumulándose en sus ojos.

—Sí. —No sentía nada.

—Hoy llamaré a su abogado antes de salir de la oficina para ver en qué punto estamos con respecto al divorcio. Supongo que no sabré nada hasta el lunes.

—De acuerdo.

—Intenta no pensar en todo esto. Él no sabe dónde estás, y si asomara aunque solo fuera la cabeza en tu vida, lo llevaría de nuevo a rastras ante ese juez, tan rápido que se haría un esguince en las cervicales. —Renee estaba tratando de quitarle hierro al asunto, pero lo que no entendía era que si Desmond aparecía en su vida, ella ya no estaría para presentar cargos.

—De acuerdo.

—Te llamo el lunes.

Erin colgó y soltó el teléfono en el suelo, a su lado. Al extender las piernas, que había flexionado para acercárselas al pecho, tiró sin darse cuenta tres de los botes de productos de limpieza.

Poco a poco, las lágrimas empezaron a caerle por el rostro y su respiración se aceleró hasta convertirse en jadeos cortos y entrecortados. «Ese hijo de puta. Siempre gana».

—Tú siempre ganas —dijo en voz alta mientras daba una patada con un pie. Tiró una botella de limpiahogar, que salió rodando por el suelo de la cocina.

Dio una patada a otra botella.

—¡Cabrón! —gritó.

La cabeza le martilleaba con fuerza; estaba llorando a mares y daba patadas a las botellas hasta romperlas y derramar su contenido por todas partes.

—¡Cómo te atreves!

Seguía sollozando sin parar ante la injusticia de la situación. El golpeteo en su cabeza se convirtió en un ruido real, procedente de la puerta principal.

—¿Erin? —Era Matt, y estaba gritando su nombre—. ¡Abre la puerta!

—Estoy bien. —Miró el desastre que había armado a su alrededor y, cuando trató de levantarse, se arrepintió de inmediato. Los latidos de su corazón le palpitaban con fuerza en los oídos.

—Abre la puerta, Erin. —Matt estaba forcejeando con la cerradura, con voz desesperada.

Erin resbaló sobre los líquidos del suelo, amortiguó la caída con la mano derecha y sintió como el dolor le subía por el brazo.

Matt se puso a aporrear la puerta de nuevo.

Erin hizo un esfuerzo por levantarse del suelo y abrió la puerta a Matt. La tensión se reflejaba en su mandíbula, y tenía los ojos afilados como los de un ave de rapiña al acecho desde arriba.

—¡Joder! —La atrajo hacia sí mientras recorría la habitación con la mirada—. ¿Dónde está?

—¿Qué?

—Estabas gritándole a alguien. ¿Dónde está?

—No hay…

Pero Matt no la estaba escuchando. La soltó y corrió a su dormitorio para, acto seguido, ir a mirar inmediatamente en el baño.

—Matt, aquí no hay nadie.

Volvió a su lado dando tres poderosas zancadas. Buscó su cara con la mano y le limpió las lágrimas de los ojos con los pulgares. Cuando le apartó el pelo, soltó otra andanada de exabruptos.

—Maldita sea, Erin. Estás sangrando.

—¿Qué? —La mujer se llevó la mano a la nuca y la retiró. Efectivamente, tenía las yemas de los dedos manchadas de sangre. Un torrente de recuerdos se precipitó sobre ella y eso hizo que le flaqueasen las rodillas.

Matt la sostuvo y la acompañó hasta el sofá.

—Me he dado un golpe con la cabeza en el fregadero —le explicó.

El hombre entró rápidamente en su cuarto de baño y, a continuación, Erin oyó el ruido de un grifo abierto.

La cabeza le daba vueltas. Las emociones... Era la adrenalina, recorriéndole todo el cuerpo, y las emociones las que la estaban dejando sin fuerzas.

Cuando Matt volvió a la habitación, se situó de forma que pudiera examinarle la cabeza.

—Estoy segura de que no es nada. Apenas me... ¡ay!

Matt pasó un paño húmedo por la herida abierta en esa zona e hizo que Erin diera un bote en el asiento.

—Te has dado un buen golpe. —Siguió limpiando la herida y apartándole el pelo. Ella sintió cómo sus dedos seguían el recorrido de su cicatriz—. Parece que te has abierto una vieja herida.

—¿Voy a necesitar puntos?

Le presionó el paño contra la cabeza.

—Creo que sí.

—Maldita sea.

—¿Tienes vendas?

—Hay un botiquín de primeros auxilios en el armario de la ropa blanca.

Le cogió la mano y se la dirigió a la nuca.

—Ten, aguanta aquí.

Ella ya conocía el procedimiento: levantó la mano derecha, hizo una mueca de dolor y usó la izquierda.

Matt volvió y sustituyó el paño por una venda, y ahora los dos ya parecían haber recobrado el aliento.

—¿Qué ha pasado? ¿A quién le gritabas?

Erin volvió la cabeza —ay, eso no le sentaba bien— y señaló hacia la cocina.

—Estaba limpiando debajo del fregadero cuando sonó el teléfono y me llevé un susto. Me moví demasiado rápido y me di un golpe en la cabeza. Eso es todo.

Matt parpadeó varias veces y su mirada penetrante se agudizó aún más.

—Te has llevado un disgusto.

—Me he dado un golpe en la cabeza. Me duele.

—¿Tienes náuseas?

—Un poco —confesó.

—¿Te has desmayado? —Estaba haciendo las preguntas típicas de un socorrista de primeros auxilios.

—No.

—¿Te has resbalado en el suelo?

—Sí. Me he torcido la muñeca.

Entrecerró los ojos.

—¿Por qué la cocina parece como si un niño pequeño se hubiese vuelto loco con el limpiacristales?

Erin miró el estropicio en el suelo de su cocina.

—La llamada telefónica; eran malas noticias. Puede que me haya desahogado con los objetos inanimados que tenía más a mano.

Su respuesta arrancó una media sonrisa de los labios de Matt.

—Estabas gritando.

—Eran muy malas noticias, Matt.

«Explicaciones lo más sencillas posibles, sin revelar nada».

—¿Quieres contármelo?

Erin respondió con un pequeño movimiento negativo con la cabeza.

Por su expresión, vio que no estaba sorprendido, pero no la presionó.

—Vale. Ahora iremos a Urgencias a que te echen un vistazo.

—Estoy segura de que no hace fal…

—Conozco al personal de Urgencias. Me aseguraré de que entres y salgas rápido.

***

Mantener la calma cuando lo único que quieres es estallar requiere un esfuerzo sobrehumano y, en ese ese momento, Matt estaba llevando al límite su capacidad para conservar la paciencia.

Erin no solo tenía náuseas, sino que estaba mareada. Ella lo achacaba a que no había comido nada. Una vez que la hubo subido a la camioneta, Matt atravesó la ciudad a toda velocidad hasta el hospital local. Aunque no era paramédico, había ayudado en suficientes emergencias como para conocer a buena parte del personal más veterano de Urgencias.

Todavía era lo bastante temprano como para que el hospital no estuviera lleno de gente. Aparcó justo fuera de la entrada de ambulancias y utilizó el código para acceder por la puerta trasera.

—Podemos usar la entrada normal —le dijo Erin.

—No pasa nada. Aquí me conocen.

Varias personas se volvieron al verlos aparecer. Había cuatro miembros del personal de guardia. Por desgracia, Matt no conocía a ninguno de ellos, excepto a uno.

—Doctor Brown.

—Eh… —Por la expresión del doctor Brown, sabía que no lo reconocía.

—Matt Hudson. Vengo a menudo con la brigada de bomberos.

Entonces lo reconoció y asintió con la cabeza.

—Ah, sí, claro. —El doctor Brown le tendió la mano para estrechar la suya—. Creo que no te había visto desde aquel accidente tan horrible de Castaic.

Matt se acordaba. Fue un accidente que provocaron una serie de conductores, demasiados, que creyeron estar en un circuito de carreras. Hubo muchas víctimas.

—Esa noche fue una pesadilla.

El doctor Brown asintió, sonrió y miró a Erin.

—¿Qué ha pasado?

—Mi amiga se ha dado un golpe en la cabeza. Náuseas, mareos…

—Ya me encuentro mejor.

Matt miró un momento a Erin y se volvió hacia el doctor Brown.

—Es muy testaruda. Laceración de dos centímetros.

—¿Pérdida de conciencia transitoria? —preguntó el médico.

Matt empezó a sacudir la cabeza cuando Erin dijo:

—No me he desmayado.

El doctor Brown entrecerró los ojos.

—¿Su trabajo está relacionado con el campo de la medicina?

—No —respondió Erin—, pero sé lo que significa una pérdida de conciencia transitoria.

—Vamos a que la miren. —El doctor Brown se dirigió a una de las enfermeras—: Lisa, ¿puedes llevarla a un box y hacerle un triaje?

Lisa era bajita, de unos treinta años, y un derroche de sonrisas.

—El número doce está libre.

—Genial.

Matt esperó hasta ver a Erin entrar con la enfermera en el box. Bajó la voz cuando estuvo seguro de que ya no podía oírlo.

—Verá, eh… Erin es muy terca. Tengo la sensación de que no le gustan los hospitales ni responder de forma totalmente sincera. —Matt sintió que estaba exagerando un poco, pero quería asegurarse de que estaba bien al cien por cien, y eso requeriría algo más que unos puntos de sutura y la vacuna antitetánica.

—¿Crees que se ha desmayado y no te lo ha dicho?

—No lo descartaría del todo. —Matt sintió que estaba siendo un poco manipulador, lo que debería haberle provocado un profundo sentimiento de culpa, pero, como Erin había estado muy callada durante todo el camino al hospital, sintió que lo que hacía estaba justificado. Sonrió al entrar en el box número doce.

Erin estaba sentada en el borde de una camilla mientras la enfermera le tomaba las constantes vitales y le hacía preguntas. Si tenía alguna alergia o problema médico conocido… asma, diabetes… Erin respondía que no a todo.

—¿Y el tétanos? ¿Cuándo fue su última dosis de refuerzo? —preguntó Lisa.

—En febrero del año pasado.

Lisa no pestañeó, pero Matt se sorprendió fijando esa fecha en su cabeza. La mayoría de las veces, cuando se le preguntaba a la gente por su vacuna antitetánica, tenían que hacer memoria y redondear a la década más cercana. O recordaban la vez que se cayeron de la moto y necesitaron puntos.

Matt se sentó en una silla a un lado de la camilla y permaneció en silencio.

Lisa retiró el manguito del tensiómetro, lo envolvió y lo colocó detrás de la camilla.

—El doctor Brown estará con usted en unos minutos. Le diré al personal administrativo que está aquí para poder abrirle el historial.

—Gracias —dijeron Matt y Erin mientras Lisa abandonaba la sala. Erin se frotó las palmas de las manos contra los muslos y miró alrededor—. Esto parece un poco exagerado, ¿no? —dijo.

—¿Haber venido a Urgencias?

—Sí.

—Tal vez —respondió él—. Pero me sentiré mejor sabiendo que estás bien atendida.

Ella sonrió.

—¿Esto forma parte de tu complejo de héroe?

—No sabía que tuviese complejo de héroe —bromeó.

Advirtió que Erin empezaba a frotar los pulgares contra los dedos índices, ambos al compás. En lugar de fingir que no veía su reacción nerviosa, le agarró las dos manos.

—A ver si lo adivino: no te gustan los hospitales.

—¿Es que le gustan a alguien?

Tenía razón.

Antes de que pudiera decir algo más, entró el doctor Brown y ambos irguieron la espalda.

—Vamos a ver qué tenemos aquí —dijo con afabilidad.

—Seguro que solo necesito un par de puntos. O grapas —le dijo Erin. Lisa entró en la habitación con un puñado de gasas, suero y todo lo que un médico necesitaba para coser la piel.

El doctor Brown se puso un par de guantes y dio unas palmaditas en la parte de atrás de la camilla.

—¿Por qué no se acuesta de lado?

Erin soltó las manos de Matt y se sentó. La tensión y, probablemente, el dolor se apoderaron de su rostro cuando el doctor Brown le tocó el corte.

—¿Qué le pasó aquí atrás?

Erin tardó un segundo en contestar.

—Un accidente de coche. —Miró a Matt.

—¿Hace cuánto tiempo?

—El año pasado.

—Es una cicatriz bastante impresionante. ¿Sufrió algún traumatismo craneal? ¿Hemorragias internas?

Parpadeó varias veces y miró fijamente a Matt como si tuviera miedo de responder a la pregunta delante de él.

Pese a morirse de ganas por conocer la respuesta y pese a tener muchas más preguntas, Matt se sorprendió ofreciéndose a salir del espacio del box. Le cogió la mano.

—¿Quieres que te espere fuera?

Una expresión de alivio le iluminó el rostro.

—¿Lo harías?

—Por supuesto. —Le besó el dorso de la mano y salió.

Pero no fue muy lejos.

Sacó su teléfono y fingió ponerse a leer sus mensajes de correo electrónico mientras escuchaba todo lo que pudiesen captar sus oídos.

—Hábleme del accidente. —Matt oyó la voz del doctor Brown.

—Fue bastante grave. Me desperté en el hospital y no recordé casi nada hasta al cabo de varios días. Me dijeron que tenía una inflamación en el cerebro, pero se me quitó sin necesidad de operar. —Matt digirió las palabras.

—¿Amnesia completa, o solo ante el suceso?

—Ante el suceso —dijo Erin.

—Parece que tuvo suerte.

Matt oyó la risa nerviosa de Erin.

—Sí, supongo.

—Se ha dado un golpe en una parte de la cicatriz.

—Sí, cepillarme el pelo puede ser complicado a veces.

Se oyó movimiento en el interior del box.

—Ahora voy a examinar solo un par de cosas más —anunció el doctor Brown.

Matt se encontró paseándose de arriba abajo, preguntándose qué estaría pasando detrás de la cortina.

—¿Todavía siente náuseas?

—La verdad es que no. Estoy nerviosa.

—¿Es por nosotros? ¿O tiene antecedentes de ansiedad?

—Nunca me han diagnosticado problemas de ansiedad, si es eso lo que quiere saber —le dijo Erin.

—Déjeme examinarle los ojos. —Se hizo un silencio—. Siga la luz con la mirada pero sin mover la cabeza.

Matt escuchó mientras el médico completaba su examen.

—Mire —dijo al fin el doctor Brown—, voy a solicitar que le hagan un TAC cerebral.

—De acuerdo.

—Ahora déjeme ver su mano.

Matt sonrió y se alejó varios pasos de la puerta.

Cuando salió el médico, Matt pasó por su lado, le sonrió y volvió junto a Erin.

La enfermera estaba limpiando las vendas y el instrumental que habían utilizado para coser a Erin.

—¿Puedo volver a entrar? —preguntó.

—Sí. —Erin sonrió y se incorporó en la camilla—. El médico quiere sacarme imágenes de la cabeza y la muñeca.

Matt se hizo el inocente.

—¿Ah, sí?

—Solo como precaución.

—Parece razonable. ¿Te encuentras mejor?

—Un poco floja, pero bien.

—Puedo pedirle al médico un analgésico si lo necesita —dijo Lisa antes de salir del box.

—No. Ya me tomaré algo cuando llegue a casa.

—¿Está segura? Aquí tenemos cosas mejores.

Erin negó con la cabeza.

—Estoy segura.

Cundo se quedaron a solas, Erin volvió a hacer aquel movimiento con el pulgar. Matt empezaba a pensar que él era la razón de que estuviera tan nerviosa.

—¿Te pongo nerviosa?

Erin se miró las manos y luego se las puso bajo los muslos.

—Es el olor. A antiséptico y a látex, mezclado con lo que sea que esté pasando ahí fuera.

—Y los recuerdos —dijo él.

—Eso también.

Matt se tomó la libertad de ponerle la mano en la rodilla.

—Se me da bien escuchar a la gente. Por si alguna vez quieres hablar de ello.

Sus preciosos ojos se dulcificaron y se le relajaron los hombros.

—Si fueras un poco capullo, sería muy fácil mandarte a la mierda.

Matt batió las pestañas como si fuera un cachorro perdido buscando restos de comida en la mesa de la cena.

—Mi madre dice que soy un buen partido.

A Erin le tembló el pecho mientras se echaba a reír.

Capítulo 14

Para que Erin no estuviera tan nerviosa por hallarse allí en el hospital, Matt la distrajo relatándole divertidas anécdotas sobre las llamadas a emergencias médicas a las que él y su equipo habían tenido que responder a lo largo de su carrera. Como la del hombre que se subió al tejado de un centro comercial con una guitarra, se desnudó y se puso a actuar.

Erin imaginó la escena que Matt le describía y se sorprendió riéndose a carcajada limpia.

—Había tres camiones de bomberos y una docena de coches patrulla en la escena. No sabíamos si era un enfermo mental o un suicida, o si solo trataba de conseguir sus quince minutos de fama. Lo que nos tenía un poco despistados era el hecho de que, efectivamente, sabía cantar.

—¿Lo hacía bien, entonces?

Matt sonrió.

—Como para ganar uno de esos programas de talentos musicales de la tele. Pero cada vez que alguien intentaba hablar con él o amenazaba con hacerlo bajar, se acercaba más al borde. Pensamos que teníamos un suicida.

—¿Y qué pasó?

—Pues que nos pasamos dos horas intentando convencerlo. Cerraron temporalmente esa parte del centro comercial hasta que el hombre al final se sentó y esperó a que alguien fuera a por él.

Erin se descubrió sintiendo pena por el desconocido.

—Qué lástima… Tanto talento para que luego sea una persona inestable.

Matt sacudió la cabeza.

—No, no… no sientas ninguna pena por él. Él era el señuelo: no tenía un gramo de locura en su cuerpo desnudo. Mientras distraía a la policía y a la mitad de los bomberos de la ciudad, sus compinches se hacían con todo lo que pudieran pillar de una de las joyerías del centro comercial.

—¿Qué?

—Fue una historia muy popular, que estuvo circulando por aquí durante mucho tiempo.

El doctor Brown entró en la habitación con un portátil.

—Ya tenemos su informe de la tomografía.

Erin no conseguía interpretar la expresión del hombre, pero no era excesivamente jovial ni trató de tranquilizarla de inmediato.

—¿Y?

Colocó el ordenador sobre una mesa con ruedas y lo abrió para mostrarle el informe.

—¿Quiere que Matt salga de la habitación? —preguntó.

A diferencia de cuando había tenido que hablar del accidente, Erin no sintió la necesidad de que se fuera.

—No, no pasa nada. Puede quedarse.

El doctor Brown esbozó una media sonrisa y abrió las imágenes. Matt se acercó y cogió la mano izquierda de Erin.

—No parece que haya habido ninguna lesión como resultado del golpe de hoy, aparte del corte y de lo que seguro que será un fuerte dolor de cabeza durante un par de días. La lesión en el tejido blando de la muñeca mejorará con un buen vendaje y un antiinflamatorio.

Erin intuyó que ahora venía un pero.

—Entonces, estoy bien…

El doctor Brown examinó varias imágenes hasta dar con una de las estructuras óseas de su cara. Empezó a señalar distintas partes.

—Cuando le pregunté por el accidente de coche, no me habló de sus otras fracturas faciales. La órbita izquierda y la nariz. Supongo que estas se produjeron en otro momento, ¿verdad?

Matt se inclinó hacia delante como intentando ver lo que veía el médico. A Erin no le hacía falta mirar. Tal vez sí debería haber hecho salir a Matt de la habitación.

—Sí. No lo mencioné porque eso fue mucho antes del accidente de coche. —Sintió que Matt le apretaba la mano.

—¿Una antigua fractura de brazo? —El médico señaló la imagen de la pantalla donde el hueso había crecido hasta formar una protuberancia.

El doctor Brown la miró sin decir nada cuando ella no dijo nada más.

—Tengo cierta propensión a sufrir accidentes.

—Los dos «accidentes» con mayores probabilidades de causar fracturas faciales son los accidentes de tráfico y los puñetazos. ¿Tuvo un segundo accidente de coche?

Cerró el portátil y respiró profundamente. Erin ya había visto aquella expresión en otros médicos, en el pasado; a diferencia de entonces, cuando el doctor Brown desvió la mirada hacia Matt, esta vez la mujer comprendió de inmediato la conclusión a la que estaba llegando.

—Son fracturas antiguas, doctor Brown. Me deshice del coche que tantos problemas me daba mucho antes de mudarme a esta ciudad y conocer a alguien aquí.

Matt apretó la mano de ella con fuerza. Erin lo sintió temblar físicamente.

—Me alegro de oír eso. Tiene que acudir a su médico de cabecera dentro de cinco o siete días para que le quite los puntos. —Se volvió hacia Matt—. Si tiene algún síntoma neurológico, o vómitos, mareos y letargo… cualquier cosa, quiero que la traigas aquí —le dijo a Matt.

—Descuida.

—Sabes manejar el motor de un coche, ¿verdad, Matt?

Matt soltó la mano de Erin el tiempo suficiente para ponerse de pie.

—Desde luego que sí.

—Bien. —El doctor Brown la miró con los ojos llenos de compasión—. Has dicho que eres nueva aquí. ¿Tienes algún médico de referencia en la ciudad?

—No.

—Te daremos un par de referencias, entonces.

Ella sonrió y le estrechó la mano cuando él se la tendió.

—Gracias.

—Lisa vendrá con los papeles del alta. Matt, ¿puedo hablar contigo un momento fuera?

Erin soltó un largo suspiro mientras Matt y el médico salían de la habitación. Agachó la cabeza y cerró los ojos; Matt había oído demasiado, había descubierto demasiadas cosas.

La enfermera entró y cerró la puerta de cristal que aislaba los ruidos del exterior.

—¿Está bien? —preguntó.

Erin fingió una sonrisa bien ensayada.

—Sí, gracias.

Lisa se sentó a su lado con un puñado de papeles. Repitió lo que el médico le había dicho sobre el seguimiento y las precauciones. Además de los nombres de posibles médicos de cabecera, la enfermera le dio una lista de psicólogos locales y de centros de atención a mujeres maltratadas.

—El doctor Brown pensó que tal vez podría querer esto.

Le dieron ganas de llorar.

¿Cuántas veces le habían dado información o el número de teléfono de alguien que podría ayudarla? ¿Cuántas? Cada vez que habían sacado a Desmond de la sala y cada vez que este sonreía al médico, expresaba su preocupación por su mala suerte y luego la acompañaba al salir de la consulta del médico, de la clínica o del hospital para, acto seguido, quitarle el puñado de papeles y quemarlos mientras ella no tenía otra opción que observar la escena, impotente.

Parpadeó para alejar las lágrimas amenazadoras.

Erin le devolvió la información sobre el teléfono de ayuda a mujeres maltratadas y se quedó con la lista de psicólogos.

—Esto ya no lo necesito —le dijo a la enfermera—. Pero puede que hablar con alguien me ayude.

Era como si la enfermera estuviese conteniendo la respiración.

—Me alegro, porque, sinceramente, no quiero tener que odiar a su novio.

—Oh, no… Matt no… no lo hizo. —Aquello no era nada bueno—. Por favor, ni se le ocurra pensar que él…

Lisa levantó la mano en el aire.

—No pasa nada. Parece que usted le importa, pero, en estos casos, las cosas no siempre son lo que parecen.

Erin pasó los siguientes cinco minutos haciendo todo lo posible para disipar cualquier sospecha sobre Matt. Diez minutos más tarde estaban de vuelta en su camioneta, con el aire acondicionado a tope. Solo era mayo, pero el termómetro en el valle de Santa Clarita rozaba los cuarenta grados, y aunque no hiciera calor fuera, la temperatura en el interior de la camioneta era insoportable.

Matt se sentó tras el volante y lo agarró con las dos manos, como si estuviera estrangulando a algún enemigo.

Le debía una explicación.

—¿Tenías planes para hoy? —le preguntó.

Intentó sonreír, pero, en el mejor de los casos, le salió una sonrisa forzada.

—Había ido a ver a una chica con la que estoy intentando salir para convencerla de que se viniera de excursión conmigo, pero ha habido un cambio de planes.

Así que eso era lo que hacía en su casa tan temprano, antes del almuerzo.

—¿Qué me dices de un paseo por la playa? Allí hará más fresco y el médico me ha dicho que evite cualquier actividad física que resulte extenuante.

Matt alargó el brazo y le cogió la mano. De algún modo, eso de cogerle la mano se estaba convirtiendo en algo habitual, y Erin tenía que admitir que le gustaba.

Miró por encima del hombro y dio marcha atrás con el coche. A unos kilómetros del hospital se incorporaron a la autopista.

Erin respiró profundamente.

—Te debo una explicación.

Matt apretó los labios.

—Pese a que no tengo ningunas ganas de interrumpirte ahora que vas a darme lo que espero sea información sobre tu vida privada, voy a pedirte que esperes hasta que veamos la costa. Porque si vas a decir lo que creo que vas a decir, no quiero estar conduciendo cuando lo oiga. No podré vivir conmigo mismo si tenemos un accidente mientras estoy al volante.

A Erin le resultaba imposible contener el torrente de lágrimas en sus ojos.

—Está bien.

Cambió de carril y giró para tomar la autopista que los llevaría a Ventura. No fue hasta ese momento cuando colocó su mano sobre la de ella, la cogió y la besó en el dorso.

***

En la costa de Ventura había muchos lugares donde una pareja podía pasear por la playa, bañarse en el mar o sentarse en un muro de piedra a la sombra de una palmera. Fue allí adonde la llevó Matt. Con el Pacífico frente a ellos y una temperatura de casi seis grados menos que en el valle, el bombero ocupó el espacio junto a Erin y esperó a que ella hablara.

Después permanecer diez minutos con la vista fija en el mar, Matt empezaba a creer que Erin no iba a decirle nada.

—¿Te resultaría más fácil si te dijera lo que ya he averiguado? —preguntó.

Ella abrió y cerró la boca varias veces, boqueando como un pez. Al final, apoyó ambas manos a su lado y enderezó los codos.

—El problema es que se supone que no debo contarle nada a nadie.

—¿Eso te lo dijo él?

Ella parpadeó.

—Sí. Pero no es por eso por lo que no hablo. Ya no.

—Alguien te ha hecho daño —empezó a decir por ella.

Lentamente, Erin asintió con la cabeza.

—No puedes decírselo a nadie. Ni a tu hermano, ni a tus padres. A nadie, Matt. Y si no puedo contarte algún detalle, tienes que aceptarlo, ¿de acuerdo? —Erin se removió con nerviosismo y luego se tranquilizó—. Nos conocimos cuando yo era becaria. Mi último año de universidad.

—¿Dónde?

Ella negó con la cabeza.

—El lugar no importa. Él era mayor, un hombre carismático. Yo era joven e ingenua. Él tenía influencia y prestigio, era muy respetado en su... círculo de amigos y socios comerciales. —Erin cerró los ojos—. Confundí su carácter enérgico con seguridad y confianza en sí mismo y me pareció una cualidad atractiva. La primera vez que me pegó estábamos de viaje.

Matt notó cómo se le tensaban las palmas de las manos y flexionó los antebrazos.

—Me acusó de coquetear con el camarero. Me convenció de que, efectivamente, era lo que estaba haciendo. Yo me quedé sorprendida, confundida. Antes de volver a casa me aseguró que no volvería a ocurrir, pero me dijo que yo lo había provocado y que debía asegurarme de no atraer a otros hombres. Era yo la que lucía un moratón en la mejilla y encima me sentía culpable. —Se rio con una risa áspera y amarga que le zarandeó el pecho.

Matt quiso acercarse a ella, pero el lenguaje corporal de Erin le decía que no lo hiciese, como si necesitara contar aquello sin ningún tipo de contacto físico.

—Te pegó más de una vez.

—Perdí la cuenta. La segunda vez me hizo un regalo para pedirme perdón. La tercera me llevó a una isla paradisíaca. Ahora me doy cuenta de que era para que no me viera nadie. Las gafas de sol no lo tapaban todo.

A Matt le palpitaba la sangre en las venas como si fuera una cascada desbordada restallando contra las rocas.

—¿Por qué no te fuiste? —Lo cierto es que nunca acababa de entender por qué la gente se quedaba al lado de sus maltratadores y nos los abandonaba.

—No era tan sencillo. Me aisló. Manipuló cada uno de mis movimientos, y lo hizo de un modo tan astuto y calculado que no tenía ni idea de lo que había pasado con mi vida hasta que un día me miré en el espejo y no me reconocí. No tenía cerca de mí a ninguna de las personas de las que había sido amiga a lo largo de mi vida. Cuando me partió la nariz, volamos a Europa y le dijo a todo el mundo que quería hacerme una rinoplastia. Me quitó el pasaporte para que no me fuera. Y cuando lo amenacé con irme, él me amenazó diciendo que le haría daño a mi… —Erin se interrumpió.

Matt estaba seguro de que iba a decir «mi hermana».

—Que le haría daño a la gente que me importaba. Me demostró una y otra vez que podía anularme, quebrarme por dentro y por fuera, y que nadie lo sabría nunca…

—Excepto los médicos. Alguno de los médicos tuvo que decir algo.

Ella lo miró durante unos segundos, con la mirada impregnada de ternura.

—Sí. —Erin se llevó la mano a la cara—. Podría haber perdido el ojo izquierdo. Estuve muy mal mucho tiempo. Pasé varios días en el hospital. Los médicos lo sabían, las enfermeras lo sabían. Me lo preguntaron directamente, casi como lo ha hecho hoy el doctor Brown. Me daba tanta vergüenza… Me sentía tan humillada por haber dejado que me pasara aquello…

Matt no pudo aguantar más. Extendió la mano y se la apretó.

—No fue culpa tuya.

—Yo le permití que lo hiciera. Nunca me defendí, ni una sola vez. —En sus ojos se acumulaban lágrimas no derramadas—. Para entonces él ya estaba irascible a todas horas, simplemente. Ni siquiera necesitaba el alcohol para darme un puñetazo. ¿Te han dado un puñetazo en la cara alguna vez, Matt?

—No de adulto. —Él y Colin habían tenido su etapa de jugar a lo bruto cuando eran niños, juegos que podrían considerarse peleas, pero aquellos golpes nunca se asestaban con la intención de hacer daño de verdad.

—Duele. El shock de que te ocurra algo así duele casi tanto como el dolor físico.

—¿Cómo conseguiste salir de la situación?

La brisa marina le revolvió el pelo. Matt solo quería estrecharla entre sus brazos y asegurarle que estaba a salvo.

—Él quería un hijo.

La idea hizo que a Matt le subiera la bilis por la garganta.

—Le dije que no estaba preparada, que mis necesidades no encajaban con lo que él quería que fuera nuestra vida, así que me tiró las píldoras anticonceptivas por el retrete y me obligó…

Matt lanzó un gruñido. ¿Cómo podía un hombre hacer lo que Erin estaba describiendo…? Lo último que necesitaba ella era que Matt hiciera algo violento, era consciente. Y, aun así, sabía perfectamente que si ese hombre hubiese estado ahí en ese preciso instante, no habría sido capaz de contenerse.

—La idea de quedarme embarazada me paralizaba por completo. Habría sido poner a alguien más en peligro.

—¿Y te quedaste embarazada?

—No. Encontré un médico en otra ciudad y le pedí que me pusiera un diu. Solo que no tuve en cuenta que De… —Erin se estremeció—. Que él me controlaría las menstruaciones. Con el diu, lo que pasa es que a menudo inhibe la ovulación. Así que cuando vio que tenía un retraso en la regla pensó que estaba embarazada.

—Lo descubrió.

Erin asintió con la cabeza.

—Le dije que no podía tener un hijo si iba a pegarle como me pegaba a mí. Se puso furioso. Me dijo que cómo me atrevía a llamarle maltratador cuando era yo la que causaba todos los problemas. Cometí el error de decirle que quería irme.

Matt se dio cuenta de que estaba apretándole la mano con demasiada fuerza y aflojó la presión. Escuchar la historia de su pasado era como ver el proceso de descarrilamiento de un tren sin poder apartar la mirada: sabías que iba a acabar mal, pero seguías contemplando la escena de todos modos.

—¿Qué pasó, cariño?

Erin se señaló la parte posterior de la cabeza.

—Íbamos en coche. Estaba enfadado. Me dijo que si no iba a tener a sus hijos, era mejor que estuviera muerta. —Erin estaba mirando al mar, y pronunciaba sus palabras como en un *staccato* mientras enumeraba los hechos—: Había un semáforo en rojo. No teníamos a nadie delante. Se puso a gritar. Yo me acurruqué junto a la puerta. No redujo la velocidad. Fue entonces cuando se me acercó, me desabrochó el cinturón de seguridad y atravesó el cruce en rojo.

Todas las células del cuerpo de Matt se paralizaron de golpe.

—Joder.

Erin pestañeaba para impedir que le cayeran las lágrimas.

—Cuando me desperté en el hospital, él estaba junto a mi cama y yo no recordaba nada. Al cabo de una semana recuperé la memoria, y cuando lo hice, él estaba allí para decirme que había demostrado que podía matarme si quería.

Matt le soltó la mano, le puso el brazo sobre el hombro y la atrajo hacia sí. Erin lloró suavemente en sus brazos mientras él acababa de asimilar su historia.

—Lograste escapar de él, Erin.

—Sí. Pero he pagado un precio muy alto.

—¿Qué quieres decir?

—Él sigue ahí fuera. Aguantando. Manteniendo su inocencia.

—No lo entiendo. ¿Cómo es eso de que está aguantando? Si ya no estás con él.

Erin lanzó un gemido.

—No debería haber dicho eso.

Matt se apartó lo suficiente para mirarla a los ojos.

—Erin, no tienes que andar con pies de plomo al elegir tus palabras cuando estás conmigo. Esta conversación queda absolutamente entre nosotros dos. Bueno, a menos que me digas quién es él y me lo señales con el dedo. Porque entonces...

Erin esbozó una sonrisa triste.

—Cuando me marché, contraté a una abogada, solicité una orden de alejamiento contra él... —Se miró las manos en el regazo—. Y pedí el divorcio.

Por supuesto. Por eso no fue tan sencillo como marcharse sin más. Seguía casada con él.

—Espera... ¿todavía estás casada?

Las lágrimas empezaron a resbalarle de nuevo.

—No quiere firmar los papeles del divorcio. Esta mañana, cuando me hice esto —dijo, señalándose la cabeza—, acababa de enterarme de que el juez ha levantado la orden de alejamiento.

—Oh, mierda.

—No sabe dónde estoy. Al menos creo que no sabe dónde estoy.

—Y por eso mantienes todo esto que te ha pasado en secreto.

Asintió con la cabeza.

—Cuanta menos gente lo sepa, mejor. Parker sabe que mi ex me pegaba, pero no está al tanto de los detalles.

Muchas cosas empezaban a cobrar sentido.

—Por eso trabajas desde casa.

—Sí.

—Y por eso no te relacionas demasiado con nadie.

—Tiene que ser así —dijo—. Ni siquiera mi propia familia sabe dónde estoy. Si lo supieran, él encontraría la manera de hacerles daño para castigarme. —Empezó a temblar.

—Eh. —Matt puso ambas manos en sus brazos y la hizo mirarlo a la cara—. Es un honor que hayas confiado en mí para contármelo.

—Creo que, después de lo de hoy, ya lo habías deducido prácticamente todo.

Matt asintió con la cabeza.

—La primera vez que te estremeciste cuando levanté el brazo, lo supe. Colin y yo lo hablamos. Si te hace sentir mejor, cada vez que le he preguntado a mi hermano si Parker le había dicho algo, me ha dicho que no. Dijo que no conocía a ninguna mujer que guardara mejor un secreto.

Eso le arrancó una sonrisa.

—Me dijeron que, aun con las mejores intenciones, a veces se dicen cosas, y es entonces cuando el maltratador descubre información. Mi abogada no sabe dónde estoy.

—No hablas en serio.

—Sí.

—Y lo de que eres de Washington… ¿eso es verdad?

Como no le respondió, Matt retiró la pregunta.

—No importa, no importa. Estás aquí. Estás a salvo. Tienes una casa con alarma y una casera que dispara primero y pregunta después. —Hizo una pausa y le remetió el pelo por detrás de la oreja—. Ahora todo tiene mucho más sentido.

Erin se limpió lo que parecían las últimas lágrimas y suspiró.

—La única persona a la que le he contado todo esto es a mi abogada. Bueno, y a las personas que me ayudaron a escapar.

Notó que sus hombros se relajaban.

—¿Cómo te sientes?

—Liberada.

—Tus secretos están a salvo conmigo. Quiero que llames cada vez que sientas la necesidad de asesinar a todos tus productos de limpieza.

Ahí estaba. Una leve carcajada al tiempo que apoyaba su frente en el hombro de él.

Matt aprovechó el momento para envolverla en sus brazos. La besó en lo alto de la cabeza, la única parte de ella al alcance de sus labios.

—¿Matt?

—¿Sí?

—Me muero de hambre.

Por alguna razón, sus palabras aliviaron la tensión y le hicieron reír.

Capítulo 15

Matt había convertido una habitación en desuso de la parte de atrás de su casa en un gimnasio personal. No soportaba las ferias de ganado a las que acudía la gente en nombre del *fitness*, y los lugares donde abundaba la testosterona estaban también llenos de cuerpos duros y tonificados que hacía una década que no se acercaban a un carbohidrato. Él no se identificaba con ninguno de los dos bandos del espectro, así que un gimnasio en casa le resolvía el problema.

Ahora mismo, su espacio de entrenamiento le proporcionaba todas las herramientas necesarias para machacarse hasta caer rendido.

Había llevado a Erin a cenar temprano en Ventura y la había cogido de la mano mientras paseaban por la playa. Ella le había contado que ser una mentirosa consumada respecto a su vida personal se había convertido en algo natural. No le gustaba que sus verdades requirieran que otros mintieran por ella.

Para Matt, la única dificultad, a la hora de guardar sus secretos, era su familia. Estaban muy unidos, y con ellos era difícil que algo no se supiera.

Grace era la peor de todos: si se olía que pasaba algo, no paraba hasta enterarse.

Su madre era increíblemente lista a la hora de ingeniárselas para averiguar la verdad. Era como si la mujer te echase suero de la verdad en el café y, antes de la primera cucharada de cereales, ya le habías desembuchado todos los detalles.

Su padre se limitaba a sentarse y esperar, y de vez en cuando jugaba la carta de la culpa. «¿Es que no consideras valiosa mi opinión?», te decía.

Y maldita sea, Colin era la persona a la que Matt acudía siempre a contárselo todo. En su defensa, su hermano no se lo contaba al resto de su familia.

Esta vez, tenía que mantener la boca cerrada y ser una tumba. Se lo había prometido a Erin.

Tenía razones de peso para creer a su ex, y Matt seguiría refiriéndose a ese hombre como a su ex aunque no hubiera estampado aún su firma en los papeles del divorcio. Aquel tipo era capaz de matar a Erin solo para demostrar que podía hacerlo.

Las escenas que le había descrito eran terroríficas.

Con la música a tope, Matt se quitó la camiseta, se puso un par de guantes de boxeo y empezó poco a poco a entrenar el tren superior de su cuerpo. No tenía una cara propiamente dicha para visualizarla, pero eso no le impidió golpear el saco de boxeo, colgado de un gancho especial en el techo. Ojalá lo dejaran cinco minutos a solas con el responsable.

—¿Quién...? —exclamó, golpeando con el puño derecho—. ¿... pega? —Cruzó con el izquierdo—. ¿... a una mujer?

Izquierda, derecha, izquierda, izquierda. Fue entonando la misma serie con cada golpe.

Dejó una muesca en el saco por cada lágrima que Erin había derramado.

Imaginó el rostro de un hombre al que esperaba no conocer nunca, le rompió la cara imaginaria y le dejó morado un ojo inexistente.

—¡Maldito cobarde!

Siguió golpeando el saco una y otra vez.

Cuando terminó, no le quedaban fuerzas en los brazos, le dolía la espalda por el entrenamiento y alguien aplaudió detrás de él.

Matt se volvió y se llevó las manos a la cara.

—Colin.

—Eso ha sido impresionante.

Su hermano atravesó la habitación y dio unas palmaditas al saco de boxeo. Cuando detuvo su balanceo, miró a Matt.

—¿Cuánto tiempo llevas ahí mirando?

—El suficiente para saber que estás enfadado con alguien, y me alegro de que no sea conmigo.

Fue andando hasta la radio y la apagó.

Matt se quitó los guantes y los arrojó a un lado. Cogió una botella de agua y se sentó en uno de sus bancos de entrenamiento.

—¿Quieres hablar de ello? —le preguntó Colin.

—No. —Lo dijo demasiado rápido.

—Se trata de Erin, ¿verdad?

Malditos secretos.

Matt permaneció en silencio. No era un mentiroso. Eso no iba con él.

Siguió callado.

—Sabes que yo no diré nada —le aseguró Colin.

Matt se bebió la botella de agua entera y se limpió la boca con el antebrazo.

—Y yo he prometido no decir nada tampoco.

Colin asintió un par de veces.

—Voy a por una cerveza. Tú métete en la ducha.

Diez minutos después estaban sentados en el patio trasero de Matt.

—Me sorprende que estés aquí. Creí que esta noche estarías en casa de Parker. —Era sábado, y había pasado un día entero desde que Matt estaba al corriente de los secretos de la vida de Erin y había aceptado el reto de mantenerlos en secreto. En ese tiempo había cortado el césped, había lavado la camioneta y la autocaravana, y había arreglado la cadena de distribución de su moto de *cross*.

—Hemos quedado más tarde. Ha dicho que Erin quería hablar con ella.

—¿Ah, sí? —Matt lo miró.

—No me ha dicho por qué. Iba a proponerte que te vinieras a mi casa para la *happy hour*, pero luego me he dado cuenta de que hacía tiempo que no venía por aquí.

Matt tomó un sorbo de cerveza.

—Se me va a hacer raro cuando te mudes al rancho definitivamente.

Colin apoyó los talones en una silla contigua.

—Voy a poner la casa en alquiler.

—¿De verdad?

—Sí. Parker y yo ya lo hemos hablado. Con los ingresos se podrá pagar la hipoteca, el seguro y los impuestos, con un poco más. He sugerido venderla, pero a Parker le parece más prudente conservarla hasta que su hermano tenga edad suficiente para cobrar la herencia de la venta de su casa. —Cuando los padres de Parker murieron, habían descubierto una cláusula en su testamento que estipulaba que el dinero de la venta de la casa familiar se guardara en un fideicomiso hasta que todos los hermanos hubieran cumplido los veintidós años. Y aunque Parker ya los había cumplido hacía tiempo y su hermana, Mallory, estaba a punto de alcanzarlos, a Austin aún le quedaban cuatro años.

—Esa es una decisión muy importante.

—¿Lo de la casa? —preguntó Colin.

—Sí.

—La verdad es que no. Es una casa. Claro, la casa de Parker no es realmente suya ni mía, pero dejarla no nos parece una buena idea.

El rancho Sinclair comprendía cuatro hectáreas de terreno inmobiliario muy codiciado, con todo lo que cualquiera podría desear. El inconveniente era que la casa había sufrido un incendio forestal y los establos habían quedado reducidos a cenizas, y el invierno siguiente se había llevado por delante buena parte de lo que había quedado en pie a causa de la mayor cantidad de lluvia que se había visto en el sur de California en siete años. Aun así, la propiedad tenía piscina y una casa de invitados.

Y tenía a Erin.

—¿Habéis hablado de si Erin seguirá viviendo allí?

Colin se volvió hacia él.

—¿Es que ha dicho algo de que quiera irse?

—No. A mí no me ha dicho nada. Creo que está muy a gusto. —Recluida, en una casa con alarma y con gente cerca capaz de ayudarla en cualquier momento—. Me siento mejor sabiendo que vive con gente alrededor.

—¿Eso se supone que tiene que significar algo?

—Las jornadas en mi trabajo son muy largas. No me hace gracia la idea de que esté sola.

Colin se quedó callado y Matt se sumó a su silencio.

Ambos tomaron un trago de sus botellines de cerveza.

—¿Por casualidad tu deseo de que Erin se rodee de gente no tendrá algo que ver con la cara imaginaria esa que le has puesto a tu saco de boxeo?

Matt dejó su cerveza.

No podía decir nada.

Y además estaba la seguridad de Erin.

—Es una finca que está bastante aislada. Toda precaución es poca.

Colin bajó las piernas de la silla.

—Maldita sea, Matt. ¿Debería preocuparme?

El hermano negó con la cabeza.

—Si hubiera un peligro inminente, tendría que romper mi promesa de mantener la boca cerrada. Nunca antepondría una promesa a la seguridad de nadie.

—¿Y si cambian las circunstancias?

—Entonces, te lo diré. Por ahora, estaría bien que me avisarais de cuándo no vais a estar en la casa, para poder inventarme una excusa para estar allí. —Porque si el Capullo, o como se llamara el ex, no se había acercado a Erin hasta ahora solo por la orden de alejamiento, tal vez podría decidir hacerle de repente una visita—. ¿Cuándo va a estar operativa la cámara de seguridad de la puerta de abajo?

—Vamos a tirar el cable esta semana.

—¿Necesitáis ayuda?

—Nunca digo que no a la mano de obra gratis.

Colin volvió a colocar los pies en la silla.

—Gracias por no hurgar más, hermano. Quiero que Erin confíe en mí, y estropearlo tan pronto no sería un buen augurio si quiero algo duradero con ella.

—¿Significa eso que está habiendo avances?

Matt observó cómo las gotas de condensación de su cerveza resbalaban por el lado de la botella.

—Joder, espero que sí. Hemos cenado juntos, pero no fue una cita. Sigue diciendo que no está preparada para salir con nadie, pero a veces, cuando me mira, tengo la sensación de que esa cantinela no la convence ni siquiera a sí misma.

—Todos hemos notado la atracción, y si ella te está contando sus secretos, entonces es que ahí hay algo. Ten paciencia.

Lanzó un gruñido.

—Claro, porque se me da genial tener paciencia.

Colin se rio.

—Tráela a una cena familiar.

—No estoy seguro de que aceptara.

—Sabes que no se va a perder nuestra fiesta de compromiso.

Matt no había pensado en eso.

—Me gustan tus sugerencias…

***

—¿No estás trabajando? —le preguntó Erin a Matt. La había llamado todas las noches que no se habían visto, y se había inventado un montón de excusas para ir al rancho desde que Erin se había dado con la cabeza contra la parte inferior del fregadero.

—No tenemos ninguna llamada de emergencia.

—Espero que no. —Erin se sentó en el patio, junto a la piscina, mientras el sol se hundía en el horizonte. El calor de finales de la primavera estaba cediendo un poco e impregnaba el aire con un toque de frescor.

—¿Qué haces?

Erin miró su portátil.

—Intento trabajar.

—¿No te concentras?

—Me distrae un hombre que sigue aduciendo excusas para hablar conmigo todas las noches. Casi todo el mundo se limita a enviar mensajes de texto.

—Mandar mensajes de texto es un rollo. Quiero decir, puedo hacerlo, pero hablar es mucho mejor. Con los mensajes se pierde mucha información por el camino.

Erin cerró el ordenador y lo apartó a un lado.

—¿Has tenido un día movido?

—¿Me estás diciendo que no has mirado la *app*?

Erin se hizo la inocente lanzando un grito ahogado y luego dijo:

—No me paso el día abriéndola.

Matt se rio, despacio.

—Ahí lo tienes: si me hubieras dicho eso en un mensaje de texto, no habría oído ese ruidito que has hecho, e incluso podría haberte creído, pero como estamos hablando por teléfono, sé que estás vendiéndome la moto.

—¿Me estás llamando mentirosa? —dijo, sonriendo.

—Mmm… eh… —tartamudeó—. Te estoy llamando hábil tergiversadora de los hechos. Una confesión que tú misma me hiciste no hace mucho, si no recuerdo mal.

Sí, Erin le había dicho que se había convertido en una mentirosa crónica después de dejar a Desmond.

—Bueno, espero que la gente se porte lo mejor posible esta noche y que puedas dormir sin interrupciones.

—Entre semana siempre está todo un poco más tranquilo que los fines de semana. A menos que haya luna llena, y eso es la semana que viene.

Erin se rio.

—¿Sabes cuándo es la próxima luna llena?

—Sí. Intento reorganizar mis turnos si puedo.

—No será para tanto…

—Eso lo piensas ahora. Tú ten esa aplicación abierta y quítale el modo «No molestar» la próxima luna llena y ya verás cuánto duermes.

Estuvo medio tentada de hacerlo.

—Bueno, la fiesta de compromiso de Colin y Parker. Vas a venir, ¿verdad? —le preguntó Matt.

—No podía decir que no. Parker me ha pedido que prepare un bizcocho.

—Oh, no.

—¿Qué?

—El bizcocho. ¿Aún no me he comido tu bizcocho? —Entonó aquello con cierto deje cantarín.

—¿Por qué ha sonado como algo sexual?

Matt se rio.

—Tampoco ha habido nada de eso todavía.

La palabra «todavía» destacaba entre las demás, pero Erin no pensaba llamarle la atención sobre lo que acababa de decirle.

—Eres imposible.

—Ya lo sé. ¿Qué tal va tu cabeza hoy?

Cada día, la misma pregunta.

—Solo me duele cuando me apoyo en la herida al acostarme.

—Estoy seguro de que una de esas almohadas para las hemorroides te ayudaría.

La imagen decía que sí, pero la posibilidad del olor decía lo contrario.

—Seguiré durmiendo de lado, gracias.

Matt hizo una pausa un segundo.

—¿Cómo estás durmiendo últimamente?

Con un ojo abierto.

—No duermo mal.

Matt chasqueó la lengua.

—Conmigo no tienes que fingir.

—Me cuesta un poco cuando me doy la vuelta y me doy con la parte de atrás de la cabeza, pero estoy segura de que dormiré mejor cuando me quiten los puntos.

—¿Erin…?

—De verdad, Matt: duermo suficiente. —Sin embargo, mientras hablaba, se sorprendió abriendo la boca para bostezar—. A veces incluso duermo la siesta durante el día. Ayuda a compensar la falta de sueño por la noche.

—Supongo que eso está bien.

—Me alegro de que lo apruebes. Ahora vuelve al trabajo —bromeó ella.

—Te veré el domingo.

—Ja. ¿Significa eso que no vas a llamar el resto de la semana?

—Mmm… no.

Justo lo que pensaba.

—Gracias por llamar para ver cómo estoy —dijo.

—De nada.

Erin colgó y se imaginó a Matt entrando en el parque de bomberos. ¿Llevaba su uniforme azul o iba vestido con una camiseta y pantalones? Llevaba el pelo corto e iba siempre bien afeitado, o al menos eso era lo que ella había notado en su aspecto cuando trabajaba. Si tenía un par de días libres, se dejaba la típica barba de tres días. Le gustaba el contraste: Matt en el trabajo y Matt en la vida más ociosa.

Estaba mostrándose excesivamente atento con ella después de su charla sobre su pasado. Sería fácil sentirse culpable por ocupar tanta parte de su tiempo, pero lo cierto era que a Erin le gustaba su atención y el interés que demostraba. Era como si, todo el tiempo que había estado con el maltratador de su marido, hubiera llevado esa carga ella sola. Cuando se lo contó a Renee, lo hizo trazando un relato aséptico de los hechos, sin toda la emoción que los acompañaba. Sí, había llorado un par de veces, pero cuando Erin estaba a punto de dejar a Desmond la aterrorizaba que él descubriera lo que planeaba hacer y no se daba permiso a sí misma para derrumbarse.

Y ahora no quería otorgarle el poder de hacerla llorar de nuevo.

Se quitó a Desmond de la cabeza y le cedió ese mismo espacio a Matt. Al poco, ya había avanzado tres capítulos del libro que estaba editando y el relente de la noche la hizo ir a refugiarse al interior de la casa.

Capítulo 16

Hacer un pastel era la parte fácil. Aparecer en casa de los padres de Matt, en cambio, la ponía al borde de una crisis nerviosa. Justo cuando Erin empezaba a recuperar los kilos que había perdido, perdía el apetito por el mero hecho de rodearse de gente a la que no conocía.

Había visto un par de veces a Emmitt y a Nora, el señor y la señora Hudson, en la finca, con Colin. El novio de Mallory, Jase, era primo de Matt, así que también lo conocía. Pero luego estaba el resto de la familia de Matt, una abuela que había ido hasta allí en avión solo para conocer a Parker, una tía por parte de su madre con su marido y un puñado de amigos de la familia.

Sí, a Erin le dieron ganas de correr a acurrucarse en un rincón y esconderse.

No tuvo esa oportunidad: Nora le había arrancado el pastel de las manos en cuanto llamó a la puerta, Grace le había dado una copa de vino y Matt se acercó a su lado y la saludó con un beso en la mejilla. ¿Desde cuándo se tomaban tantas familiaridades ellos dos? Bueno, ella no pensaba rechazar sus muestras de afecto, desde luego.

Se oía ruido de conversación y de la música que salía de los altavoces de la sala de estar.

—Me alegro de que estés aquí —le susurró Matt al oído.

—Tu familia es muy maja, pero…

Él le puso una mano en la cintura y la empujó para que avanzara.

—No muerden. La abuela Rose habla hasta por los codos, pero mañana no se acordará de nada de lo que hayáis hablado. Ahora mismo el centro de atención son Colin y Parker, no tú. Relájate y diviértete.

En cuanto Matt hubo terminado de decirle aquello, su tía se acercó a ellos y les tendió la mano.

—Soy la tía Bethany, tú debes ser la novia de Matt.

Erin se quedó boquiabierta.

—Solo nos estamos conociendo, tía Beth.

Beth tenía los mismos ojos y la misma boca que su hermana, Nora, pero a diferencia de la madre de Matt, que tenía un carácter plácido, Beth se conducía de una forma un tanto aparatosa.

—¿No es eso lo que he dicho?

En lugar de corregirla, Erin le tendió la mano.

—Encantada de conocerla.

—Colin dice que eres la compañera de piso de Parker.

—Vivo en la casa de invitados, sí —le dijo Erin.

Beth sonrió.

—Qué cómodo. Así podéis tener una cita doble sin salir de casa.

Sí, Erin quería dejar de tener aquella conversación… ayer.

—¿Cómo están Jasmine y Karl? Me sorprende que no estén aquí —señaló Matt.

—Bien, bien. Ocupados. —Se inclinó un poco más—. Creo que están intentando quedarse embarazados y ella está ovulando, así que… —Bethany arqueó las cejas un par de veces antes de guiñar un ojo—. Me muero de ganas de que me hagan abuela.

Matt se volvió hacia Erin.

—Jasmine es mi prima, y ella y Karl llevan dos años casados.

Bethany dio un golpecito con un dedo en el vaso que llevaba en la mano.

—No me hago cada día más joven, precisamente.

—Bueeeno, pues… ¿Sabes qué, tía Beth?, le prometí a Erin que le enseñaría eso que hice aquella vez en el patio trasero.

—¿El qué? —preguntó Beth.

—Ya sabes… eso, ¿verdad, cariño? —Miró a Erin y le dio un empujoncito con la mano.

—Es verdad. La, mmm… manualidad.

Los ojos de Matt se iluminaron.

—¿Hiciste una manualidad ahí atrás? —preguntó Beth.

—Es de cuando era niño. —Matt le quitó importancia con un gesto—. A las mujeres les gustan esas cosas.

Por lo visto, la tía Bethany se lo había tragado. Dejó el tema y se volvió para irse.

—Tú debes de ser Mallory…

—A por su siguiente víctima —susurró Matt al oído de Erin mientras se alejaban.

Se rieron mientras la guiaba hacia el patio trasero. El primo pequeño de Matt estaba fuera con Austin.

—¿Escapando del caos? —le preguntó Austin.

—Queríamos respirar un poco de aire fresco —contestó Erin.

Austin se rio.

—Sí, claro.

—¿Cuándo es tu graduación? —le preguntó Matt.

—El jueves. El último día de clases fue el viernes. No me puedo creer que haya terminado.

—Se pasa rápido.

—Me sorprende que no hayas salido con tus amigos. —Erin dejó su copa de vino después de un solo sorbo. La verdad es que no le apetecía nada beber rodeada de extraños.

—Tengo todo el verano para estar con ellos. Parker solo se promete una vez.

Erin sintió que se le enternecía el corazón.

169

—Eres un buen hermano.

Él se encogió de hombros.

—No se lo digas. Que empezará a esperar que lo sea.

Matt la apartó de Austin y la guio hacia el fondo del patio.

—¿Me vas a enseñar esa manualidad que hiciste cuando eras pequeño? —bromeó ella.

—En realidad...

En la esquina de un parterre había un escalón con tres pares de huellas de manos.

—Solo por si mi tía Beth lo pregunta.

—No puedo creer que nos dijera que su hija estaba ovulando.

—Toda mi familia comparte demasiadas intimidades. Es una maldición. —Matt inclinó la cabeza y la miró fijamente—. ¿Qué tal la cabeza?

—Bien. Ya me han quitado los puntos. Esperaré una semana e iré a ver a mi peluquero. —Sacudió la cabeza, dejando ondear el pelo suelto—. Me voy a quitar el rojo.

—¿Me estás diciendo que no eres pelirroja natural? —Su tono era sarcástico.

—Por favor...

Matt se rio, alargó la mano y le tocó las puntas del pelo que le caían sobre el hombro.

—¿Qué te vas a hacer?

—No sé, pero ya no me siento a gusto con este *look*.

Se estaba planteando cortárselo. El pelo pelirrojo le había servido de disfraz, pero tal vez un nuevo corte de pelo, uno que no hubiese lucido nunca, podría hacer la misma función.

—¿Y si te lo tiñes de lila?

—Porque eso encaja con mi personalidad, ¿verdad? —Erin puso los ojos en blanco.

—Lo digo de broma —dijo—. ¿De qué color lo llevabas antes?

Se inclinó para susurrarle al oído:

—Soy rubia.

Matt se llevó una mano al pecho.

—Oh… mi favorito. Probablemente sea una buena idea que no vuelvas a dejártelo rubio.

—¿Por qué?

—Porque nunca dejaré de pensar en ti si lo haces.

Eso la hizo sonreír.

—¿Cómo estás? —Ella y Matt habían estado hablando bastante y enviándose mensajes de texto, pero él aún no había sacado a relucir su conversación privada desde que la habían mantenido—. ¿Todo tranquilo por ese lado?

—No hay novedades. —Renee se había puesto en contacto con ella y le había informado de que seguían en compás de espera porque el juez había concedido una prórroga.

—¿Todavía estás nerviosa?

Erin se acercó a un árbol que había a su lado y le arrancó una hoja. Tener algo que hacer con las manos aliviaba parte de su estrés.

—¿Quieres decir que si sigo mirando por encima del hombro cada vez que siento que alguien me observa? Sí. Pero estoy mejorando.

Matt alargó la mano y le cogió la que estaba usando para juguetear con la hoja.

Erin se encontró dando un paso hacia él.

—¿Cómo tienes el jueves?

—¿Me estás invitando a salir?

—Solo si dices que sí. Si no, solo quiero saber qué vas a hacer el jueves. También podría preguntar por el sábado, pero los fines de semana hay mucha más gente.

Había pensado sobre cuál sería el mejor día.

—Matt…

—Antes de que digas que no, tengo una idea que no implicará que haya montones de gente.

—Es la graduación de Austin, ¿recuerdas? Parker me pidió que fuera con ellos.

Matt entrecerró los ojos.

—¿Estás preparada para ir a un estadio lleno de gente?

—No tendré que hablar con ninguno de los espectadores.

—Pues no se hable más. El sábado, entonces —dijo.

—No recuerdo haber dicho que sí.

—El que calla otorga.

Se rio.

—No estoy segura de que eso funcione así.

Esa sonrisa. Matt tenía un encanto infantil cuando intentaba ponerse tierno, pero el tamaño descomunal de sus hombros y la forma en que se estrechaban hasta la cintura eran una contradicción absoluta. Lo que antes la asustaba de aquel hombre se estaba convirtiendo rápidamente en lo que más le gustaba de él. Era como si fuera un camaleón, fuerte y protector cuando tenía que serlo, tierno y amable cuando quería serlo.

—Alguien está ensimismada en sus pensamientos.

Matt se acercó más a ella.

—Un poco.

—¿Quieres compartirlos conmigo?

Su mirada atenta le creó un revoloteo de mariposas en el estómago.

—Antes me dabas miedo —le confesó.

Matt arrugó el ceño.

—¿Fue por algo que hice?

Ella le tocó el brazo.

—No, por supuesto que no. He pasado a relacionar la atracción con el miedo y el dolor. Estoy tratando de superarlo, solo que…

Le puso una mano en la cadera y la miró directamente a los ojos.

—Preferiría cortarme el brazo antes que hacerte daño.

Erin se señaló la cabeza.

—Aquí arriba, lo sé. Pero no siempre controlo mis impulsos.

—Lo sé. —Le hablaba con voz de calma absoluta, tranquilizadora.

—Soy un desastre.

—No me parece que seas tan desastre como crees —dijo.

—Yo no saldría conmigo. —Era su renuncia de responsabilidad.

Eso le hizo sonreír.

—Seguramente es una buena idea. Salir con uno mismo puede hacer que la gente piense que estás loca. —Cuando ella se miró los pies, él le pasó la mano con delicadeza por debajo de la barbilla y la obligó a mirarlo—. Sé en qué me estoy metiendo, Erin. Y aun así estoy dispuesto a hacerlo. Me has contado tus secretos…

Erin se estremeció.

Matt dudó.

—Algunos de ellos, al menos. Tengo la esperanza de que confíes en mí lo suficiente como para, al menos, explorar esto que hay entre los dos para ver adónde nos lleva. ¿Qué es lo peor que puede pasar? —le preguntó.

La respuesta a su pregunta apareció en la cabeza de Erin como un teletipo durante un informativo. Apretó los ojos y trató de dar un paso atrás.

Matt aflojó la presión, pero no la soltó.

—Háblame, Erin. ¿Qué estás pensando?

—No deberíamos…

—No puedo asegurarte nada si no me cuentas cuáles son tus miedos.

Su vida era tan injusta. Respiró hondo y lo soltó:

—¿Y si estamos juntos y él me encuentra y tengo que irme?

Matt le puso ambas manos sobre los hombros y suspiró como si tuviera la respuesta perfecta a su problema.

—En lo que a mí respecta, ya estamos juntos. He probado tus *brownies* y no creo que pueda volver a afrontar la vida sin ellos. —Estaba sonriendo—. Y si te encuentra, en el caso hipotético de que te encuentre, va a tener que pasar por mí para llegar a ti.

—¿Y si esta atracción entre nosotros no funciona?

—¿Es eso lo que te preocupa? —Se acercó hasta que ella tuvo que inclinar la cabeza hacia atrás para mirarlo directamente a los ojos.

—La atracción se desgasta. La gente cambia de opinión.

Matt se humedeció los labios y miró los de ella.

Erin tragó saliva. Maldita sea... no había nada infantil en el hombre que la miraba como si quisiera comérsela para el almuerzo. Erin estaba segura de estar inclinándose hacia él. Deslizó la lengua y se lamió el labio inferior.

Matt captó el movimiento.

—Vamos a probarlo antes de desperdiciar el momento.

Sus labios eran cálidos, y su aliento, tórrido. Esta vez no hubo vacilación, ninguna duda sobre si aquello estaba pasando realmente o no. Estaba sucediendo de verdad. Matt le estaba devorando la boca con la suya, reclamando su lengua para él.

Las mariposas seguían revoloteando en su estómago, intensificando el aleteo con cada movimiento.

Erin cerró los ojos y sus pensamientos se disiparon por completo. Habían estado hablando de algo importante, pero nada de eso importaba. Él la estaba tocando, deslizando las manos por su espalda, hasta detenerse en su cintura. La forma en que la atrajo hacia sí, estrechándola contra su cuerpo, la hizo ser plenamente consciente del tiempo que hacía que nadie la tocaba con tantísimo tiento y cuidado.

Sintió que su mano buscaba la suya y la guiaba alrededor de la cintura. Erin interpretó el movimiento como un permiso para tocarlo, y así lo hizo. Una espalda fuerte y unas caderas esculpidas.

Lo más sensato sería no seguir desplazándose hacia abajo, así que dejó que las puntas de sus dedos se deslizaran hacia arriba. Fue entonces cuando se dio cuenta de que las manos de él recorrían el mismo camino sobre ella mientras ella lo tocaba a él.

Incluso en ese momento, mientras la besaba hasta robarle el aliento, dejaba que fuera ella quien dirigiera la situación, sin forzarla ni hacer movimientos bruscos. Solo ejercía una presión lenta y constante con la lengua sobre la de ella, con el pecho de cada uno encajado en el del otro. Y sí, notaba perfectamente que Matt estaba excitado. Los vaqueros tenían sus límites en cuanto a capacidad de disimulo. Y en ese momento, la erección de Matt hacía presión sobre ella, pero él no se estaba dando satisfacción con ningún roce para aliviarse o excitarse más aún. No tenía que hacerlo. Le bastaba con el beso.

Al menos mientras estuviesen en el jardín trasero de la casa de sus padres.

Fue entonces cuando Erin oyó las voces que les llegaban desde la fiesta en el interior de la casa.

Matt apartó los labios de su boca y estos se desplazaron a su barbilla y al borde de la oreja.

—Tendrá que pasar por mí para llegar hasta ti, Erin.

Sus palabras eran una promesa.

Una promesa en la que ella quería confiar.

***

—Ahí estáis —exclamó Colin cuando Matt y Erin volvieron a entrar en la casa.

Un solo vistazo bastó para que Parker negara con la cabeza.

—Se supone que la dama de honor no puede escaparse con el padrino hasta el momento del banquete. Vosotros dos os habéis adelantado.

Matt sintió que Erin se ponía rígida a su lado. La miró y advirtió por primera vez que se le había corrido el pintalabios. Entonces se limpió la boca y varias personas de la sala empezaron a reírse.

Erin enterró la cabeza en su hombro. Las mejillas se le habían teñido de rojo.

—Conque a enseñarle una manualidad que habías hecho de pequeño, ¿eh? ¡Y un cuerno! —se jactó la tía Beth desde donde estaba, encaramada a la encimera de la cocina.

Matt se dio cuenta de que su madre los observaba con una sonrisa radiante. Fue entonces cuando colocó un brazo sobre el hombro de Erin, como diciendo: «Sí... somos pareja».

Dios, esperaba que fueran pareja.

Formal o no, pero por lo menos algo más que una relación pasajera.

Sí, Erin venía con equipaje, un equipaje lo bastante grande y pesado como para tener que pagar el doble por subirlo a un avión. Pero besaba como un ángel que necesitaba las alas de otra persona para poder refugiarse en ellas y estar a salvo.

Matt tenía la sensación de que no conocía del todo bien a Erin, de que tal vez ni ella misma se conocía a sí misma, porque mientras le decía que no debían empezar ninguna relación, sus labios decían algo completamente distinto. Su lengua entonaba una canción diferente, al menos hasta que el miedo empezaba a apoderarse de ella. ¿Qué pasaría cuando el miedo desapareciera y se liberara de las ataduras del pasado?

Matt no lo sabía, pero quería estar allí cuando eso sucediera.

—Bueno, ¿y qué os parece? —preguntó Colin.

Matt centró sus pensamientos en lo que ocurría en la sala y se dio cuenta de que no estaba siguiendo la conversación. Miró a Erin. Ella lucía la misma expresión de perplejidad.

—¿Qué has dicho? —le preguntó Matt.

Colin atrajo a Parker hacia sí.

—¿Padrino?

Parker miró a Erin.

—¿Dama de honor?

Por segunda vez ese día, una oleada de emoción se apoderó de Matt. Sí, ya suponía que su hermano se lo pediría, pero ahora que lo había hecho… Matt soltó a Erin y se acercó a Colin. Rechazó el abrazo viril con un solo brazo y abrazó a su mejor amigo con un ímpetu y una emoción a la altura del momento.

—Será un honor.

—Te quiero, tío.

—Yo también te quiero, hermano.

A su lado, vio a Erin junto a Parker.

—Hace muy poco tiempo que nos conocemos, ¿estás segura?

—Erin, eres una de las personas más auténticas que he conocido. Te has convertido en una más de la familia. Quiero que seas parte de esto.

Matt vio la lucha interior que se estaba librando dentro de Erin. Prácticamente la oía llorar. «¿Y si estamos juntos y él me encuentra y tengo que irme?».

—Me encantaría.

Se abrazaron y Matt percibió la vacilación y la preocupación en cada movimiento del cuerpo de Erin.

La madre de Matt alzó la voz:

—¡Vamos a comer antes de que se enfríe!

—Casi todo es comida fría, mamá —se burló Grace.

Colin le dio una palmadita en el hombro a Matt mientras el resto de los presentes se ponían a charlar de nuevo. El ruido ahogó la conversación entre Erin y Parker.

—Deduzco que las cosas van viento en popa entre vosotros —dijo Colin.

—Erin tiene más capas que una cebolla, pero no me importa.

Su hermano le dio una palmada en la espalda.

—Parker le ha pedido a Mallory que sea su madrina de boda y a Grace que sea dama de honor.

—Suena perfecto.

—Sí. Se lo pregunté a Austin.

Matt asintió.

—Buena idea.

Colin apartó a Matt un poco más.

—Parker y yo pensábamos pedirle a papá que la llevara al altar.

Eso hizo que Matt se volviera y vio a su padre junto a Grace.

—Maldita sea. No había pensado en eso.

Toda la familia Sinclair había quedado huérfana, y el hecho de que su propio padre no estuviera allí para acompañarla al altar probablemente sería un trago muy amargo para ella.

—Lloró cuando lo hablamos. Este fin de semana vamos a llevar a cenar a mamá y a papá y se lo pediremos.

Matt tragó saliva con fuerza y exhaló un suspiro.

—Le va a encantar ser el centro de atención.

—Sí…

Colin siguió hablando, pero Matt se distrajo al ver que Erin se deslizaba hacia el fondo de la habitación y se escabullía por la puerta trasera.

—Colin… —Matt miró hacia la puerta—. Tengo que ir a ver cómo está.

—¿Va todo bien?

Le dio una palmada en el hombro a su hermano.

—Nada que no pueda solucionar.

Se plantó en la puerta en cinco zancadas. Seis más y ya estaba delante de Erin.

Estaba jadeando, con la cara muy pálida.

—Por favor. —Dio un paso a la derecha. Matt hizo lo mismo.

—Ya estamos juntos, y él no te va a encontrar.

Erin le lanzó la mirada de una serpiente de cascabel a punto de atacar a su presa.

—¿Cómo sabes que eso es lo que estoy pensando?

—Porque estoy seguro de que las emociones que relacionas con nosotros se parecen a las que relacionas con ellos. —Señaló hacia el interior de la casa.

Vio la humedad en sus ojos mucho antes de que le cayera la primera lágrima.

—Es un hombre peligroso, Matt. Si lo huelo a un estado de distancia, tendré que irme o, de lo contario, pondría en riesgo la vida de todos. ¿Cómo puedo hacer planes de un futuro cuando no sé qué va a pasar?

Matt extendió la mano y la atrajo hacia sí.

—No te vas a ir a ninguna parte. —La abrazó mientras lloraba sin hacer ruido y le susurró al oído—: Yo te protegeré.

Capítulo 17

Erin meneó la cabeza a la izquierda y luego a la derecha. Los ligeros mechones de su pelo le rozaron los hombros con el movimiento, con más cuerpo del que recordaba haber tenido en su vida.

—Este sí que es tu color. —Manuela le dio un toque de cera en las puntas y se echó hacia atrás para admirar su trabajo—. Nunca me gustó el rojo.

A Erin tampoco. Había sido un medio para conseguir un fin. El suave color castaño, con apenas unos pocos reflejos, era suficientemente distinto de su rubio natural, pero no era tan impactante como el rojo. Y el corte...

Erin sacudió la cabeza sin poder dejar de sonreír.

—Creo que la última vez que tuve el pelo tan corto fue cuando estaba en tercero de primaria.

—Te queda bien. Todo el mundo lleva el pelo largo y liso. Tú tienes unos rizos naturales que solo salen con el pelo más corto. Este estilo es perfecto para ti.

Le había dejado la raya a un lado y solo había añadido unas pocas capas para que el pelo se le pudiera mover con soltura por delante de la cara.

—Me siento liberada —dijo Erin.

Manuela retiró la capa protectora de los hombros de Erin y le quitó los restos de pelo de la espalda.

Erin pagó a la peluquera en efectivo y le dio las gracias.

—Ahora ni se te ocurra estropear mi corte de pelo.

Aunque se rio, Erin sabía que la mujer no estaba bromeando: todavía no le había perdonado la única vez que Erin había comprado tinte en un supermercado.

—No lo haré.

—Y no te escondas en casa. Llama a alguna amiga y sal. A ver cuántas cabezas se vuelven a mirarte.

—Sí, señora —convino Erin, a sabiendas de que su intención era, precisamente, irse derecha a casa y evitar que alguien se volviera a mirarla—. Gracias otra vez.

Salió por la puerta.

En Santa Clarita empezaba a apretar el calor, pero, cuando el aire le rozó la nuca, la sensación la hizo sonreír aún más.

Desmond odiaba el pelo corto.

Se subió al coche y bajó todas las ventanillas. Se miró en el espejo retrovisor y suspiró. Casi no se reconocía; entre la sonrisa, las facciones relajadas y, sí, el nuevo peinado, Erin se sentía menos Maci y más la mujer en la que estaba intentando convertirse.

Arrancó el motor y puso el aire acondicionado a tope.

Por pura costumbre, miró la aplicación que le decía si Matt había salido a atender una llamada de emergencias. Cuando descubrió que lo más probable era que estuviera en el parque de bomberos, se dirigió hacia allí. A mitad de camino empezó a sentirse incómoda. Presentarse en su trabajo solo para enseñarle su nuevo aspecto le parecía que era un poco pasarse de la raya. En cambio, si fuese a llevarle a él y a su equipo alguna de sus creaciones de repostería… esa excusa podría estar mejor.

Solo que no tenía nada hecho y hacía demasiado calor para poner el horno en el reducido espacio de su casa.

Sin acabar de decidirse a entrar o no, redujo la velocidad al pasar por delante de la estación.

Las puertas estaban cerradas y, por lo que veía a través de los ventanales, parecía que el camión no estaba dentro.

«Bueno, pues mejor».

Tomó una decisión y se dirigió al supermercado. Porque por las noches refrescaba, y el olor a *brownies* recién hechos era una forma maravillosa de conciliar el sueño.

Dobló la esquina y entró en el aparcamiento.

Al ver el gigantesco camión rojo en la zona reservada a los bomberos sonrió de oreja a oreja.

Erin aparcó tan rápido como pudo. Salió del coche, cogió su bolso y entró en la tienda.

Pasó por delante de la fila de las cajas registradoras y se asomó a mirar en todos los pasillos. Encontró al grupo en la sección de verduras y hortalizas.

Jessie toqueteaba la fruta mientras Matt negaba con la cabeza. Erin se detuvo al verlo y esperó a que levantara la vista. No tardó mucho.

Él miró hacia donde estaba ella, apartó la vista y luego volvió a mirar dos veces. Soltó la lechuga que llevaba en la mano en el carro y se plantó delante de ella en cinco zancadas.

—Guau. —Extendió la mano y tocó la punta del pelo.

—Es diferente, ¿eh? —señaló ella.

—Me gusta. —Sonreía como si, efectivamente, le gustara lo que estaba viendo. Hizo una pausa—. ¿Te gusta a ti?

—Me encanta. —Erin sacudió la cabeza de lado a lado.

—Se ve algo de rubio. ¿Sigue sin ser tu color natural?

—No, pero se acerca.

Matt dejó de mirarle el pelo y fijó la mirada en sus ojos.

—Estás preciosa de cualquier manera, pero me gusta el nuevo peinado.

Sí, eso era lo que quería oír.

—Gracias.

Se inclinó hacia ella.

—Te besaría ahora mismo y te demostraría lo mucho que me gusta, pero estoy trabajando.

Su confesión y su contención le parecieron entrañables.

—Ser un profesional es difícil —bromeó ella.

Matt se rio.

Erin miró por encima de su hombro al resto del equipo.

—¿Comprando cosas para la cena?

Matt puso los ojos en blanco.

—Sí, si es que conseguimos que Jessie se decida. El hombre se toma su tiempo para seleccionar los productos.

Tom miró hacia ellos y la saludó con la mano.

Erin levantó tímidamente una mano en el aire.

—Debería ir a saludar.

Matt se lo tomó como una invitación. Antes de que ella tuviera tiempo de decir algo, ya le había apoyado la mano en la parte baja de la espalda y estaba guiándola hacia el carrito de la compra.

—Hola —dijo Erin.

A continuación se oyó un coro de saludos.

—Casi no te reconozco —señaló Tom—. Pensaba que tendría que recordarle a Matt que ya tenía novia.

—¡Oye! —gruñó Matt—. No le hagas caso —le dijo a ella.

Erin miró en el carro y solo vio verduras.

—¿Qué vais a hacer para cenar?

—A este paso, nada. —Anton señaló a Jessie.

—Os gusta cómo cocino, ¿verdad?

Los tres asintieron.

—Entonces no tenéis más remedio que aceptar mi proceso de selección y aguantaros.

Puede que Matt no pudiera besarla en público, pero eso no le impedía tocarla. La atrajo hacia sí y habló lo bastante alto para que Jessie lo oyera:

—El novato siempre cocina, y con este hemos tenido suerte. Solo que aún no se ha dado cuenta de que tenemos que entrar y salir del supermercado lo antes posible o nos arriesgamos a que nos llamen.

Erin inclinó la cabeza.

—¿Y qué hacéis cuando pasa eso?

—A veces la comida se queda en el camión y aguanta bien, si la emergencia es algo rápido y acabamos pronto —dijo Tom.

—Otras veces pasa demasiado tiempo ahí y se estropea —añadió Matt.

—La mayoría de las veces la dejamos en el supermercado y pasamos a recogerla después del servicio, pero sería mejor poder llevarla a la estación y meterla en la nevera. —Las últimas palabras de Anton iban dirigidas a Jessie, que pareció captar la indirecta y metió los alimentos en el carro.

Erin los acompañó mientras recorrían la tienda eligiendo comida.

—¿Por qué no comprar antes de venir a trabajar?

—Lo creas o no, esto es más fácil. De vez en cuando planificamos la comida con antelación y traemos cosas, pero así elegimos lo que queremos todos y dividimos el coste. —Matt rodeó a Erin, cogió el pan recién salido del horno y lo dejó en el carrito. Durante todo ese tiempo se las arregló para no apartar la mano de ella.

Cuando estaban en mitad de la tienda, Erin se dio cuenta de la cantidad de gente que los observaba mientras pasaban. Sobre todo eran mujeres.

—Creáis mucho revuelo por aquí, chicos.

Tom se rio.

—Te acostumbras con el tiempo.

—A la gente le gusta vernos cuando acudimos a una emergencia. Después del incendio del año pasado, nos costó mucho pagar una comida en esta parte de la ciudad: los restaurantes nos invitaban, los gerentes de los supermercados nos hacían grandes descuentos y los clientes pagaban la diferencia.

—Sé lo agradecida que estaba Parker después del incendio. Me imagino lo mismo multiplicado por cientos de personas —dijo mientras se dirigían a la sección de carne.

Al poco, ya llevaban en el carro todo cuanto necesitaban, de modo que se dirigieron al cajero y se pusieron en la cola.

Matt se volvió hacia ella justo cuando les sonaban las radios.

Los hombres suspiraron al unísono.

A su alrededor, los clientes los miraban.

Anton escuchó atentamente la llamada y Jessie apartó el carro a un lado.

—Tenemos que irnos —le dijo Matt a Erin.

—¿Y la comida?

—El gerente nos la guardará. Luego volveremos.

«¿Y si los vuelven a llamar?».

—O puedo encargarme yo y llevarla a la estación.

Matt rebuscó en su bolsillo y sacó un juego de llaves.

—Eso sería genial. —Se las puso en la mano—. Deja la llave en el mostrador y cierra la puerta al salir.

—Gracias, Erin —dijo Tom mientras salían todos del supermercado.

Matt le lanzó un beso de un soplo y se marchó.

Sola ahora y con la comida, se dio cuenta de que varias personas la estaban mirando.

Irguió los hombros y empujó el carro hacia delante. Se sintió bien ayudándolos mientras ellos corrían a socorrer a otras personas.

Y se sintió aún mejor sabiendo que Matt le confiaba las llaves y la responsabilidad ante su equipo.

Y hasta besando al aire sabía besar.

***

Desmond Brandt metió el dedo en el frasco de pastillas con receta, extrajo una de las cápsulas y se la tragó, sin agua. A continuación, se inclinó en su silla de cuero y se quedó mirando la pantalla de su escritorio. Al otro lado de la puerta de su despacho, el negocio seguía como de costumbre, con él al mando y todos pendientes de cada una de sus necesidades.

Pero esa zorra no parecía entender cuál era su lugar.

Había cumplido su inmerecida condena durante un año entero: una orden de alejamiento. De su propia esposa. La cantidad de veces que la había rescatado de una muerte segura y era así como se lo pagaba.

Se pasó una mano por el mentón y se acarició la cuidada barba que se había dejado después de que lo abandonara. Le daba un toque de personalidad: el marido despechado que lloraba la ausencia de su mujer.

Durante un año entero había recurrido a los servicios de tres detectives privados en dos continentes: uno en la costa oeste de Estados Unidos, otro en la este y un tercero en el Reino Unido. Estaba a punto de contratar a un cuarto para que buscase en otras partes de Europa cuando la imagen que tenía delante aterrizó en su mesa.

El pequeño fragmento de vídeo formaba parte de una noticia antigua del invierno anterior. Maci estaba de pie a lo lejos mientras una reportera hablaba con el propietario de una vivienda que había sucumbido a las inundaciones de California. El pequeño recorte de la historia original había aparecido en el radar de su detective porque se acercaba el primer aniversario del incendio que había precedido a la inundación.

Desmond solo podía dar gracias por la escasez de noticias que había dado pie al uso de imágenes de archivo para así dar más sensacionalismo a unas veinticuatro horas, por lo demás, completamente normales.

Allí estaba ella. De pie, con un abrigo que él le había comprado cuando estaban de vacaciones. En realidad se lo había comprado ella, pero con su dinero. Por lo tanto, era de él. Todo en ella era de él.

Hasta su propia vida se la debía a él.

¿No fue él quien la sacó del coche destrozado, que podría haberse incendiado? ¿Y acaso no había sufrido él mismo un corte en un lado de la cara por la brutalidad del impacto?

Había montado guardia junto a su cama, había traído a especialistas que trataban a pacientes con lesiones cerebrales traumáticas y los trastornos de personalidad que los accidentes solían desencadenar. O, en su caso, que provocaban los accidentes. Los médicos le confirmaron lo que Desmond ya sabía: que Maci no estaba bien de la cabeza.

«A veces a las personas se les cruzan los cables». Eso era lo que le habían dicho. Eso era lo que se había asegurado de que figurase por escrito en su historial médico.

Así que cuando ella cogió y se largó dejándolo nada más que con los papeles del divorcio, la zorra de su abogada y una maldita orden de alejamiento, él respiró larga y profundamente. Y después de respirar, destruyó su espectacularmente bonita sala de estar. El dolor que sintió con la traición de ella hizo que arrasara con todo. Toda la casa olía a ella. Le recordaba a ella.

El recuerdo de aquella habitación, cuando volvió a sentirse él mismo de nuevo, desfiló por su cabeza como la imagen de una película antigua. Una película en blanco y negro con cortes que te hacían entrecerrar los ojos para ver qué era lo que intentaba encuadrar el camarógrafo.

Pestañeó para ahuyentar aquella imagen rota.

En su lugar estaba ahora la entrevista de la reportera, en la que no se veía más que un destello de su mujer todos esos meses atrás y un plano panorámico de la propiedad en la que estaba Maci.

De no haber sido por el abrigo, no la habría reconocido. Llevaba el pelo largo y pelirrojo. Parecía una puta.

Desmond se apartó del escritorio antes de sucumbir a la tentación de romper la pantalla con el puño.

Cruzó la habitación, abrió un mueble-bar muy bien surtido y se sirvió dos dedos de whisky.

Ahora que tenía una pista, solo era cuestión de tiempo que diera con una ubicación.

Se bebió la mitad del whisky de un trago y soportó la quemazón en la garganta. Luchar contra el impulso de estremecerse hizo que se sintiera lleno de energía.

El control lo llenaba de energía. Por muy buena idea que fuera contratar a alguien para que se encargara de aquel asunto por él, dudaba que ese alguien viese a su esposa como lo que era realmente: una persona enferma.

No, no... debía ocuparse él mismo.

Apuró su copa, la dejó en la superficie del mueble, se dirigió a la puerta de su despacho, de líneas elegantes y contemporáneas, y la abrió de golpe.

—¡Keller! —gruñó.

Su secretario irguió la columna antes de ponerse de pie.

—¿Señor?

Un leve estremecimiento recorrió el cuerpo de Desmond ante la respuesta de su subordinado. Desmond señaló hacia el interior de su despacho y volvió a su escritorio. Keller acudió con un bloc de papel en la mano y se situó en posición de firmes.

Desmond cerró la ventana en la que aparecía su mujer en la pantalla del ordenador y se sentó.

—Necesito que despejes mi agenda.

Keller lo anotó.

—¿Durante cuánto tiempo? —El hombre no lo miró a la cara.

—Un mes.

Keller levantó la vista con expresión de extrañeza y aire interrogador.

Una mirada de Desmond bastó para que el hombre volviera a centrar su atención en el bloc de notas.

—¿Algún problema? —preguntó Desmond.

—Por supuesto que no, señor. Hay una reunión de la junta de accionistas la próxima semana.

Desmond inclinó la cabeza hacia atrás.

—Controlo el cincuenta y uno por ciento de esta empresa. Dile a la junta que cambie la fecha.

—¿Señor?

Al hombre no le parecía bien su decisión.

—¿Acaso he dicho algo con lo que no estás de acuerdo, Keller? El secretario desvió la mirada.

—No, señor. Me encargaré de ello.

—Bien.

—¿Quiere que dé alguna explicación sobre su ausencia?

Desmond dedicó un momento a decidir qué era lo que quería que pensase la gente.

—Dile a quien te pregunte que estoy tratando de encontrar la paz tras perder a mi esposa. Y que tengo a un familiar enfermo en Grecia al que debo ir a ver.

Keller escribía frenéticamente en su bloc de notas. Cualquiera habría dicho que Desmond le había pedido que volviese a redactar la Declaración de Independencia, por la cantidad de texto que estaba escribiendo.

—¿Cuándo se va?

Sintió un fuerte impulso de decir «ahora mismo», pero decidió que dar un poco más de margen parecería menos… desesperado.

—El lunes.

Keller suspiró.

—De acuerdo.

Desmond se quedó mirando cómo sus propios dedos tamborileaban sobre su escritorio durante varios segundos. Cuando levantó la vista, le sorprendió ver que Keller seguía allí.

—Eso es todo.

Su secretario se dio media vuelta y salió de la habitación.

Un mes.

Lo arreglaría todo en un mes.

Capítulo 18

Luciendo unas enormes gafas de sol y retorciéndose los rizos de su nuevo peinado, Erin se sentía como si fuera de incógnito aun estando a la vista de todo el mundo. La graduación de Austin se celebraba en el estadio al aire libre del *community college* local. Se sentó con Parker, Colin y Mallory y aplaudió cuando anunciaron el nombre de Austin. Cuando terminó la ceremonia, se fueron todos al centro comercial y pasaron cuarenta minutos sentados esperando en la entrada de un popular restaurante hasta que al fin los llamaron para darles mesa.

En mitad de la comida, Erin se dio cuenta de que no había pensado en esconderse en todo el día. No recordaba ni un solo día en todo el año anterior que hubiera salido a la calle y no hubiera agachado la cabeza, se hubiera sentado al fondo de todo en un restaurante o se hubiera tapado la cara con unas gafas de sol, sin llegar a quitárselas ni un segundo. Incluso una gorra de béisbol cambiaba bastante su aspecto. A veces hasta su propio teléfono tenía dificultades para reconocerla con las gafas y el tocado adecuados.

Era una sensación muy reconfortante.

Austin amenizó la comida contándoles cómo iba a lograr dominar el mundo a los veinticinco años. Empezaría por un trabajo de verano que Colin le había ayudado a conseguir, un trabajo en el condado.

—Con ese trabajo, vas a echar de menos los días en que Parker te decía que limpiaras la piscina —le dijo Colin.

—Pero está mejor pagado.

—¿Significa eso que vas a ser el jefe de Austin? —preguntó Erin.

—Solo cuando forme parte de mi equipo, lo cual, curiosamente, sucederá el próximo invierno, cuando tengamos que volver a limpiar el barranco.

El invierno había sido un carrusel de volquetes cargados de tierra y tractores que, uno tras otro, recogían toneladas de barro y las sacaban de la propiedad.

Colin extrajo su teléfono del bolsillo trasero y miró la pantalla.

La camarera se acercó a la mesa con sus bebidas y les tomó nota.

—Matt viene de camino. Dice que tiene algo para ti, Austin —dijo Colin antes de volver a guardar el teléfono.

El mero hecho de oír el nombre de Matt hizo sonreír a Erin.

—Queríamos invitarlo a la graduación, pero solo teníamos cuatro entradas —le explicó Parker.

Austin se inclinó hacia delante y se frotó las manos.

—Eso no significa que no pueda pasarse por aquí y soltarme algo de pasta por ser el graduado más simpático y listo del mundo.

Eso los hizo reír a todos.

—Gracias tendrías que dar aunque solo te diese una tarjeta sin dinero.

Colin frunció el ceño.

—¿De qué sirve una tarjeta sin dinero?

Parker protestó dándole un codazo en el hombro.

Mallory rebuscó en su bolso, sacó un sobre y se lo dio a su hermano.

—La mía no lleva dinero.

Austin frunció el ceño mientras rasgaba el sobre. Al abrir la tarjeta de felicitación, un trozo de plástico cayó al suelo.

—¡Qué guay! —Recogió la tarjeta regalo y la agitó en el aire.

Parker negó con la cabeza.

—Lee la tarjeta. Es de mala educación coger el dinero y no leer la tarjeta.

Era interesante ver cómo Parker ejercía de figura materna y paterna para su hermano, pero era aún más divertido ver cómo Austin aceptaba sus consejos. Dejó de poner los ojos en blanco para leer la tarjeta en silencio. Su sonrisita de suficiencia no tardó en desaparecer, al tiempo que se le humedecían los ojos. Todos dejaron de burlarse y lo observaron.

Erin miró a Mallory y vio que le brillaban los ojos.

—¿Qué dice, Austin? —preguntó Parker.

El chico se limpió las mejillas con el dorso de la mano.

—Mallory dice que soy su hermano favorito.

Parker cogió la tarjeta que le tendía Austin para que la leyese. Le echó un vistazo y dejó de sonreír para tragar saliva con fuerza.

—¿Puedo leerlo en voz alta?

Austin asintió.

Parker se aclaró la garganta.

—«Para mi hermano favorito. Me alegro mucho de que te hayas espabilado y te hayas graduado, porque habría sido un día de mierda si no lo hubieras hecho. Perder a mamá y a papá ha sido duro para todos nosotros, pero sobre todo para ti. Es como si te hubieran robado el tiempo. Hoy, un día en el que tienes todo tu futuro por delante, quiero decirte que voy a estar ahí contigo en cada paso del camino, en cada ocasión especial, en cada hito; y estaré ahí para recordarte la sonrisa de mamá y para demostrarte que tu risa es igual que la de papá. Ellos te querían mucho y hoy estarían muy orgullosos de ti. Te quiero».

Una oleada de emoción atenazó la garganta de Erin.

—Eso ha sido precioso, Mallory —le dijo.

Parker extendió la mano y la puso sobre la de Austin. Durante unos instantes, todos permanecieron en silencio, recreándose en el momento.

Matt llegó a la mesa y quebró el ambiente sombrío.

—¿A qué vienen esas caras tan largas? Pero si este es un día de celebración...

Erin se desplazó en el asiento para hacerle espacio.

—Mallory ha escrito un mensaje muy emotivo en su tarjeta para Austin.

Matt buscó en su bolsillo trasero y lanzó su propia tarjeta hacia donde estaba Austin.

—Debe ser una cosa de chicas, porque yo acabo de meter dinero en el mío —dijo, guiñándole un ojo a Austin, que se secó los restos de lágrimas y abrió el sobre.

Cuando Matt se hizo sitio junto a Erin, volvió la cara hacia ella y sonrió. Sin dudarlo, la besó. Era la clase de beso que daba a entender que hacían ese tipo de cosas a todas horas, la clase de beso que hacía que ella estuviera deseando volver a verle, y cuantas más veces mejor. Matt le puso una mano en el muslo por debajo de la mesa y se lo apretó.

—Estás increíble.

—Ahhh, gracias, Matt. Pensaba que no te darías cuenta —bromeó Colin.

Matt se rio e hizo amago de inclinarse sobre la mesa.

—¿Tú también quieres un beso? —Empezó a hacer un ruido exagerado con los labios, lo que arrancó las carcajadas de todos.

Austin agitó un billete de cien dólares en el aire.

—¡Gracias!

—¿Has leído la tarjeta?

Por alguna razón, la pregunta de Parker les hizo reír a todos excepto a Matt.

—¿Por qué siento que llego tarde a la fiesta?

Cuando terminaron de comer, Austin ya estaba enviando mensajes de texto a algunos de sus amigos y haciendo planes para la noche. Mallory había venido en su coche y Colin y Parker tenían previsto llevar a Erin de vuelta a la casa. Eso fue hasta que Matt sugirió que él haría de chófer.

Y todo eso le pareció de fábula hasta que Erin vio la moto y Matt le dio un casco.

—No hablarás en serio…

—¿Me estás diciendo que nunca te has subido a una moto?

Erin miró alrededor y se dio cuenta de que Parker y Colin ya se habían ido en el coche de este.

—Ni he ido nunca de paquete en una moto ni he salido nunca con alguien que tuviera una.

Matt se acercó a ella y le puso una mano bajo la barbilla.

—Bueno, pues ahora sales con alguien que conduce una.

Dejó de preocuparse por la moto y se vio arrastrada a la vorágine de Matt.

—¿Es eso lo que estamos haciendo?

Él sonrió.

—¿Confías en mí?

No necesitaba pensar la respuesta, pero vaciló de todos modos.

—Sí.

Él bajó los labios hasta los de ella y aprovechó para darle un beso más prolongado que el del restaurante. Cuando se apartó, desplazó la mirada por su rostro y su pelo.

—Me gusta mucho tu nuevo *look*.

Matt cogió el casco que acababa de darle y se lo colocó en la cabeza.

La sensación era justo la que Erin imaginaba: el casco le resultaba cálido y acogedor, y aislaba del ruido exterior.

—¿De verdad que vamos a montar en esto?

Él le ajustó la correa bajo la barbilla.

—Yo conduciré y tú vas a rodearme con los brazos y a agarrarte bien fuerte.

Sintió un vuelco en el estómago.

—Ay, Dios mío...

Una vez equipada con el casco, Matt cogió la chaqueta de cuero que llevaba colgada del brazo y se la abrió para que se la pusiera.

—Mi madre se enfadaría si no llevaras esto.

Erin se colocó el bolso cruzado antes de volverse para que Matt la ayudara a ponérsela.

Era una noche cálida, de finales de primavera, y tenía demasiado calor con aquella chaqueta.

—¿Tú qué te vas a poner? —le preguntó.

Matt guiñó un ojo y se puso el casco.

—A ti.

Pasó una pierna por encima de la moto y echó hacia atrás el caballete. Hizo girar la llave de contacto y la moto cobró vida con un rugido.

«¿De verdad que voy a hacer esto?». Seguramente era una ingenua al pensar en todo lo malo que podía ocurrir por ir en moto, de modo que sustituyó su miedo por la emoción de hacer algo completamente nuevo para ella.

—¿Subes?

Olvidándose del nerviosismo, Erin pasó la pierna por encima de la moto y se colocó justo detrás de Matt.

—Pon los pies aquí —dijo, señalando unos pequeños soportes a cada lado del vehículo.

—De acuerdo. —Una vez que apoyó los pies, tuvo la sensación de que no controlaba el equilibrio—. ¿Y ahora qué?

Matt le cogió la mano que tenía en el muslo y la colocó en su propia cintura. Luego se volvió hacia la otra mano y repitió el mismo movimiento. Cuando las manos de ella ya estaban donde él quería, dio un golpecito en el visor del casco de ella y luego en el suyo.

—¿Preparada?

Erin negó con la cabeza, sonrió y luego asintió.

—No nos mates.

Matt le guiñó un ojo.

—Descuida.

En el momento en que puso la moto en marcha y esta empezó a moverse, Erin apretó su cuerpo contra el de Matt y lo rodeó con fuerza con los brazos. Tantos años conduciendo en coches con cinturones de seguridad y puertas con ventanillas, y ahí estaba ella ahora, subida a algo que podía ir tan rápido... no, más rápido que un coche normal, sin ni siquiera un mísero airbag.

—Esto es una locura —dijo mientras desfilaban por el aparcamiento.

—Vas a tener que hablar más alto si quieres que te oiga cuando estemos en la carretera.

Matt dobló la esquina y esperó en un semáforo en rojo para salir del aparcamiento.

—He dicho que esto es una locura. —Le parecía estar gritando.

Él le puso la mano izquierda sobre el brazo.

—Tranquila, lo tengo todo controlado.

Y el semáforo se puso en verde.

Estaba anocheciendo y había mucho tráfico en la carretera, pero ningún atasco.

Erin sintió que sus muslos se tensaban contra las piernas de Matt para ayudar a mantenerse en equilibrio sobre la moto. Le gustaba pensar que era lo bastante adulta como para no ponerse nerviosa por estar en aquella postura, pero se mentiría a sí misma si dijera que no lo estaba. Era excitante, tanto sexual como emocionalmente. La cercanía física, unida a la constatación de que confiaba al cien por cien en que Matt la llevaría a casa de una pieza, le resultaban sensaciones tan extrañas como felizmente sorprendentes. En lugar de darle vueltas y obsesionarse con ello, trató de relajarse y disfrutar, sin más.

Una vez que se alejaron del tráfico de la ciudad, Matt enfiló hacia el camino del cañón que llevaba a la casa. A medida que tomaban las curvas y las paredes del cañón se cerraban, Erin agradeció ir abrigada con la chaqueta. Sentía el frío en algunas partes del cuerpo, pero en realidad no le molestaba. Estaba demasiado ocupada sonriendo y experimentando la libertad del trayecto en moto. Lo comparó con cortarse el pelo. De alguna manera, la moto era tan refrescante como un baño en la piscina en un día de calor abrasador.

E iba pegada a Matt como el caramelo de las manzanas de las ferias callejeras.

Le encantaba.

El zumbido del motor en la carretera, el calor que emanaba el cuerpo del hombre que tenía delante y la inmensidad de la naturaleza: de repente entendía por qué la gente montaba en moto. Su primer viaje y ya lo había entendido.

El atardecer se desvanecía rápidamente y la noche, en la que lucía una media luna, se hacía cada vez más presente. Cuando Matt enfiló la larga calle que llevaba a su casa, Erin se llevó una decepción por que el trayecto hubiera terminado tan pronto.

—¿Qué te ha parecido? —le preguntó él cuando aminoró la velocidad para conducir por la calle residencial.

—Me siento como una niña con un juguete nuevo.

Matt volvió la cabeza y la miró con una enorme sonrisa.

—Bien.

Erin aflojó la presión sobre él y desplazó una de sus manos de la cintura de Matt a su muslo. El hombre era una roca. Llevaba vaqueros, pero notaba la firmeza de sus músculos a través de la ropa.

En la puerta, Matt marcó el código y le cogió la mano.

Condujo el resto del camino hasta la casa de invitados y aparcó la moto junto al coche de ella.

Cuando apagó el motor, Matt se limitó a quedarse allí sentado y miró hacia abajo.

Fue entonces cuando Erin se dio cuenta de que tenía las dos manos extendidas sobre los muslos de Matt, disfrutando del tacto de él bajo las yemas de sus dedos.

Matt respiraba con fuerza. Excitado, supuso. Tal vez tanto como ella.

¿Era eso lo que hacían las motos? ¿Poner cachonda a la gente? No recordaba haberse sentido tan excitada sexualmente en muchos años, lo cual no dejaba de ser triste, ya que ni siquiera había cumplido los treinta. Allí estaba, sin habla, montada a horcajadas en una motocicleta con un hombre guapo y cariñoso que estaba demostrando un gran dominio de sí mismo.

Erin desplazó las manos hacia la parte superior de sus muslos, casi hasta sus caderas, y volvió a deslizarlas hacia abajo.

Matt exhaló una bocanada de aire, se desabrochó rápidamente la correa bajo la barbilla y se quitó el casco.

Este cayó al suelo de grava.

Ella no dejó de tocarle, y él no se volvió.

—¿En qué estás pensando? —preguntó ella, sorprendida al oír el tono ronco de su propia voz.

—Estoy pensando que si subes un poco más con esas manos, te vas a dar cuenta de en qué estoy pensando exactamente.

Sonrió y movió los pulgares en esa dirección.

Matt contuvo la respiración.

«Acariciarlo un momento no puede tener nada de malo… ¿no?».

Pero Matt detuvo su mano antes de que pudiera tocarlo. Sus movimientos repentinos la hicieron estremecerse, pero no porque estuviera asustada, sino más bien excitada.

—¿Erin? —Su nombre era una pregunta.

—¿No quieres que lo haga?

Fue entonces cuando se dio la vuelta en la moto y la miró. Le desabrochó el casco, se lo quitó y lo sostuvo en la mano.

Matt tenía las pupilas dilatadas, ardientes de deseo o quizá tratando de adaptarse a la oscuridad, no estaba segura. Tal vez las dos cosas.

Él la deseaba. Erin lo notaba, percibía el olor de su urgencia en el aire.

—Quiero que toques cada rincón de mi cuerpo —le susurró él—. Y quiero adorar cada centímetro del tuyo.

Sí… su corazón no podía latir más rápido sin requerir atención médica.

Ella lo deseaba, y era evidente que él a ella también. Entonces ¿qué los detenía? Erin se humedeció los labios resecos.

—Maldita sea, Erin. No quiero asustarte.

Ella acercó sus dedos a los muslos de él.

—¿Parezco asustada?

Negó levemente con la cabeza. Dirigió la mirada a sus labios.

—Parece que quieres comerme entero.

—¿Tanto se me nota?

—Sí, nena, se te nota.

Erin se acercó un poco más, con la boca de él a un suspiro de distancia.

Matt dudó.

—Si te asustas, si necesitas que pare… No me importa hasta dónde lleguemos, pararé.

¿Era eso posible? La pregunta debía de leerse en su cara.

—Sandía —dijo él de repente.

—¿Qué?

—Es tu palabra de seguridad. Si dices «sandía», paro.

—No sé si nos hace falta eso —le dijo ella.

—No sabemos si lo necesitas. —Hablaba en serio. Y el hecho de que hubiera pensado lo suficiente en ese momento como para proporcionarle un entorno de seguridad la hizo desearlo aún más.

—Tienes razón. No lo sabemos. Pero me gustaría averiguarlo.

—Erin cubrió la distancia final y presionó los labios contra los de él. Sabían a sorpresa, y era deliciosa.

Matt jugueteó con el casco en sus manos antes de que ella lo oyera maldecir y lo dejara caer al suelo.

La incómoda postura en la que estaba subido a la moto, tratando de besarla, se convirtió en un motivo de irritación, de modo que interrumpió su beso el tiempo suficiente para bajarse de ella y volvió a la carga con un frenesí aún mayor.

Erin llevó la mano a su nuca y cerró los ojos. Cada vez que se habían besado antes, o que se habían tocado antes, siempre había habido gente a su alrededor. Esta vez no. Esto era todo para ellos, sin límites. Sonrió bajo sus labios al pensarlo.

Ella seguía montada en la moto, con una pierna a cada lado y deseando tenerlo a él entre ellas. No estaba segura de cómo bajarse sin tirar aquel cacharro al suelo mientras él seguía ocupado explorando cada rincón de su boca con la lengua.

Matt era muy habilidoso con la lengua.

—Tenemos que…

—Sí —dijo él, pegado a sus labios—. Es verdad.

Sin esfuerzo, le colocó una mano bajo un muslo y la otra bajo el trasero y la levantó de la moto.

—Agárrate —le indicó antes de volver a besarla.

Erin le rodeó la cintura con las piernas y se agarró a él. De repente, la fuerza de aquel hombre no era nada que tuviera que temer, sino solo que disfrutar. Cargó con ella, la besó y consiguió llegar con ella a cuestas hasta la puerta de la casa. Accionó el picaporte de la puerta cerrada.

En lugar de bajarla al suelo, presionó su espalda contra el exterior de la puerta mientras ella toqueteaba su bolso buscando una llave a tientas. La firme erección de él contra la suave ternura de ella hacía reverberar estrellas lejanas en su cabeza.

Las llaves… ya las estaba palpando…

Volvió a presionar contra ella.

—A este paso no vamos a entrar nunca —dijo Erin.

—No hay nadie en casa —dijo él mientras le besaba el cuello.

—Ya está, las he encontrado —dijo, sacando las llaves del bolso. Por un momento parecía que Matt la estaba dejando caer, de modo que inspiró aire con fuerza y apretó más los muslos. Pero lo único que estaba haciendo él era cambiar de postura y quitarle las llaves de la mano.

Mientras él intentaba abrir la puerta, ella enterró los dedos en su pelo al tiempo que le besaba la comisura de la boca y le acariciaba la mandíbula con los dientes.

Tres veces intentó Matt meter la llave en la cerradura, sin soltarla a ella.

—Puedes bajarme —dijo Erin riendo.

—No soy de los que se rinden.

Entonces empezó a reírse con ganas, mientras él se esforzaba por besarla y hacer girar la llave. La puerta se abrió al fin y ambos estuvieron a punto de caer en el suelo de la entrada.

Matt logró mantener el equilibrio y cerró la puerta de una patada mientras sonaba la alarma antirrobo.

La llevó hasta la encimera de la cocina, donde estaba el teclado del sistema de alarma, y no fue hasta entonces cuando la soltó. Con el trasero sobre la encimera, Erin mantuvo los tobillos sujetos a las caderas de él.

Liberado del peso de ella, Matt le recorrió los muslos con las manos, como había hecho ella con él mientras estaban en la moto.

Erin pulsó el código de cuatro dígitos para desactivar la alarma y apartó el monitor a un lado.

El tacto de sus pulgares al recorrer los huesos de su cadera y trazar la curva de sus nalgas la hizo entrar en una nueva fase de excitación. Sus movimientos eran firmes y delicados a la vez mientras la exploraba a través de los pantalones de algodón, apartando la tela de la piel con sus dedos.

Estaba cumpliendo su promesa de adorar cada centímetro de su cuerpo. Su avance era lento aunque la urgencia de sus besos iba cargada de necesidad y deseo.

La chaqueta le daba demasiado calor, y Erin se echó a hacia atrás e intentó quitársela de los hombros.

Las manos de Matt se la arrancaron y sus labios se clavaron en su clavícula y en la uve abierta de su camisa.

«Así que esto es la pasión de verdad», se dijo a sí misma. Y por un turbio momento sintió que su cabeza establecía comparaciones cuando no había absolutamente nada comparable entre lo que le hacía sentir Matt y lo que el monstruo con el que había estado casada le había convencido de que sentía.

—¿Estás bien? —preguntó Matt.

Sus oscuros pensamientos se desvanecieron.

—Mejor que bien.

La miró fijamente con sus ojos suaves.

—¿No hace falta mencionar ninguna fruta?

Erin se acercó a su pecho y fue bajando despacio las manos por la cintura de sus vaqueros.

—¿Es un plátano eso que llevas en el bolsillo… o es que te alegras de verme?

Él empujó hacia las manos de Erin y ella lo agarró a través de la ropa.

—Me has pillado.

Con movimientos lentos y medidos, Matt toqueteó el escote de su camisa y empezó a desabrocharle el primer botón. Una vez completado el movimiento, besó el punto que acababan de acariciar sus manos y pasó al siguiente botón.

Erin se preguntó un segundo si Matt era de los que se tomaban su tiempo para abrir los regalos y disfrutaba averiguando qué eran, o si destrozaba el papel con desesperación frenética.

Matt desvió la boca del botón a la parte superior de sus pechos.

A ella le costaba respirar. Su pecho buscaba el contacto y el cosquilleo en los pezones le transmitía su anhelo de que la tocara allí. Solo que Matt parecía no tener prisa.

Tal vez había llegado el momento de enseñarle lo que quería.

Erin le tiró de la camiseta y deslizó las manos por debajo. Era perfecto: la sensación de su cuerpo tenso bajo el aleteo de sus dedos, sus labios en su piel… El tacto de un hombre cariñoso cuyo objetivo era proporcionarle placer y no dolor.

Matt le desabrochó el último botón y le deslizó la camisa para que acompañara a la chaqueta en la encimera. Como respuesta, ella le quitó la camiseta por la cabeza y la dejó caer al suelo.

No había ya rastro de las risas de antes, del momento en que buscaban las llaves y trataban de abrir la puerta; ahora, la concentración de energía electrizaba el aire de toda la habitación.

Matt la atrajo hacia sí, acercándola al borde de la encimera, y la envolvió en sus brazos. Pecho con pecho, piel con piel, se hundió en su cabeza inclinada y la besó con fuerza. Sin previo aviso, el cierre del sujetador se soltó y Matt la liberó de la prenda innecesaria.

Sus labios ansiosos se ablandaron cuando Matt desplazó la boca a las puntas de sus pechos, ávidas de atención. Le recorrió un pezón con la lengua y pasó al siguiente.

Erin inclinó la cabeza hacia abajo y apretó las piernas alrededor de él.

—Esto es maravilloso —le dijo.

—Sí que lo es.

Matt le acarició el pecho que estaba explorando con la boca, sopesándolo. Sus senos no eran especialmente grandes, pero, en proporción, el tamaño se ajustaba al resto de su figura, y por la forma en que Matt se estaba entregando a ellos, le gustaba lo que veía.

Cuanto más tiempo permanecía allí arriba en la encimera, más sensibilidad perdía en el trasero, y el deseo de tumbarse con Matt a su lado se estaba convirtiendo en una necesidad física.

—Tengo un dormitorio —le recordó ella.

Él le mordisqueó el pezón.

—Ah… el sofá está más cerca —dijo Erin, suspirando.

Matt parecía tener otras ideas. Tiró del botón de sus pantalones y dejó de besarla el tiempo suficiente para escudriñar su rostro.

Maldita sea… aquella sonrisa estaba empezando a encandilarle. Confiada, arrogante. La sonrisa de Matt.

—Va a ser un poco difícil quitármelos estando aquí sentada.

Matt bajó la mirada.

—Tienes razón.

Ella soltó una risita.

Matt la bajó de la encimera. Esta vez le sujetó el culo con ambas manos y le apretó las nalgas mientras cubría los pocos pasos que los separaban del sofá y la depositaba en el brazo de este.

—Levanta el culo —le ordenó.

Ella hizo lo que le decía y él le quitó los pantalones y las bragas a la vez. Erin buscó el botón de sus vaqueros.

Matt apartó las caderas.

—Todavía no.

—¿Qué pasa? ¿Te has vuelto tímido?

Las poderosas manos la animaron a sentarse en el borde del sofá.

—No tengo nada de tímido. Y cuando termine contigo, te preguntarás dónde he estado toda tu vida.

Erin negó con la cabeza.

—Eso suena a frase de película.

A Matt se le desenfocó la mirada mientras se ponía de rodillas. Se miraron a los ojos.

—No. Simplemente quiero que pienses de mí lo mismo que pienso yo de ti.

Su cerebro tardó un momento en asimilar el significado de sus palabras. Cuando lo hizo, Matt le separó las rodillas y se deslizó hasta su sexo para besarlo.

Erin perdió la cabeza. Todo pensamiento desapareció de su mente. Aquel contacto y la forma en que se esforzaba por encontrar los puntos a los que ella era más receptiva, además de la presión constante, con el equilibrio perfecto entre tortura y entrega, era demasiado para ella.

Apoyó una mano detrás y arqueó la espalda hasta que no pudo sostenerse más sobre sí misma. Cayó de espaldas sobre el sofá y apuntaló las caderas sobre el brazo como un plato lleno de ofrendas sexuales. Y Matt fue tomando cada una de ellas, una y otra vez. Y justo en el momento en que sintió que el calor era insoportable, buscó su cabeza y se aferró a ella mientras él la empujaba al límite de la locura. Siguió tocándola hasta que ella tuvo que apartarlo o correr el riesgo de ponerse a gritar.

Se había abandonado de tal modo al placer que no le quedaban fuerzas para avergonzarse. Ni siquiera cuando él le sonrió.

—¿Está funcionando? —le preguntó él desde el espacio íntimo entre sus piernas.

—¿Qué? —¿Acaso estaban hablando de algo antes de que él la pusiera fuera de órbita?

—¿No estás segura? —preguntó, burlándose. Le apartó las caderas del brazo del sofá y le levantó todo el cuerpo—. Tengo más.

Sinceramente, no se acordaba de qué era lo que habían estado diciendo.

No importaba. Matt se estaba quitando los vaqueros de un puntapié, con su erección completamente lista y dispuesta para más.

Era un hombre muy bello. En todos los sentidos.

—¿Cómo quieres que hagamos esto? —le preguntó mientras la miraba.

Al principio, su pregunta la pilló desprevenida. Luego se dio cuenta de que se estaba preguntando si a ella le parecería bien que él estuviera encima de ella. Y ella debajo. Y, bueno, pensándolo bien, puede que no fuera la mejor manera para esa primera vez.

Erin se sentó y se retiró hacia un extremo del sofá.

—Túmbate.

Él le dio un condón y se desperezó lentamente.

El envoltorio del preservativo la miraba con aire burlón.

—Hacía mucho tiempo que no veía uno de estos.

Matt le acarició el brazo con la mano.

—¿Recuerdas dónde se pone?

Dios, cómo la hacía reír... No recordaba haberse reído nunca mientras estaba teniendo relaciones sexuales con alguien. Aunque, claro, también había que pensar que ella... ¡No! No iría por ahí. Aquello iba solo de ellos dos, y todos los pensamientos y emociones que seguirían tendrían que venir después. No había espacio para ellos ahora mismo.

Erin abrió el paquete y sacó el látex húmedo.

Matt guio su mano hacia él. El color del esmalte de sus uñas le llamó la atención mientras rodeaba su miembro despacio con los dedos. Cuando lo miró, Matt tenía los ojos cerrados y fue como si con eso le diera permiso para tocarlo más. Y lo hizo. Parte de ella quería tocarlo como él la había tocado a ella, pero eso podía empujarla al pasado demasiado rápido, y lo último que quería hacer era sentir la necesidad de decir en voz alta el nombre de una fruta de verano.

Así que le dio placer con la mano, encontrando con los dedos las partes blandas, las partes duras y las que procuraban lubricación sin el condón.

Sin darse cuenta de lo que hacía, capturó una gota con la yema del dedo y se la llevó a los labios. Sabía diferente. Olía a gloria.

—Ah, mierda.

Matt había abierto los ojos y la estaba observando.

Ella se mordió el labio y sonrió. Erin le colocó el preservativo y, a continuación, se deslizó hacia arriba por su cuerpo. Sus labios se encontraron y Matt le rodeó la espalda con los brazos, recorriendo con los dedos todos los lugares de su cuerpo que no había podido tocarle antes.

Parecía contentarse con aquello: besándola, tocándola. No intentó asumir el control ni una sola vez. Entonces, como si le hubiera leído el pensamiento, dejó de besarla un instante para hundir aquellos ojos suaves en los suyos.

—A tu ritmo, tú mandas.

Un torrente de emociones se agolpó en su cabeza, amenazando con anegarle los ojos de lágrimas. Erin parpadeó varias veces para detenerlas mientras doblaba la rodilla y la colocaba sobre él. Como el motor de la moto, el hombre que tenía debajo de ella vibraba intensamente.

—Despacio. ¿Vale? —le pidió.

Matt le pasó las manos por las caderas y la ayudó a situarse en el ángulo correcto.

Estaba justo ahí.

—¿Segura?

Erin apoyó las manos en sus hombros y asintió.

Se encontraron a medio camino y se detuvieron. La sensación de su erección, de tenerlo dentro de ella, iba acompañada de una intensa ola de placer y presión. Como sabía que él estaba esperando su señal, Erin se inclinó, lo besó y empezó a moverse.

Matt le hablaba susurrándole al oído, diciéndole todas las cosas que quería oír. Lo que le hacía sentir, lo guapa que era, lo mucho que quería que ella quisiera estar con él. No fue hasta que la intensidad se hizo insoportable y sus caderas se movieron más rápido, frenéticamente, cuando Matt dejó de hablar. Erin estaba al borde del orgasmo y, en lugar de ocultárselo, se lo dijo y él mantuvo el ritmo hasta que ella dijo su nombre. Todo su cuerpo reverberó alrededor de su erección, y Matt tenía la respiración tan agitada con el esfuerzo de contención que Erin vio que lo estaba torturando, literalmente.

—¿Qué necesitas? —le preguntó ella.

Matt subió las rodillas y encontró una parte aún más profunda del cuerpo de ella que le arrancó un gemido inesperado.

—Más de ti —le dijo—. Uno más para ti.

—Ya he… —Iba a decir que había acabado, pero él volvió a empujar las caderas hacia arriba, cogiendo velocidad, y la inundó un segundo orgasmo más intenso mientras el gemido agónico de él le decía que había encontrado su liberación al mismo tiempo.

Erin se desplomó sobre él mientras volvían lentamente al planeta Tierra.

Acurrucó la cabeza en el espacio entre el hombro y la barbilla de Matt.

—¿Dónde has estado toda mi vida?

Él levantó una mano victoriosa en el aire.

—Sí. Misión cumplida.

Capítulo 19

Se habían trasladado a la cama de ella. La camiseta de él le iba un poco grande, y Matt se había puesto los bóxeres para poder seguir hablando con Erin sin ser tan consciente de que él iba desnudo y ella estaba tremendamente sexy con su camiseta.

En cuanto recobraron el aliento, Erin anunció que tenía mucha hambre.

Matt no señaló que acababan de cenar. La siguió a la cocina y la ayudó a preparar unos sándwiches, y cuando estos estuvieron listos, Erin calentó unos *brownies*.

Matt agitó el manjar de chocolate en el aire.

—Esto no me lo habías dicho.

Erin se sentó con las piernas cruzadas en la cama mientras él se recostaba contra el cabecero.

—¿El qué? —preguntó ella entre bocados.

—Los has calentado. Así están aún mejor.

A Matt le encantaba su sonrisa.

—No sé por qué tengo tanta hambre.

Él apoyó una mano sobre su muslo desnudo.

—Yo creo que sí sé por qué.

—Están muy buenos, ¿verdad?

Al parecer, a Erin le gustaba comer… después. A Matt le parecía fascinante lo mucho que disfrutaba ella de la comida.

—Creo que deberías patentar la receta y hacer dinero con ellos.

—¿Quieres decir como Betty Crocker?

La miró de arriba abajo. Su camiseta le tapaba el cuerpo, pero sabía perfectamente que no llevaba bragas.

—Una versión sexy de la señora Crocker.

—¿Cómo sabes que la señora Crocker no era sexy? Podría haber sido la rubia de tus sueños.

La miró fijamente.

—A mí me gusta la morena descarada de pelo corto.

—No lo he dicho para que me soltaras un piropo, Matt.

—Pero te lo suelto de todos modos.

Su expresión adquirió un aire distante y él le dio un golpecito en la rodilla con el borde del pie.

—¿Dónde te has ido?

Erin parpadeó un par de veces y dejó a un lado la comida.

—¿Esto ha sido…? ¿Y yo he estado…? —Había una pregunta implícita en aquella frase incompleta, y Matt supo exactamente a qué se refería.

—Sí, lo ha sido. Y sí, lo has estado.

Ella sonrió y miró hacia otro lado.

—Dime lo que estás pensando —dijo.

Ella negó con la cabeza.

—No quiero estropear este momento.

Matt se irguió y se movió para que ella tuviera que mirarle a los ojos.

—En primer lugar, nada puede estropear lo que acaba de suceder, pero la única manera de que siga siendo así es que seamos abiertos y sinceros. Cuando me vaya, no quiero que te quedes aquí haciéndote un montón de preguntas que yo puedo responder ahora. —Hizo una pausa—. Háblame, Erin. ¿Es la primera vez desde…?

—No mencionó a su exmarido. No hacía falta.

—Sí.

Pese a que en el fondo no quería saber la respuesta a su siguiente pregunta, sintió la necesidad de asegurarle que sus pensamientos y sentimientos eran normales, para que pudieran superarlo y pasar página juntos.

—¿Has pensado en él... en algún momento?

Ella cerró los ojos, y a él se le hizo un nudo en el estómago lleno de *brownie*.

—Mi mente intentó ir ahí, pero la obligué a salir, Matt. Odio que haya un fantasma de mi pasado ensombreciendo lo que acaba de pasar.

Matt lanzó un suspiro y se inclinó hacia delante.

—Por favor, no quiero odies nada de lo que hemos hecho —le dijo, con una mano apoyada en su muslo desnudo—. Estuviste con él, te hacía daño... No me imagino a mí mismo exponiéndome de nuevo a una situación que me haya producido dolor. Teniendo en cuenta las circunstancias, creo que lo hemos hecho bastante bien.

Erin estaba retorciéndose las manos, una señal que Matt reconoció como signo de estrés.

—Pensaba que nunca volvería a disfrutar del sexo.

—Bueno, a menos que sea un completo gilipollas y no tenga idea de nada, creo que esta noche has disfrutado.

Erin esbozó una sonrisa que se dilató en el tiempo y entonces Matt vio que se le humedecían los ojos.

—Has sido muy considerado —dijo ella mientras se le quebraba la voz.

Oh, Dios... Iba ponerse a llorar.

Matt odiaba ver llorar a una mujer.

La atrajo hacia sí.

Era del todo imposible que él pudiera imaginar qué era lo que estaba pensando ella en ese momento, así que, en lugar de sugerirle que tenía una idea, se limitó a abrazarla hasta que se serenó. Notó que, mientras se recomponía, tensaba los brazos y respiraba entrecortadamente por la nariz.

—Lo siento.

—No lo sientas.

Lloraba prácticamente sin hacer ruido.

—Ojalá no tuviéramos que establecer una palabra de seguridad.

Le acarició el pelo corto y la nuca.

—¿Te has sentido segura por el hecho de tenerla?

Erin asintió.

—Entonces, seguiremos teniéndola.

—Esta noche no la hemos necesitado.

Aunque a Matt le gustaría pensar que todas las veces iban a ser igual de fáciles... bueno, lo cierto es que le había costado un gran esfuerzo contenerse en varios momentos durante su sesión amorosa. En su corta carrera como bombero, había visto lo suficiente como para saber que los viejos traumas podían hacer su insidiosa aparición en el interior de alguien en cualquier momento.

—La mantendremos —repitió—. Si necesitas que pare, que me dé cuenta de algo... ante cualquier cosa, para que yo sepa que no estás bien, «sandía» es lo que tienes que decir.

—Lo siento.

—Por favor, deja de decir eso. Estoy entregado en cuerpo y alma a esto que hay entre los dos. Tengo los ojos bien abiertos y sé que tu pasado está aquí ante nosotros.

Erin asintió en su hombro.

—Ahora... la siguiente pregunta es: ¿dónde voy a dormir esta noche? —No quería irse a casa. No le parecía buena idea que Erin estuviera sola después de... bueno, después.

Ella se apartó de su hombro y se limpió los ojos con su camiseta.

—Quiero que te quedes, pero no sé si puedo hacerlo.

—¿Hacer el qué?

Le tembló el labio.

—Dormir contigo en mi cama.

Matt se acercó a ella, cogió el plato con los restos de comida y lo puso en su mesita de noche.

—Eso no lo sabremos hasta que lo probemos —le dijo.

—Matt...

—Si necesitas que me vaya, lo haré. Dormiré en el sofá si es necesario. Pero vamos a intentarlo.

Erin se había secado las lágrimas y disimuló un bostezo con la mano.

—Me siento como si hubiera corrido una maratón.

—¿Habías corrido cuarenta kilómetros alguna vez?

—No —contestó, riendo.

Él apartó las sábanas, dio unas palmadas en la cama y dudó un instante.

—¿En qué lado duermes?

—En esta cama... en todas partes. Pero en el izquierdo.

Odiaba tener que preguntarlo, pero necesitaba saberlo.

—¿Y con él?

—En el derecho. Me hacía dormir en el derecho.

Se desplazó hacia el lado de la cama que a ella le resultaría más cómodo y ahuecó su almohada.

—Tengo que levantarme temprano para ir a trabajar.

Ella lo miró fijamente durante mucho rato.

—¿Por qué eres tan atento conmigo?

Inclinándose hacia ella, apagó la luz de la mesita de noche. Sumidos en la oscuridad, levantó la mano y le tocó la cara.

—Me gusta pensar que soy atento con todo el mundo. Pero, contigo, es porque has puesto mi mundo patas arriba desde la noche en que nos conocimos, y ahora que estoy medio desnudo en tu cama, no quiero hacer nada que pueda estropearlo. Ser atento contigo es lo mínimo, Erin. Tú te mereces mucho más.

Ella se hundió en la cama junto a él, rozándole la pierna con la suya para acomodarse. Rodó hacia él y Matt envolvió su esbelto cuerpo en sus brazos. Permanecieron en silencio varios segundos. Poco a poco, sintió que ella empezaba a relajarse.

—Si necesitas que...

Supo por los suaves ruidos que hacía al inhalar y exhalar que ella ya no lo estaba escuchando. Erin ya estaba dormida.

Matt le besó la cabeza y apoyó la mano en su cadera.

Aquello... todo aquello era maravillosamente bueno.

***

Cuando se despertó, él ya se había ido y el sol había salido horas antes. La luz inundaba la habitación y el pequeño aparato de aire acondicionado emitía un zumbido. Erin no recordaba haberlo encendido.

Se dio la vuelta, tiró de la almohada que había ocupado la cabeza dormida de Matt y la apretó contra su cara. Olía a él. Sus sentidos le templaron el cuerpo y el recuerdo de la noche le iluminó el alma. Permaneció así tumbada varios segundos, imaginándose que él seguía allí, acariciándole el pelo y hablándole mientras se dormía.

Dios, qué bien se sentía... Mejor de lo que se había sentido en... bueno... en toda su vida. Matt la había tratado con un cuidado exquisito para asegurarle que no tenía de qué preocuparse y, pese a eso, no la había tocado como si fuera de cristal. Había explorado cada centímetro de su cuerpo, empapándose de ella, mordisqueando cada rincón, y, joder... se moría de ganas de que volviera a hacerlo.

Erin se obligó a sí misma a abrir los ojos para mirar el reloj. Eran más de las diez.

Se le formó una risa gutural en el fondo de la garganta, una risa que fue transformándose en carcajadas mientras seguía tumbada, riendo. No había dormido hasta las diez de la mañana desde que era una adolescente.

Se estiró como un gato, moviendo los dedos de las manos y de los pies en direcciones opuestas. Fue entonces cuando se dio cuenta de que aún llevaba la camiseta de Matt.

La idea de que él hubiera vuelto a casa en moto semidesnudo la hizo reír de nuevo.

Necesitaba ir al baño, así que bajó las piernas de la cama. El aire acondicionado en su trasero desnudo la hizo estremecerse de frío.

—¿Qué ha pasado con tus bragas, amiga mía? —La pregunta a sí misma era prueba de su buen humor.

Al entrar al baño, vio una nota adhesiva junto a su cepillo de dientes:

> He utilizado tu cepillo de dientes. Veo que hay espacio para uno más, así que me traeré uno.
>
> Matt.

Cuando terminó, se llevó la nota consigo mientras iba a prepararse un café. Encontró otra nota adhesiva junto a sus bragas, desechadas en el suelo.

> La verdad es que he estado a punto de llevármelas, pero soy un hombre adulto y no lo he hecho.
>
> Matt.

Erin soltó una risita, recogió su ropa interior y volvió a su habitación para tirarla al cesto de la ropa sucia. Paseándose por la casa de nuevo, encontró otra nota en la encimera de la cocina.

Este es, oficialmente, mi lugar favorito de tu casa.

Matt.

—Y el mío también.
Otra nota en el recipiente de plástico con los *brownies* que habían sobrado.

Me he comido uno de estos para desayunar.

Matt.

La última nota que encontró estaba en el armario, junto a sus tazas de café. Era más larga y ocupaba varias notas adhesivas:

> Eres preciosa cuando duermes, espectacular cuando explotas bajo el contacto de mis dedos, y valiente por dejarme verte en los momentos en los que estás más vulnerable. Quería despertarte con un beso, pero no podía molestar a mi bella durmiente. Por favor, mándame un mensaje cuando te levantes para que pueda recordarte lo mucho que disfruté anoche. Lo mucho que disfruto cada momento que estoy contigo. Que tengas un día maravilloso.
>
> Matt.

Aplastó las notas de amor de Matt contra el pecho con una sonrisa.
Después de sacar el móvil del bolso, se dio cuenta de que la luz de batería baja parpadeaba y lo conectó a la corriente. Apoyada en la encimera de la cocina, envió un mensaje a Matt.

Acabo de despertarme.

En cuestión de segundos, parpadearon tres puntitos y Erin esperó ansiosa su respuesta.

Dame dos minutos.

Dejó el teléfono a un lado y encendió la cafetera de una taza por vez antes de sacar la crema de leche de la nevera.

Fiel a su palabra, el teléfono le sonó al cabo de los ciento veinte segundos que Matt le había dicho.

—Buenos días. —Su voz era un ronroneo.

—Son casi las once —contestó ella.

—Tengo celos de tu cama.

Erin acarició las notas de él con las yemas de los dedos.

—Alguien tenía muchas cosas que decir antes de irse esta mañana.

—Sí, bueno… Te lo habría dicho todo en persona, pero estabas totalmente frita. Si hasta he hecho ruido, pero tú ni te has enterado.

—Eso es raro en mí. Hacía mucho tiempo que no dormía tan bien.

Matt hizo una pausa.

—Me alegra oír eso. ¿Qué estás haciendo ahora?

—Preparando café con tu camiseta puesta. ¿Cómo ibas vestido para volver a casa?

Se rio.

—Disfrazado, querrás decir: parecía uno de los Village People conduciendo la moto solo con la chaqueta de cuero.

Erin se rio.

—Te parece gracioso, ¿eh?

—A eso lo llamo yo pasar vergüenza, sí señor.

—Oh, cariño, lo que hicimos no tiene nada de vergonzoso. —Suspiró—. ¿Cómo estás después de lo de anoche? ¿No te arrepientes?

—Eso no se me ha pasado por la cabeza. Me siento bien, Matt. Realmente bien. Fíjate que hasta me dan ganas de salir a correr esta mañana.

—No sabía que salieras a correr.

—Hace mucho tiempo que no salgo. Pero creo que lo haré. Hace un día tan bonito… —Era como si alguien hubiera subido las persianas por primera vez desde que había adoptado una nueva identidad. Era Matt quien había hecho eso.

—Dios, ojalá estuviera ahí para ver la sonrisa en tu cara…

Y eso es exactamente lo que sintió en sus labios.

—¿Qué vamos a hacer el sábado?

—¿Me estás invitando a salir? —preguntó.

Cogió su café recién salido de la cafetera y lo coronó con un poco de crema.

—En realidad, me lo pediste tú a principios de semana.

—Ah, es verdad…

Tomó un sorbo de café.

—Tengo una idea.

—A ver.

—¿Qué te parece un paseo en moto y un pícnic en las montañas?

—Dios, qué mujer… ¿dónde has estado toda mi vida?

Erin sonrió con los labios en la taza. No lo sabía, pero ahora que sí estaba allí, no iba a perder ni un segundo.

Capítulo 20

Matt se sentía como si fuera a recoger a su pareja para el baile de graduación, solo que sin el traje. Condujo hasta la puerta de acceso a la finca y pulsó el botón para llamar a la casa.

—Hola, Matt. Pasa —dijo la voz de Parker desde el interior del dispositivo.

El chico saludó a la cámara instalada en el poste de la valla y esperó a que se abriera la puerta. Su moto anunció su llegada y advirtió que Erin asomaba la cabeza por la puerta mientras él apagaba el motor.

—¡Chicos, id con cuidado! —gritó Parker desde el porche de la casa principal.

—¡Sí, mamá! —bromeó Matt.

Cogió el paquete que llevaba sujeto en la parte trasera de la moto y dejó el casco en su lugar. Había salido del trabajo, había ido a casa a cambiarse y luego había ido directamente a recoger a Erin. Pensaba en ella a todas horas, cada vez que el día le daba una tregua. Ahora que estaba a pocos metros, su cuerpo vibraba ante la expectación.

—Toc, toc.

Entró por la puerta abierta y la encontró metiendo comida en una mochila.

—Pasa.

Llevaba unos vaqueros ajustados que le ceñían el culo de tal forma que se le hizo la boca agua.

—Pero qué imagen tan apetitosa…

—Ja. Querrás decir qué comida…

—¡Me refiero a ti!

Dejó el paquete sobre la encimera —su parte favorita de la casa—, se le acercó por detrás y le rodeó la cintura con los brazos. Apoyó los labios en el lado del cuello y ella dejó de hacer lo que estaba haciendo y se inclinó hacia atrás.

—Que me distraes…

—Sí, señora, eso estoy haciendo.

Ella se dio media vuelta y le puso las manos en las caderas.

—Hola.

Él se inclinó hasta sentir su aliento.

—Hola.

Dios, qué bien sabía… A verano y a pastel de manzana.

Cuando ella empezó a fundirse en sus brazos, Matt se apartó.

—Si empezamos así, no vamos a ir a ninguna parte.

Erin se humedeció los labios y se volvió de nuevo.

Matt apoyó la barbilla en su hombro y la retuvo entre sus brazos.

—¿Qué vamos a comer?

—Dijiste que te daba igual.

—Y me da igual.

—Mejor, porque es una sorpresa. —Cerró la cremallera de la mochila y la apartó.

—Hablando de sorpresas… —Se separó unos centímetros y le dio el paquete que había traído—. Esto es para ti.

Ella miró la caja.

—¿Qué es esto?

—Un regalo.

—No es mi cumpleaños. —Erin tiró de la cinta que sujetaba el papel de regalo.

—Creo que te gustará.

Rasgó el papel, puso la caja en la encimera y la abrió. Se quedó boquiabierta: el rojo de la chaqueta de cuero que salió de la caja se transfirió directamente a sus mejillas.

—Es preciosa.

—Si vas a ir montada conmigo en la moto por carreteras de montaña, necesitas ropa adecuada.

Erin le dejó la chaqueta y se volvió para que la ayudara a ponérsela.

—¿Cuándo has tenido tiempo de comprarla?

Metió un brazo y luego el otro y se volvió hacia él.

Le quedaba perfecta.

—Tuve un poco de ayuda. Busqué antes en internet y llamé a Parker cuando localicé una tienda de la ciudad que tenía la chaqueta en stock.

Erin pasó junto a él y se dirigió a un espejo junto a la puerta principal.

—¿Mandaste a Parker de compras por ti?

—Necesitaba que una mujer me ayudara con la talla. Yo habría metido la pata con eso. —Se acercó a ella y le subió la cremallera de la chaqueta. Se detuvo justo a la altura de sus pechos y se tomó la libertad de asegurarse de que sus preciosos atributos quedaran bien expuestos.

—¿Te diviertes? —dijo ella.

—Esto es la base de mis fantasías.

Erin se dio media vuelta, se miró la parte de atrás en el espejo y luego se alisó la parte delantera.

—Me encanta. Gracias.

Sí… a él también le encantaba.

—Un placer. Tengo otra sorpresa más.

—¡Matt!

—Es necesario. Confía en mí. —Miró alrededor y cogió la mochila—. ¿Estás lista?

—Déjame poner la alarma y te veo fuera.

Matt salió y cerró la puerta. Segundos después, ella se reunió con él junto a la moto y él le dio el segundo regalo.

—Estos cascos tienen un sistema de comunicación incorporado —la informó—. Compruébalo.

Erin se puso el casco. También era rojo, a juego con la chaqueta. Para Matt, no podía haber mujer más sexy que la que tenía delante.

—Este me queda mejor que el otro.

—Está diseñado para que lo lleve una mujer. —Matt se dispuso a ponerse su casco.

—¿Quieres decir que lo has comprado expresamente para mí?

Le guiñó un ojo.

—Dijiste que te gustaba ir en moto, así que, nena… voy a hacer todo lo posible para que te siga gustando.

Se colocó el casco, la ayudó a ajustarse el suyo y luego activó los auriculares Bluetooth. Se dio la vuelta y susurró:

—Hola, chica sexy.

Erin lo recompensó dándole una palmada en el trasero.

Mirándola de nuevo, le preguntó:

—¿Me oyes?

—Alto y claro.

—Así podremos hablar por el camino.

La ayudó con la mochila, arrancó la moto y bendijo su suerte cuando ella se sentó a horcajadas detrás de él.

—En marcha.

Ella se aferró con fuerza y Matt salió disparado.

La llevó hasta Angeles Crest y se adentró en el bosque. A diferencia de otras partes del mundo, los bosques del sur de California no tenían una vegetación muy densa, ni estaban llenos de lagos. La temperatura prácticamente ni siquiera bajaba mientras subían hasta la altitud necesaria para poder llamar montaña a una colina. Aun así, era un respiro poder salir de la ciudad, y había unas carreteras estupendas para demostrarle a Erin lo bien que podían pasarlo con una motocicleta. Se preguntó si podría convencerla para acampar en el desierto cuando el clima lo permitiera, hacia el otoño. Por la forma en que se sujetaba a él y las expresiones de sorpresa y agrado que oía a través de los auriculares, supuso que había posibilidades.

Cuando llegaron a lo alto, siguió avanzando por las zonas arrasadas a consecuencia de los incendios forestales de la temporada anterior, y encontró un espacio de acampada que conocía. También sabía que aquel sitio estaba casi siempre desierto. De hecho, no había ningún coche en el reducido aparcamiento, y lo único que se oía cuando Matt apagó el motor era el rugido del viento en los altos árboles.

Caminaron de la mano por un sendero cubierto de maleza hasta llegar a un arroyo que aún llevaba agua tras las fuertes lluvias de todo el invierno. No es que dieran ganas de bañarse en él, ni mucho menos, pero el sonido era agradable y procuraba cierta sensación de serenidad.

—Esto es realmente precioso, Matt.

—Hacía tiempo que no subía aquí. Me alegra ver que siguen manteniéndolo en buenas condiciones aunque no venga mucha gente.

Buscaron la sombra de un árbol y Matt extendió una pequeña manta que había cogido antes de salir de casa.

Erin se bajó la cremallera de su chaqueta nueva y la apartó a un lado.

—¿Siempre has llevado moto?

—Sí. Crecimos rodeados de ellas. Papá patrullaba con motocicleta en la policía y se aseguró de que todos aprendiéramos a conducir una desde el primer momento.

—¿Incluso Grace?

—Sí. Yo soy el único que siguió montando en moto cuando nos hicimos mayores y nos fuimos de casa.

Le explicó que su padre había tenido un grave accidente y, como resultado, había sufrido una larga convalecencia en el hospital, por lo que su madre prohibió para siempre las vacaciones familiares con motos. Aunque él nunca llegó a perder la pasión por montar.

—Te gusta el chute de adrenalina —señaló ella.

Asintió con la cabeza.

—Así es. Y está en todo lo que hago: mi trabajo, la moto, las vacaciones…

Siguieron charlando durante un rato sobre las adrenalínicas aventuras que había vivido subido a su moto y de cómo todos los compañeros que había conocido combatiendo incendios tenían aficiones similares a las suyas.

—Es raro encontrar a una mujer a la que le guste ir en moto, así que imagina mi alegría por que me hayas pedido tú salir de excursión.

—Puede que no esté siendo consciente de los peligros.

—Hay riesgo en todo. Se puede minimizar siendo inteligente, llevando el equipo adecuado y prestando atención en la carretera.

Le dio un sándwich.

—Tú presta atención a la carretera y yo me fijaré en dónde pongo las manos. —Lo miró por encima de las gafas de sol con expresión más que sugerente.

—A diferencia de la mayoría de los hombres, a mí se me da muy bien hacer varias cosas a la vez, así que siéntete libre de poner las manos allí donde te parezca.

Almorzaron a la sombra y siguieron conversando. Erin le hizo muchas preguntas sobre su vida. ¿Cómo fue su infancia? ¿Qué era lo mejor y lo peor de ser bombero? La lista seguía y seguía. Matt se dio cuenta de que ella le hacía otra pregunta cada vez que él le formulaba una de las suyas.

—Ya basta de hablar de mí.

—Me gusta hablar de ti —dijo ella, sonriendo.

Matt estaba recostado sobre sus codos. Ya habían dado buena cuenta de la comida.

—¿Siempre has querido editar y corregir libros?

Erin negó con la cabeza, luego asintió y volvió a negar.

—Pero no novelas. Pensaba que quería ser periodista. Me gusta la parte de documentación, investigar y escribir. Al final he acabado editando obras de ficción.

—¿Te gusta?

Se encogió de hombros.

Matt lo interpretó como un no.

—Entonces ¿por qué no buscas trabajo como periodista?

—Corregir novelas es algo que puedo hacer sin ver a nadie. Estoy menos expuesta. Trabajar de periodista o escribiendo artículos implicaría tener que exponerme al público, y eso no puede ocurrir.

Por su ex.

—¿Así que vas a renunciar a tus sueños para siempre?

Matt no soportaba la idea.

Erin desvió la mirada hacia el cielo.

—Estoy aquí contigo, fuera, en este día tan radiante, y por primera vez no tengo que preguntarme si voy a hacer o decir algo que me haga meter la pata. Me siento libre. No voy a estropearlo exponiéndome más de lo necesario y arriesgarme a que todo esto desaparezca. Con mi trabajo pago mis facturas y, si se me acaba, ya pensaré en otra cosa.

—Algunos periodistas ganan mucho dinero.

—Nombra alguno, pero no me vale que aparezca en televisión.

—Matt no pudo nombrar ninguno—. El dinero no lo es todo.

—Eso solo lo dice la gente que tiene dinero —dijo él.

Erin asintió.

—Es cierto. Nunca volveré a conducir coches de alta gama ni a salir de compras por París. Esa vida tenía un precio altísimo. Soy mucho más feliz horneando *brownies* para mi novio y jugando con el perro de mi amiga.

Le apretó la mano.

—Nunca he estado en París.

Ella suspiró.

—Es una ciudad fabulosa.

—¿Por qué tengo la sensación de que no estás hablando de una experiencia preuniversitaria de mochilera por Europa?

Vio cómo a ella le costaba dar con las palabras adecuadas mucho antes de que salieran de su boca.

—Él, no voy a decir su nombre, tenía dinero, Matt. Dinero e influencia. Y antes de que me preguntes o lo des por sentado… no, no me casé con él por nada de eso. Nací en una familia acomodada, con un padre que era un gilipollas. No nos pegaba, pero nos ignoraba.

Un aluvión de preguntas se formó en la cabeza de Matt.

—¿Hablas en plural? ¿Tienes algún hermano?

Ella lo miró y luego apartó la mirada.

—Puedes confiar en mí.

—Una hermana. Tengo una hermana mayor que yo. Está casada, tiene una familia. —Erin sonrió ante el esbozo de recuerdo que solo ella podía ver—. En cuanto acabó la secundaria se fue de casa con su primer novio. Mi padre fingió estar furioso, pero se limitó a montar en cólera durante diez minutos, y luego pasó a tomarla conmigo. Solo que yo era más joven, así que tuvo que esperar. Luego, en algún momento, se dio cuenta de que yo podía ser una moneda de cambio con sus colegas.

Matt entrecerró los ojos.

—No te sigo.

Erin se pasó una mano por el pelo.

—Fue mi padre quien me presentó a mi ex. Al principio, ellos dos pasaban casi tanto tiempo juntos como nosotros como pareja. Mi ex detestaba a mi padre tanto como yo, lo que me hizo pensar que teníamos más cosas en común de las que en realidad compartíamos.

Matt se irguió de repente.

—Si tu ex odiaba a tu padre, ¿por qué pasaba tanto tiempo con él?

—Peones en una partida de ajedrez. Des... Mi ex me sugirió que tuviéramos a mi padre contento para que me hiciera un buen regalo de bodas.

—¿Un buen regalo de bodas? ¿Como qué, la vajilla de porcelana de la abuela?

Se rio. Matt no pretendía ser gracioso, pero a Erin eso le hizo mucha gracia.

—No, Matt. No creo que mi abuela llegase a tener ninguna vajilla de porcelana. Estamos hablando de acciones de una empresa de la que ambos formaban parte. Mi padre tenía acciones, pero en realidad la empresa le traía sin cuidado. Desmond, en cambio, sí... sí quería... —Erin se llevó la mano a la boca.

Desmond... su ex se llamaba Desmond.

Matt estiró el cuerpo por encima de la manta y colocó ambas manos sobre las rodillas de ella.

—Nena. Vamos. No me importa. Su nombre no significa nada para mí. —Sí que importaba: ahora podría ponerle un nombre a su saco de boxeo y destrozarlo.

—No debería haber...

—¿Qué era lo que quería, Erin? ¿Qué quería conseguir tu ex casándose contigo?

—Sus acciones de la empresa sumadas a las que me regaló mi padre cuando nos casamos le dieron una participación mayoritaria. Nos casamos y mi padre se lavó las manos.

—Es como si fueras un simple activo en la cuenta de resultados.

Erin lo miró.

—Podría haber dicho que no. Al principio mi ex me importaba. Se crio con una madre soltera que traía hombres a casa que lo maltrataban. Me convenció de que teníamos mucho en común. Y le dije que sí.

Matt vio cómo se castigaba a sí misma por tomar esa decisión.

—¿Tu padre llegó a descubrir con qué clase de hombre te habías casado?

—Mi hermana sí, y acudió a nuestro padre. Nunca hablaban, y era raro que se vieran, pero se dio cuenta de que, para que yo pudiera escapar, iba a necesitar ayuda económica.

—Así que tu padre salió en tu defensa.

Erin empezó a frotarse las manos.

—No. Mi padre le dijo a mi hermana que la vida no era justa y que madurara y resolviera mis propios problemas sin ir corriendo a pedir ayuda a mi papaíto.

Pero ¿cómo cojones…? ¿Quién narices hacía eso?

—Joder, Erin… ¿Y qué hiciste?

—¿Prometes no juzgarme?

—En estos momentos estoy juzgando a todo Dios, pero tú no estás entre esas personas.

Se dio unas palmadas en los pies.

—Vendí mis zapatos.

Matt creyó que no la había oído bien.

—¿Tus zapatos?

Erin sonrió.

—Vi una película en la que una princesa quería ayudar a su amante, así que empezó a gastar dinero a espuertas comprando todo tipo de cosas. Al príncipe le daba igual que su mujer se gastara el dinero en cosas, pero no estaba dispuesto a darle dinero en efectivo. Así que la princesa vendía las cosas y le daba el dinero a su amante. Bueno, pues… Yo vendí mis zapatos. Desmond habría echado en

CATHERINE BYBEE

falta mis joyas, por ejemplo, así que vendí cosas que sabía que él no iba a echar de menos. Guardaba las cajas en el fondo del armario y las iba vaciando de una en una hasta que tuve suficiente dinero para empezar de cero.

Pestañeó varias veces, se miró las zapatillas de deporte que llevaba en los pies y sonrió.

—¿Zapatos?

—Zapatos de diseño. Son bastante caros, Matt. Las mujeres pagan el setenta y cinco por ciento del precio de venta al público por un par de zapatos Ralph Lauren casi sin estrenar.

—Voy a tener que buscar a Ralph en internet cuando lleguemos a casa.

Erin empezó a relajarse.

—Habría sido más fácil y rápido vender su anillo, pero mi abogada dijo que podría utilizarlo en mi contra en el divorcio y acusarme de robar, así que lo dejé en una caja en mi tocador.

—¿Y qué sacó tu padre de todo esto? Has dicho que te usó como peón.

—Cuando mi madre lo abandonó y mi hermana se fue de casa, mi padre perdió credibilidad, como marido y como padre. Se echó una novia nueva apenas unos años mayor que mi hermana, y la novia quería perderme de vista cuanto antes. Así que cuando me casé y él hizo el gran gesto de asegurarse de que tendría recursos suficientes dándole a Desmond las acciones para controlar la empresa, todo el mundo se deshizo en elogios diciendo que era el mejor padre del mundo.

—Menudo capullo.

—La cara fea del dinero. No me interesa. No quiero saber nada. Desmond puede quedarse con todo el dinero. Que se pudran, ellos y su dinero.

Entrelazó la mano con la de ella.

—Eres la mujer más fuerte que he conocido.

—Una mujer fuerte no habría permitido que la utilizaran de esa manera.

—No, cariño. Las personas fuertes se encuentran en situaciones difíciles a todas horas. La forma en que las afrontas y sales de ellas es lo que realmente demuestra tu fortaleza.

Por su expresión, se dio cuenta de que no comulgaba con lo que acababa de decirle.

—Quizá algún día me lo crea —dijo.

Matt la atrajo hacia sí y se recostaron en la manta.

—Quizá algún día te lo demuestre.

Ella se relajó acurrucada en su pecho mientras la brisa veraniega le acariciaba la piel.

—No nado en la abundancia —le dijo—, pero, si ahorrara, probablemente podría llevarte a París. Aunque no estoy seguro de que podamos invitar a Ralph.

La lenta risa de Erin dibujó una enorme sonrisa en su cara. Y cuando ella levantó la vista, aprovechó la ocasión para saborear los labios que le ofrecía.

Capítulo 21

Ahora que Matt había plantado la semilla en su cabeza, Erin no dejaba de encontrar excusas para no trabajar. ¿Y si podía trabajar en el anonimato como periodista? ¿Cabría esa posibilidad? ¿Podría escribir una columna para una publicación en línea? ¿No llegar a reunirse nunca en persona con sus entrevistados? Como uno de esos perfiles falsos de una web de citas, tal vez podría reinventarse de nuevo en un mundo en el que pudiera seguir ese sueño.

Matt la había llevado a casa después de la excursión en moto y le había hecho el amor en la ducha antes de irse. Al día siguiente le tocaba turno de guardia y necesitaba dormir, y ambos sabían que eso no iba a suceder si se quedaba otra noche con ella.

Erin se encontró persiguiendo al conejo de Alicia por la madriguera del País de las Maravillas, haciéndose preguntas y más preguntas, hasta que se quedó dormida.

Y empezó a soñar.

Erin estaba caminando por un pasillo con unos pantalones cortos y unos zapatos de tacón de diez centímetros que había vendido. No dejaba de preguntarse cómo era posible que llevara esos zapatos en los pies; ni siquiera eran sus tacones favoritos y, sin embargo, ahí estaban, resonando mientras avanzaba por el interminable pasillo.

Siguió la luz y atravesó unas puertas dobles, y allí estaba Matt en su moto diciéndole que se subiera. Buscó su casco pero no lo encontró. Aun así, Matt seguía haciéndole señas.

Erin sonrió y se recorrió los dientes con la lengua.

Le faltaba uno, y notaba algo raro en los otros, como si estuvieran a punto de caérsele. Se cubrió los labios con la mano con la esperanza de que Matt no se fijara en su sonrisa rota.

«Estoy soñando».

Pero es que el sueño parecía muy real.

El viento le alborotaba el pelo, y esa era una sensación maravillosa, pero no llevaba casco, así que, ¿qué pasaba si chocaban? Se le caerían todos los dientes.

«Despierta».

Miró por encima del hombro de Matt y vio una señal de stop. A la derecha había un coche.

Desmond iba en el asiento del conductor.

—¡Para!

Erin se incorporó de golpe en la cama y se llevó la mano a la boca. Apretó los dientes, suspiró y volvió a desplomarse sobre la almohada.

El reloj señalaba las tres de la mañana.

Rodó en la cama con los ojos bien abiertos.

Oyó el aullido de un coyote, fuera, y al poco tiempo otro se unió al coro. Las luces de emergencia del exterior de la casa se encendieron.

Se tapó los oídos con la esperanza de silenciar el sonido y volver a dormirse. Dos veces se quedó dormida y dos veces la despertaron los animales. Se dio por vencida, se levantó de la cama y encendió la luz del porche para ahuyentar a los coyotes.

No funcionó.

Finalmente, los animales se alejaron y siguieron su camino, pero para entonces Erin ya estaba completamente despierta, dándole vueltas al sueño que había tenido.

Cuando estaba con Desmond, muchas veces soñaba que le faltaban los dientes o que caminaba desnuda entre una multitud. El terapeuta con el que había hablado una vez le dijo que era una señal de inseguridad, que el subconsciente te hacía vulnerable en tus sueños para que te dieras cuenta de qué era lo que iba mal en tu vida.

Así que, ¿por qué ahora?

Todo iba bien, tenía una vida sólida y segura.

Lo único que se le ocurría era que estaba revelándole a Matt toda la verdad sobre su vida. Él le estaba sonsacando su pasado poco a poco y obligándola a recordarlo.

También le estaba dando la esperanza de poder tener un futuro que no implicara huir y esconderse siempre. Ya le habían advertido que eso pasaría. Los psicólogos del programa de ayuda a mujeres maltratadas que había encontrado le dijeron que, una vez que se sintiera cómoda, su mente se tranquilizaría y pasaría por un periodo de crecimiento personal en el que lucharía contra los demonios de su pasado para poder pasar página y seguir adelante. Si eso no ocurría, estos siempre permanecerían al acecho, entre las sombras, amenazando la nueva vida que intentaba vivir.

Al parecer, el sueño de su boca desdentada marcaba el comienzo de ese camino.

En lugar de sentir miedo de su sueño, sacó una libreta y escribió lo que sentía al respecto. La letra de una canción desfiló por su cabeza: «Escríbelo todo en un papel y así no vivirá dentro de ti».

Y eso fue lo que hizo. Cuando terminó, abrió su portátil y buscó información sobre las fases para dejar atrás el pasado.

El sol coronaba el horizonte en tonos rosados, y para cuando se terminó la primera taza de café, Erin ya había escrito cinco páginas de notas y eran casi las ocho.

Se había perdido en la tarea de luchar contra sus demonios. Asombrosamente, eso la hizo sentir bien.

—No dejaré que me controles nunca más —le dijo al hombre de su pasado.

***

—¿Qué estás haciendo ahora?

Matt levantó la vista de su tableta, vio a Tom mirándolo fijamente y volvió a bajar la mirada.

—Perdiendo el tiempo.

—¿De verdad? Llevas toda la tarde con eso.

Sí, habían tenido un día tranquilo. No se podía quejar.

Creía que el nombre de Desmond sería un nombre raro, que habría tan pocos que una simple búsqueda en Google arrojaría escasos resultados y le proporcionaría alguna orientación.

Se equivocaba.

Buscó a Desmond Fleming. Buscó a Erin Fleming. Hizo búsquedas en bodas de famosos, revistas de la *jet set*. Buscó consejeros delegados de empresas, en las listas de Fortune 500... No tardó en darse cuenta de que Erin no había mantenido su apellido de casada. De hecho, lo más probable era que se lo hubiera cambiado. Era imposible saber si Fleming era su apellido de soltera. Es más, si se estaba escondiendo de alguien que disponía de esa información, no usaría ese apellido tampoco. Erin era demasiado inteligente como para hacer eso.

Los únicos datos que tenía eran el nombre de su exmarido, el hecho de que tenía una participación mayoritaria en una empresa y que era un maltratador.

Necesitaba más información. Una fecha de nacimiento... algún hilo del que tirar. Algo con lo que poder acotar su búsqueda.

—¿Tierra llamando a Matt?

Cerró la tableta con frustración.

—Lo siento.

—Te toca encargarte de la barbacoa —le dijo Tom.

Matt se levantó y apartó la tableta a un lado.

—Ahora mismo voy.

Tom negó con la cabeza al pasar.

—Una mujer. Tiene que ser una mujer.

***

Matt estaba en el trabajo, Colin estaba en su casa y Austin había salido con sus amigos.

Parker descorchó una botella de vino frío mientras Erin mezclaba una ensalada.

—Noche de chicas. Tenemos que seguir haciendo esto sin falta incluso después de que me case.

—Sí, desde luego. Es muy importante conservar las amistades en la vida de casada. Te lo digo yo.

Parker sirvió vino en dos copas y le dio una.

—Hablas por experiencia propia.

—Y ojalá no fuera ese el caso.

Parker levantó su copa.

—Salud.

Se sentaron en el porche mientras el calor del día se iba desvaneciendo.

—Bueeeno, ¿y Matt? —Parker no perdía el tiempo.

Erin sonrió al instante.

Parker se frotó las manos y lanzó un gritito.

—Cuéntamelo todo. Y no te dejes ningún detalle.

Erin se sentía como una colegiala hablando de su primer beso.

—Yo le echo la culpa a la moto: ese maldito cacharro es tan afrodisíaco como las ostras.

Erin pasó la siguiente hora relatándoselo todo, desde las mariposas en el estómago hasta el orgasmo… Parker supo hasta el último detalle.

—Pero lo que de verdad me sorprendió fue que sabía perfectamente que si en algún momento tenía que tirar la toalla y gritar la palabra «sandía», él pararía. No tenía la menor duda.

—Es el encanto de los Hudson. Existe de verdad.

—Es un hombre increíblemente perfecto. Aquí vengo yo, con mi pesada maleta a cuestas y es como si me dijera: «Trae, ya te la llevo yo».

—Eso es una particularidad de los Hudson. Yo tampoco le encuentro ningún defecto a Colin.

—¿Ronca?

—No. ¿Y Matt?

—No. —Erin se quedó mirando fijamente el vino—. Tú me lo dirías si estuviera pasando algo por alto, ¿verdad?

—Sin dudarlo. Y no lo digo solo porque Matt vaya a ser mi cuñado.

—Bien —dijo Erin—. Y yo haría por ti lo mismo. No tenemos por qué endulzarlo más de lo necesario.

Entrechocaron sus copas como si estuvieran formalizando una promesa sagrada entre chicas.

—Dios, cuánto me alegro por ti —dijo Parker, tomando un sorbo de su copa.

Erin soltó una risita y apartó la idea de estar pasando por alto algo importante, como algún rasgo de personalidad indeseable.

—Yo también me alegro mucho por mí. ¿Es eso malo?

—No conozco a una mujer que lo merezca más. Y el hecho de que le hayas contado a Matt la historia con tu exmarido es la prueba de que te estás tomando esto muy en serio.

Erin dio un sorbo a su copa de vino.

—Bueno, eso no es exactamente así.

—¿Qué es lo que no es exactamente así? ¿Que te estás tomando esto muy en serio?

—No, me estoy tomando muy en serio lo mío con Matt. Es lo de mi ex… no es exactamente un ex.

La sonrisa de Parker se desvaneció.

—El divorcio no es definitivo —admitió Erin.

—¿Cómo dices?

—Se niega a firmar los papeles. Mi ex es un cabrón, Parker. Cree que puede prolongar lo inevitable por siempre. Pero no puede. Al final tendrá que ceder.

—Dios mío, ¿cuánto tiempo ha pasado?

—Presenté la demanda unos tres meses antes de mudarme aquí.

—Eso es casi un año.

—Lo sé. Mi abogada me ha asegurado que no tardará mucho.

El teléfono de la casa sonó dos veces. Una señal de que había alguien abajo, en la puerta de acceso.

—¿Esperas a alguien? —preguntó Erin.

Parker negó la cabeza y entró en la casa para a contestar la llamada. Cuando regresó, dejó el teléfono sobre la mesa.

—Es Grace.

—Ah, qué bien.

—Tal vez ella pueda contarnos algo malo sobre sus hermanos.

Erin se rio.

—Nada de comentarios sobre mi ex, ¿de acuerdo? Cuanta menos gente esté al tanto…

—Lo entiendo. No te preocupes.

Vieron cómo el coche de Grace llegaba a la entrada y aparcaba. La joven salió del coche y agitó una botella de vino en el aire.

—He traído provisiones.

Salieron a la escalera a recibirla. Scout sacudió la cola en la terraza y lamió a Grace al pasar.

—Ya estoy aquí… La fiesta puede empezar. Pero, por favor, no quiero oír ningún comentario sobre cómo se lo montan mis hermanos en la cama: no quiero saber nada eso, de verdad.

Dios, qué bien le caía Grace… Aquella mujer era un derroche de energía.

—¿Quién te ha dicho a ti que me estoy acostando con tu hermano? —preguntó Erin, medio en broma.

Las tres entraron en la casa y Parker sacó una copa de vino del armario.

Grace se apoyó en el borde de la isla de la cocina mientras ponía los ojos en blanco.

—Se perdió el partido con mi padre. Ese chaval vive para el béisbol. Solo hay una cosa capaz de impedirle ver un partido, y eso es el sexo. Y como llevaba toda la cara emborronada con tu pintalabios en la fiesta de compromiso, sumé dos y dos.

—¿Y estás segura de que no quieres saber cómo es en la cama? —bromeó Parker.

Grace agitó frenéticamente las manos en el aire antes de coger la copa de vino que le ofrecía Parker.

—¡No! ¡Por favor! Eso nos pondría más difícil jugar a Life en Navidad.

—¿Por qué? —preguntó Erin.

—Porque sabré cómo se las ha arreglado para tener un coche lleno de clavijas rosas y azules.

—Bueno, si no quieres oír hablar de nuestra vida sexual, cuéntanos la tuya —dijo Parker.

Volvieron a salir al porche y se pusieron cómodas.

—Yo no tengo vida sexual. Os juro que me van a salir telarañas ahí abajo como no conozca a alguien pronto.

Erin se rio.

—¿Dónde estás buscando?

Grace se quitó los zapatos y se sentó doblando las piernas.

—He vuelto a las webs de citas.

Parker lanzó un gemido.

—Eso es lo peor.

—Bueno, no voy a salir con nadie del trabajo, y tampoco me gustan los rollos de discoteca, así que a menos que conozcáis a alguien con quien queráis emparejarme…

Erin no conocía a nadie, desde luego. Miró a Parker. Ambas se encogieron de hombros.

—¿Qué hay de Matt o Colin? Los dos trabajan con muchos hombres, seguro que saben de alguno que esté soltero y sea un buen tipo.

—Hace tiempo salí con uno de los compañeros de trabajo de Colin y me di cuenta de que, si no funciona, luego es todo muy incómodo para todos, así que hace ya mucho que descarté esa vía.

—He conocido a algunos de los amigos de Matt y son un grupo bastante majo —dijo Erin.

—Ya. Y están casados, o hace poco que se han divorciado y están buscando una sustituta. O ya tienen hijos… Sí, yo también he conocido a sus amigos. Pero no, gracias. No pasa nada. De hecho, hay un par de chicos con los que he estado chateando. He quedado con uno para tomar un café la semana que viene.

Parker dejó el vino y se levantó de la silla en la que estaba sentada.

—Bueno, si pasas de la etapa del café, avísanos.

—Lo haré.

Parker se levantó y se dirigió a la puerta.

—¿Adónde vas?

—A coger mis revistas de novia. Ya que estáis aquí y que hemos terminado de hablar de sexo, es el momento de mirar flores y esas cosas.

Grace también se levantó de un salto.

—Yo tengo algunas en mi coche.

—Espera. —Erin la hizo detenerse a medio camino.

Grace y Parker se dieron la vuelta.

—¿Qué pasa? —preguntó Grace.

—¿Colin y Matt son perfectos?

La expresión de Grace se fue transformando varias veces mientras sopesaba su respuesta.

—¿Quieres decir dejando aparte las bromas que me gastaban cuando éramos niños y cuando me echaban a mí la culpa de hacer fiestas en casa y de lo del porno?

Eso hizo sonreír a Erin.

—Sí.

Grace puso los ojos en blanco.

—Sí. Y es la cosa más insoportable del mundo.

Capítulo 22

—Tenemos que hablar.

—Eso no puede ser nada bueno. —Erin había contestado al teléfono sabiendo que era Renee. Después de las primeras palabras en clave, como hacían habitualmente, la abogada le soltó ese «Tenemos que hablar»—. A ver si lo adivino: Desmond ha descubierto otra forma de retrasar el divorcio.

—En cierto modo… sí.

Erin apartó el portátil y activó la opción manos libres del teléfono.

—¿Qué ha hecho ahora?

—En primer lugar, ha abandonado el país.

—Eso lo hace siempre, pero nunca se va por mucho tiempo.

—Esta vez le ha dicho a su abogado que tenía una emergencia familiar en Grecia o algún sitio así.

—No tiene familia en Grecia.

Renee suspiró.

—Eso mismo pensaba yo. Le dije a su abogado que esa táctica no iba a funcionar, que si yo podía representarte sin que tú tuvieses que personarte en el juzgado, su abogado debía hacer lo mismo.

—¿Qué ha pasado?

—El juez ha retrasado la comparecencia aduciendo dificultades personales. Al día siguiente el abogado de Desmond me llamó para decirme que faltaban varios elementos en tu declaración.

—Creía que habíamos terminado hace meses con esa parte —dijo Erin—. No hay nada que añadir a mi declaración. Me marché con la ropa que llevaba encima. No toqué la cuenta bancaria.

—Según Desmond, ha hecho una tasación de tus joyas y ha descubierto que varias piezas han sido sustituidas por joyas falsas.

Erin se quedó perpleja.

—Pero si yo no…

—Maci, necesito que seas sincera conmigo: si lo hiciste, puedo encontrar alguna forma de…

—Ojalá se me hubiera ocurrido, Renee. Entonces tal vez podría comprarme un coche medio decente, pero no lo hice.

Renee suspiró, casi como si no estuviera del todo convencida.

—Pero sí vendiste tus zapatos.

—Sí, y te lo dije.

—Y al final Desmond se ha dado cuenta y ahora está buscando cualquier otra cosa que puedas haberte «llevado» de tu matrimonio.

Erin miró fijamente el teléfono.

—¿«Llevado»? He vendido mis zapatos, ¡no los suyos!

—Y se ha dado cuenta, o alguien le ha asesorado, de que no va a llegar a ningún sitio con lo de los zapatos. Pero las joyas obtenidas en vuestro matrimonio… eso es otro tema.

—Eran regalos envenenados, Renee. Cada pendiente, cada collar… No los quería entonces y no los quiero ahora. Lo dejé todo en su casa… en nuestra casa. —Todo aquello era absurdo.

—Han presentado una moción y tenemos que responder. Están dispuestos a llamar a declarar a expertos.

—¿Para qué? Pero si yo no le pido nada. No quiero nada de él. Solo quiero que desaparezca de mi vida. Esto no va de ningún dinero que él cree que me he llevado. Tú lo sabes.

Solo se trataba de poder seguir adelante con su vida.

—No, Maci. Se trata del dinero que quiere de ti.

Empezó a sentir un martilleo en la cabeza.

—Yo no tengo dinero.

—No. Tienes algo más poderoso.

Ahora sí que estaba completamente perpleja.

—¿En serio? Porque ahora mismo me siento bastante impotente.

—Acciones de la empresa, Maci.

—¿De qué estás hablando? Eso fue un regalo de mi padre a Desmond el día de nuestra boda. Como vender a su hija con un rebaño de ovejas.

Todo aquel asunto era repugnante.

—Ya te dije que hice que un colega mío investigara a Desmond para ver si podíamos encontrar otra pista de malos tratos o de coacción a los médicos que te trataron. Lo que ha encontrado son unas cuentas que compartís tú y Desmond, y ha aparecido el nombre de la empresa.

—Las acciones son suyas.

—No, son de los dos… Creo. En realidad, todo el asunto es muy turbio. Yo me inclino a pensar que más bien te pertenecen a ti.

—Eso no es lo que me dijo Desmond.

—Estamos hablando del hombre que te pegaba, Maci. ¿Crees que quería que supieras que eras dueña de una parte de su empresa? Él te quería completamente aislada y aniquilada, para que lo necesitaras. Es un clásico. Lo he visto cientos de veces.

Erin cerró los ojos.

—No quiero la empresa. No quiero nada de ese hombre.

—Lo entiendo, lo entiendo. Pero, como tu abogada, te aconsejo que sepas exactamente de qué es de lo que te estás desprendiendo. Desmond, a todo esto, no te ha pedido nada que tenga que ver con la empresa hasta ahora. Ni siquiera ha insinuado que seas dueña de parte de la compañía. Lo que me lleva a creer que todo ese rollo de las joyas solo es una maniobra suya para obligarte a ceder tu participación en las acciones antes de que se formalice el divorcio.

—Yo no he falsificado mis joyas. Ni siquiera sabría cómo hacerlo.

—Te creo. Tengo a mi detective privado indagando para que pueda testificar en tu defensa cuando llegue el momento. Por ahora, no hagas nada.

—¿Tengo alguna opción? —Renee no le contestó—. Podrías decirle a tu amigo que busque a mi padre y le pregunte cómo «regaló» las acciones. Recuerdo los apretones de manos y las palmaditas en la espalda, y cuando me dijo que iba a estar bien cubierta ahora que mi marido era dueño de parte de la empresa. Papá quedó como un santo ante del mundo de las altas esferas financieras.

—Lo haré. Y si recuerdas algo, llámame.

—Claro.

—Bueno, y por lo demás, ¿cómo estás?

La cabeza de Erin se centró en las cosas buenas de su vida.

—He conocido a alguien.

—¿Te refieres a un hombre?

Esbozó una sonrisa.

—Sí. No se parece en nada a Desmond.

—No te imagino cometiendo el mismo error dos veces.

Erin no tuvo más remedio que reírse.

—La mayoría de las mujeres maltratadas caen en un patrón de relaciones abusivas, pero, con Matt, ese no es el caso, para nada. Es amable y cariñoso, y trabaja de bombero.

Renee suspiró.

—Me está dando un sofoco solo de oír hablar de él.

«Si tú supieras…».

—Me recuerda que hay hombres buenos ahí fuera.

—Y te mereces encontrar un hombre bueno. Tengo una llamada en la otra línea, así que tengo que dejarte. Pero llámame si necesitas cualquier cosa.

—Lo haré. Y avísame cuando ese cabrón vuelva a la ciudad.

—Así me gusta. Enfadarte con él es más productivo que darle el poder de hacer que te acobardes y te escondas. Ya estaremos en contacto.

Renee colgó y Erin se quedó mirando el teléfono.

Acobardarse y esconderse. Exactamente lo que estaba haciendo y lo que tenía que hacer. Sin embargo, ahora no tenía que esconderse de la vida ni acobardarse ante la gente que la rodeaba en ese momento.

***

—¡Es la hora del vestido!

Por las venas de Parker corrían altas dosis de adrenalina y cafeína, Erin se lo notaba en los ojos.

Grace se inclinó hacia adelante entre los asientos.

—Gira a la derecha en la siguiente manzana.

Erin iba al volante. Por primera vez en años, su coche estaba lleno de gente: Parker iba de copiloto, y Grace y Mallory ocupaban el asiento trasero.

—Crees que estamos aquí por ti, pero en realidad… queremos asegurarnos de que no nos elijas unos vestidos de dama de honor que parezcan como si hubiera vomitado Campanilla —comentó Mallory.

—¡Ja, ja! —La risa falsa de Parker iba dirigida a su hermana.

—No le falta razón del todo… —añadió Grace.

En el espejo retrovisor, Erin vio como Grace y Mallory chocaban los puños. Las dos se parecían mucho. Decían lo que pensaban aunque no fuera políticamente correcto.

—Tú estás conmigo, ¿verdad, Erin? —le preguntó Parker.

Erin se detuvo ante los peatones que cruzaban la calle en medio del centro de Los Ángeles.

—Claro que sí. Nuestros vestidos deben complementar el tuyo: si quieres avanzar flotando por el pasillo de la iglesia con alas de hada y tafetán, nosotras también lo haremos.

—Serás pelota... —soltó Mallory.

Todas se rieron.

—Dobla la siguiente esquina a la izquierda y empieza a buscar aparcamiento.

Grace daba las instrucciones. Al principio se ofreció para conducir ella misma, ya que conocía el distrito de la moda de Los Ángeles y Erin no. Sin embargo, luego hablaron de brindar con champán y de asignar a una conductora que no fuese a beber alcohol, así que Erin se ofreció a permanecer sobria y conducir.

Erin no conocía las calles y se descubrió muy atenta a todo cuanto ocurría a su alrededor. Los sintecho ocupaban las esquinas de los edificios, mientras todos los demás pasaban a su alrededor haciendo todo lo posible por evitar cruzarse con ellos.

Mallory extendió la mano entre los asientos.

—Hay un *parking* ahí a la derecha.

Erin pisó el freno un poco demasiado fuerte para no pasarse.

—Lo siento.

—Mejor que tener que dar otra vuelta a la manzana —dijo Grace.

Era mitad de semana y el aparcamiento estaba bastante lleno. Encontraron un lugar en el nivel más bajo, en una esquina.

Salieron del coche y se dirigieron a los ascensores. Grace dio una palmadita en su enorme bolso. Dentro estaba el champán.

—Vamos a empezar la fiesta.

Parker no dejaba de sonreír.

—No me puedo creer que esté haciendo esto.

—Ni yo tampoco —convino Mallory y rodeó los hombros de su hermana con el brazo.

***

No eran ni las diez de la mañana y Grace abrió la botella en cuanto Parker se metió en un probador con una docena de vestidos. Tenían un presupuesto ajustado, una de las razones por las que estaban en el distrito de la moda en lugar de en alguna *boutique* donde las tratarían como si fueran miembros de la realeza.

Erin recordó su experiencia y no pudo evitar compararlas. Le había hecho mucha ilusión casarse. La ceremonia de decir sí ante el altar estaba rodeada de días como aquel: amigas íntimas, champán y risas; seda, encaje y satén. Y como la madre de Erin no participaba y a su padre le traía sin cuidado, les tocó a ella y a su hermana planificarlo todo. Había contado con la ayuda de una organizadora y un presupuesto bastante ilimitado.

Lo que daría por disponer del dinero que se había gastado ella solo en flores. Con eso probablemente ya pagaría la boda entera de Parker y Colin... o casi. Su vestido había costado quince mil dólares y luego se había gastado otros quinientos para que lo limpiaran en la tintorería y que lo metiesen en una caja.

Qué pena.

Ahora todo le parecía tan superficial...

Parker se probaba vestidos de trescientos, quinientos y hasta ochocientos dólares, y estaba espectacular simplemente por la sonrisa radiante de su rostro.

Los tres primeros vestidos que se probó Parker les sirvieron de precalentamiento e hicieron que cada una corriera a los percheros para atender alguna sugerencia.

—Yo creo que te quedaría muy bien un modelo largo y entallado —le dijo Erin.

Parker llevaba un vestido de princesa con mangas y demasiado encaje. No era exactamente Campanilla, pero casi.

—No me veo con un vestido entallado.

—Bueno, nunca tendrás la oportunidad de probártelos de nuevo, así que será mejor que lo hagas aquí, ya que estamos —animó Mallory a su hermana.

Volvieron a buscar entre los estantes.

A su vuelta, Parker había salido con algo menos de encaje, pero recubierta de pedrería.

Mallory negó con la cabeza, frunciendo el ceño.

—Sí, yo tampoco lo veo —comentó Parker.

Grace le bajó la cremallera y ambas desaparecieron en el probador.

—¡Oooh! —exclamó Grace unos minutos después.

—¿Qué pasa? —preguntó Mallory entre sorbos de champán.

A su alrededor, otros grupos de futuras novias hacían exactamente lo mismo. Observar a la gente era algo fascinante. Era divertido distinguir a las novias mimadas, a las reticentes y a las madres que deseaban ser ellas las novias. De todas las presentes, ellas cuatro eran quienes mejor lo estaban pasando.

Parker salió vestida de seda… o al menos de algo que se parecía a la seda. Era un vestido muy elegante y moldeaba su figura sin llegar a ser un reloj de arena. Fue el primer vestido que les hizo recostarse hacia atrás y suspirar con nostalgia.

Y Parker sonreía de verdad. Con una sonrisa de oreja a oreja.

—Definitivamente, este es uno de los candidatos —anunció.

—Es precioso —dijo Mallory.

—Te queda fenomenal. Date la vuelta —le indicó Erin. La espalda era escotada y un poco atrevida.

—No estoy segura de la espalda —dijo Parker en cuanto se miró de perfil.

—Puedes poner un poco de cinta adhesiva para que no se abra —la convenció Erin.

—Ah.

Y así siguieron.

Tres horas más tarde, llegó el momento de la verdad, cuando Parker encontró una preciosa combinación de seda lisa que no le dejaba la espalda tan desnuda sino que se abría justo en los hombros y le resaltaba el busto. Llevaba pedrería y encaje, pero solo una pequeña cantidad en las mangas y en la espalda, donde se abotonaba.

No era exagerado ni demasiado sobrio. Era perfecto.

Erin, Grace y Mallory estuvieron un buen rato buscando vestidos de estilo similar para ellas mientras Parker se sometía a la penosa tarea de que le tomaran las medidas para los arreglos.

Mallory hizo varias fotos de Parker con el vestido elegido e hizo lo propio con el puñado de vestidos que se habían probado las tres. Por desgracia, no encontraron nada que las convenciera en cuanto a los vestidos de damas de honor, pero todas acordaron continuar su búsqueda al cabo de un par de semanas.

Almorzaron tarde y regresaron al aparcamiento. Ya se habían ido muchos coches de allí, por lo que fue más fácil maniobrar para salir.

Grace parloteaba en el asiento trasero, vociferando de vez en cuando indicaciones para salir de la ciudad y llegar a la autopista.

Parker se volvió en el asiento para mirar a las de atrás.

—Creo que deberíamos buscar también en el centro comercial. Hay muchos vestidos de fiesta que podrían servir igual de bien que la mayoría de los que hemos visto hoy para vosotras.

—Y también es probable que sean más baratos —dijo Grace—. Si no, hay más tiendas en el distrito de la moda a las que no hemos llegado a ir hoy.

Erin siguió la cola de coches que se incorporaba a la autopista. Esperaba que hubieran salido de la ciudad antes de que empezasen los atascos, pero eso en Los Ángeles casi era misión imposible.

—Tenemos que decidir el día.

—El miércoles es el único día de la semana que no tengo clase —dijo Mallory y siguió hablando de su horario.

Erin se incorporó despacio a la autopista, donde el tráfico se intensificó ligeramente. No iba a necesitar las indicaciones de Grace para llevarlas de vuelta a casa, y eso hizo que Erin sintiera que sus hombros se relajaban mientras conducía.

—Puedo ir al centro comercial local y mirar en algunas tiendas y, si no me convencen, ir a otro más grande en el valle.

Nada más pisar el acelerador, Erin tuvo que frenar. El coche no respondió con demasiada rapidez, así que pisó más fuerte el pedal del freno.

Todas salieron impulsadas hacia delante.

—Lo siento.

Parker se encogió de hombros.

—¿Qué se le va a hacer? Estamos en la típica caravana: avanzas un poco y luego a frenar de golpe.

Erin empezó a tensar el cuello de nuevo y adaptó la velocidad a las circunstancias del tráfico. Para que sus pasajeras no tuvieran que volver a salir disparadas, mantuvo la distancia con el coche que las precedía y levantó el pie del acelerador.

Volvió a pisar el freno. Esta vez el pedal se hundió hasta el fondo y luego se quedó enganchado. Fue entonces cuando miró el salpicadero: el piloto de advertencia del sistema de frenos estaba encendido. Dio un golpecito en el salpicadero.

—Qué raro.

Volvió a tocarlo, la luz parpadeó y volvió a encenderse.

—¿Pasa algo? —preguntó Grace.

—La luz de advertencia del freno parpadea.

—Tal vez necesitas pasar la revisión —dijo Parker.

Pisó el pedal un par de veces.

—Está haciendo cosas raras.

Grace se inclinó hacia adelante.

—¿No notaste nada en el camino de ida?

—No, nada.

Se recostó hacia atrás.

—Ah, bueno. Los frenos no se estropean tan rápido. Tendrás que llevar el coche al servicio técnico. O preguntarle a Matt. Él sabe mucho de coches.

—No puedo pedirle a Matt que me arregle el coche.

—¿Por qué no? Total, si él ya se encarga de arreglarte los bajos… —dijo Parker, riendo.

Las demás empezaron a reírse. Los coches reemprendieron la marcha.

—Por cierto, ¿qué tal se porta, Erin? —preguntó Mallory.

—Oh, Dios mío… no. No vayáis por ahí —protestó Grace.

Mallory fue la que más se rio.

—Todas las ocupantes de este coche se están acostando con alguien de tu familia, Grace.

Erin miró a Grace por el espejo retrovisor. La mujer estaba apretando los ojos con fuerza.

—Yo soy la única que no…

Erin vio las luces rojas del coche que tenían delante y pisó el freno. No pasó nada.

—Mierda. —Pisó de nuevo y el pedal se quedó en el suelo—. Pero ¿qué…? —Empezó a pisarlo frenéticamente. Los frenos no funcionaban—. Un momento.

En una fracción de segundo, Erin miró a su alrededor. Estaba rodeada de coches por todos lados, por lo que no tenía forma de evitar chocar con ellos.

Se oyó el estruendo del metal al chocar con más metal y una de las pasajeras gritó. Los airbags salieron disparados y empezaron a sonar los cláxones por todas partes. El segundo golpe vino de atrás y las zarandeó por segunda vez.

El corazón de Erin iba a mil. Primero miró a su derecha. Parker tosía, envuelta en la sustancia que se había liberado con el airbag. Mallory se estaba agarrando el hombro izquierdo, pero estaba consciente, y Grace se sujetaba la parte superior de la cabeza.

Erin vio sangre.

—¡Dios mío! ¿Estáis bien?

—Sí. —Grace apartó la mano y vio la sangre—. Creo que sí.

—¡Estás sangrando! —gritó Parker.

—Solo me he dado un golpe en la cabeza.

Fuera, alguien dio unos golpecitos en la ventanilla.

—¿Están bien?

Erin miró a su alrededor. Los coches a su alrededor se movían, pero el de delante y el que les había dado por detrás estaban parados.

Erin empezó a temblar mientras un río de adrenalina le corría por las venas y afloraban los recuerdos.

—El coche no frenaba. —Empezó a jadear.

—No pasa nada. No nos ha pasado nada.

—El coche no frenaba.

Capítulo 23

Matt recibió la llamada de Colin. Oyó las palabras «las chicas» y «accidente en la autopista» y se le disparó la presión arterial. Lo siguiente que dijo Colin lo tranquilizó un poco: «Han salido ilesas». Había tanto tráfico que no iban a velocidad de autopista, pero sí lo bastante rápido como para darse un golpe en la parte delantera y trasera del coche cuando el vehículo de atrás no pudo parar a tiempo.

Pese al impulso de coger su moto y esquivar zigzagueando el tráfico para llegar cuanto antes al hospital, Matt no estaba seguro de no convertirse así en parte del problema, por lo que optó por la camioneta.

A Grace tenían que darle un par de puntos. Eso era lo único que sabía.

Colin le dijo que lo llamaría en cuanto llegara, y solo estaba unos minutos más cerca del hospital que Matt.

Fue todo el camino sujetando el volante con todas sus fuerzas. Le sonó el teléfono mientras aparcaba la camioneta.

—¿Están bien? —Se bajó de la camioneta de un salto y se dirigió a las puertas de la sala de Urgencias.

—Se encuentran bien. ¿Dónde estás?

—Estoy entrando ahora mismo.

Escaneó el vestíbulo con la vista al entrar. Al no ver ninguna cara conocida, se acercó a la recepcionista.

El hospital estaba en Glendale y no estaba familiarizado con el personal.

—Acaban de traer a mi familia por un accidente de coche.

Les dio el nombre de Erin y luego el de Grace.

Lo dirigieron a una sala del fondo, una señal de que nadie estaba herido de gravedad. Matt vio primero a Grace. Estaba sentada en el borde de una camilla con la parte izquierda de la frente vendada y riendo. En otra camilla, Colin estaba sentado junto a Parker, rodeándole los hombros con el brazo. Ella también se reía. Mallory estaba en una silla a un lado.

Erin estaba sentada en un rincón, con los ojos muy abiertos y dibujando una línea recta con los labios.

—No tenías que venir con tanta urgencia —le dijo Grace cuando lo vio entrar en la sala.

—¿Y perderme la fiesta? ¿De qué te ríes? Creía que esto era serio. —Matt se acercó a su hermana y la abrazó.

—Grace estaba coqueteando con el médico —le explicó Mallory.

Muy típico de su hermana.

—¿Estás bien? —le preguntó.

—Yo estoy bien, pero Erin está bastante conmocionada —le susurró ella.

Se apartó de Grace, rodeó la camilla y llegó junto a Erin, que lo miró con cara inexpresiva.

Matt se arrodilló y la examinó de arriba abajo. Llevaba los dos antebrazos envueltos en vendas. Le tocó uno y ella le habló al fin. Le temblaba la voz.

—El airbag me ha quemado… —Se le apagó la voz y se puso a temblar.

Con sumo cuidado, Matt le cogió las dos manos entre las suyas. No podía ni imaginar lo que sentía Erin en ese momento, los pensamientos que desfilaban por su mente.

—Bueno, pero ¿qué ha pasado exactamente? —preguntó Colin.

Matt se dispuso a escuchar sin apartar los ojos de Erin.

—Íbamos por la interestatal. El tráfico era una locura. Erin dijo algo sobre el piloto de advertencia del freno —explicó Grace.

—Los frenos no funcionaban. Pisé el freno hasta el fondo. El coche no se detuvo —dijo Erin, un poco más fuerte esta vez. Miró a Matt a los ojos al fin.

Él le apretó las manos, se dio cuenta de que podría estar haciéndole daño en los brazos y relajó la presión.

—Cuando nos fuimos a dar cuenta, los airbags se activaron y otro coche nos estaba dando por detrás —terminó Grace.

—El coche de Erin está hecho polvo —dijo Mallory.

—Pero todos estamos bien, y eso es lo que importa —señaló Parker—. No ha sido culpa tuya, Erin.

—Uno de los otros conductores intentó sacar el coche de la autopista y hasta él dijo que el pedal de freno no funcionaba. Ha tenido que llevárselo la grúa.

—¿Habéis venido en ambulancia? —preguntó Matt.

Grace puso los ojos en blanco.

—Ellos insistieron, pero yo rechacé la camilla espinal. No tengo tiempo para dejarme inmovilizar por tus colegas —bromeó.

A Matt le dieron ganas de reírse, pero Erin seguía con la mirada perdida.

—Lo siento mucho, de verdad.

Volvió a oírse otra ronda de «No ha sido culpa tuya» a coro.

Veinte minutos después, un médico entró en la habitación. Matt se había sentado detrás de Erin y no apartaba las manos de los hombros para asegurarse de que ella supiera que estaba ahí.

Grace obsequió con una sonrisa al médico cuarentón, que no pareció darse cuenta. Se presentó y estrechó las manos de Colin y Matt.

El médico señaló primero a Mallory.

—El hombro te seguirá doliendo unos días, pero no tienes nada roto. —Dirigió su atención a Erin—. Tú tampoco te has roto nada. Aunque parece que tienes fracturas antiguas.

Erin asintió.

—Así es.

—Me alegro de que hayas accedido a hacerte las radiografías. La hinchazón por las quemaduras causadas por el airbag puede ser bastante intensa y podría hacerte pensar que te has fracturado algo. Ahora ya sabes que no.

Matt besó a Erin en la coronilla cuando el médico apartó la mirada.

—A ti te quitarán los puntos dentro de cinco o siete días —dijo el médico, dirigiéndose a Grace.

La mujer sonrió.

—¿Tengo que volver aquí, entonces? —Grace hablaba con voz entrecortada y ni siquiera parecía ella.

Mallory empezó a reírse.

—No, no. Tu médico habitual puede hacerlo sin necesidad de que tengas que acudir a Urgencias.

—Qué pena.

Matt advirtió que el médico se ruborizaba. Este se volvió hacia Parker.

—Y parece que la única que ha salido sin un rasguño es la novia.

—Es que a mí me dieron más champán. Por eso no tensé tanto el cuerpo cuando nos chocamos.

—¿Habíais estado bebiendo? —preguntó Colin.

Parker le dio una palmadita en la mano.

—Solo nosotras tres, y nos terminamos la botella antes del mediodía. Erin no tomó ni una gota.

Todas las miradas se dirigieron a Erin.

—Una de las enfermeras vendrá con los informes de alta en un minuto.

Cuando el médico salió de la habitación, Grace se quedó mirándole el trasero mientras se alejaba.

—Madre mía, ¿no podrías disimular un poco? —se burló Parker.

—Podría dejarle mi número de teléfono cuando pase por su lado al salir.

Erin esbozó una sonrisa ensayada, pero no compartía el humor del resto de los presentes.

Colin se llevó a Matt a un lado antes de dirigirse al aparcamiento.

—Yo me llevaré a las demás a casa. ¿Tú vas a llevarte a Erin a tu casa?

—Si me deja. Si no, iré detrás de vosotros. Intentaré quedarme con ella. Está muy afectada.

—Por suerte, no había bebido. Eso lo habría empeorado todo.

Matt no quería ni imaginarlo.

Se reunieron de nuevo con las mujeres, que fueron juntas al baño y salieron. Matt permaneció junto a Erin. La llevó hasta su coche y le abrió la puerta.

—Nos vemos luego —dijo cuando los demás pasaron junto a su camioneta.

Matt arrancó el motor y esperó unos minutos.

—¿Erin?

—Estoy bien.

«No, no es verdad».

—No ha sido culpa tuya.

—Yo conducía. Era mi coche. Si me han fallado los frenos es porque se suponía que debería haber hecho algo con ellos. Claro que es culpa mía.

Matt se volvió y se inclinó sobre el separador central para que ella tuviera que mirarlo a la cara o ignorarlo por completo.

—¿Cuántos años tiene tu coche?

—Cuatro años. Venía de un *leasing*. Era de segunda mano.

Eso no sonaba bien.

—¿Así que lo compraste en un concesionario de coches usados?

—Sí.

—¿Y se había encendido alguna luz de advertencia antes de hoy?

—Ninguna.

Matt negó con la cabeza y quiso agarrarle la mano.

—Cariño, entonces… esto no es culpa tuya. Tú no podías saber que algo iba a fallar. Da gracias a que no ibas a ciento veinte. Podría haber acabado de otra forma muy distinta.

Se volvió hacia él y los ojos empezaron a humedecérsele.

Matt se inclinó y la abrazó como pudo por encima del módulo separador.

***

Al despertar a la mañana siguiente, Erin se sintió como si le hubiera pasado por encima un camión… dos veces.

Matt había insistido en que se quedara en su casa, y ella estaba demasiado agotada emocional y físicamente como para ponerse a discutir con él. Y aunque se sentía culpable por mostrarse tan dependiente de Matt, sabía que quedándose sola solo conseguiría odiarse y culparse a sí misma. Y eso no era nada sano.

Se dio media vuelta y encontró la otra mitad de la cama vacía. La noche anterior, Matt la había estrechado en sus brazos y la había dejado desahogarse llorando a gusto. Ahora tenía los ojos hinchados y sentía un martilleo en la cabeza. Necesitaba una aspirina y cafeína.

Vestida con una de las camisetas de Matt, echó a andar descalza por su casa, siguiendo el aroma del café.

Con un par de pantalones cortos y sin camisa, Matt estaba de pie frente al fregadero, de espaldas a ella.

Erin debió de hacer ruido porque él se volvió y sonrió.

—Buenos días, preciosa.

Erin se pasó una mano por el pelo e hizo una mueca de dolor al levantar el brazo.

—Estoy hecha un desastre.

Matt atravesó la habitación y apoyó ambas manos sobre sus caderas.

—¿Estás diciendo que tengo mal gusto?

Ella se acurrucó en él y apoyó la mejilla en su pecho.

—Estoy diciendo que puede que estés un poco ciego ante la realidad ahora mismo.

Matt se rio.

—¿Te apetece un café?

—Oh, Dios, sí.

—Tú siéntate. Ya lo hago yo.

Erin hizo lo que le decía y lo observó mientras se movía por su cocina. La simple tarea doméstica de servirle una taza de café y preparárselo como a ella le gustaba era algo insólito.

Le dio la taza y se sentó al otro lado de la mesa.

—¿Has dormido algo?

El sabor del café le inundó la garganta, haciéndola suspirar.

—Sí. Más de lo que esperaba.

—Has dado muchas vueltas en la cama —dijo él.

—Lo siento.

—No lo sientas.

—Es que tú no puedes dormir cuando trabajas, así que deberías poder hacerlo cuando estás en casa.

Matt alargó la mano y le toqueteó las yemas de los dedos.

—He dormido diez veces mejor contigo aquí.

—Eso lo dudo. —El segundo sorbo de café era aún mejor que el primero.

Matt puso los ojos en blanco ante su comentario.

—Hoy tenemos mucho que hacer.

—¿Ah, sí?

Se levantó y se dirigió a su nevera.

—Tenemos que llamar a tu compañía de seguros. Conseguir la información sobre dónde está tu coche. Necesitamos el informe policial. ¿Es siniestro total o se puede arreglar? Luego tenemos que ir a la empresa de alquiler de coches. —Dejó de buscar lo que fuera que estaba buscando para mirarla a ella—. ¿Tienes cobertura de alquiler en tu seguro?

—No tengo ni idea.

—No importa. Vas a necesitar un coche. —Sacó los huevos y la leche—. Puedes usar mi camioneta… —Se interrumpió de nuevo y la miró—. ¿Has conducido una camioneta grande alguna vez?

—No.

—Entonces, probablemente sea mejor alquilar un coche. Se tarda un poco en acostumbrarse a conducir una camioneta, y tener otro accidente ahora mismo te marcaría de por vida.

Había pensado mucho en todo eso.

—Parece un día largo y frustrante. ¿Estás seguro de que quieres participar en todo eso?

Matt dejó todo en la encimera, se volvió y se apoyó en ella.

—¿Hay que hacer todo eso?

—Sí.

—¿Te estoy imponiendo algo de algún modo si te ayudo a hacerlo?

—No.

Inclinó la cabeza.

—¿Y quieres mi ayuda?

Erin hizo una pausa.

Matt esperó.

—Escucha. Por lo que me has contado, probablemente no te dieron muchas opciones respecto a cuándo, dónde y en qué se metía el gilipollas de tu ex. Yo nunca… jamás quiero que pienses que te estoy imponiendo mis ideas de cómo debería ser tu vida. Esta mañana me he levantado con una lista de cosas que hay que hacer, y me gustaría ayudar. Como hoy no trabajo, estoy disponible. Pero si no quieres que lo haga, lo entiendo. —Interrumpió su monólogo el tiempo suficiente para tomar aire—. Bueno, no, no lo entiendo, pero lo respetaré y me apartaré y esperaré a que seas tú la que me pidas ayuda.

Erin se sentó con su café en la mano y lo miró fijamente. A esas alturas de la conversación, él había cruzado los brazos sobre su pecho desnudo y le devolvía la mirada con una expresión de perplejidad.

—Gracias —le dijo ella.

—¿Por qué?

—Por tomarte la molestia de pensar en todo lo que no he pensado yo después de la debacle de ayer en la autopista.

Separó los brazos y los apoyó en la encimera, detrás de él.

—De nada.

—Y por hacer el esfuerzo adicional de tener en cuenta lo que podría estar sintiendo a nivel personal.

Le regaló su encantadora sonrisa.

—No tiene sentido que te abras conmigo y me cuentes todo lo ocurrido en tu vida si voy a hacer como si no tuvieras el pasado que has tenido.

—De verdad, Matt: vas cinco pasos por delante de mí. Yo solo pensaba en una taza de café y un beso de buenos días.

Se apartó de la encimera, colocó ambas manos sobre la mesa frente a ella y fundió sus labios con los de ella.

—Me había olvidado del beso —dijo, mirándola fijamente.

—Puede que necesite dos.

Se tomó con calma la acción de responder a su segunda petición.

—¿Cuál es el veredicto?

—Tenemos muchas cosas que hacer, los dos.

Capítulo 24

A medida que avanzaba el día, Erin fue recuperando el color de la cara. Habían ido a su casa para que pudiera cambiarse de ropa y llamar a su compañía de seguros. El coche estaba en Glendale, pero la comisaría de la policía de tráfico de California les quedaba más cerca. Empezaron por allí, emplearon mucho tiempo en una tonelada de burocracia, y se fueron sin tener todavía un informe en la mano.

Cuando Matt vio el coche de Erin, ya eran las dos de la tarde. Estaba en la parte trasera de un taller de reparaciones donde, por lo visto, lo habían dejado el día anterior.

—No me lo puedo creer…

Matt se quedó sin aire en los pulmones, como si acabaran de darle un puñetazo. Rodeó a Erin con el brazo, dando gracias de que hubiese resultado ilesa. El coche parecía un acordeón.

—¿Es posible que hoy tenga peor aspecto que ayer? —preguntó Erin.

—Estabas conmocionada cuando ocurrió todo.

Matt metió la cabeza por la ventanilla abierta y examinó el espacio del pasajero. El coche había recibido el impacto en la parte delantera y en la trasera, pero en los asientos ocupados por las chicas no había indicios de restos metálicos. Los mecanismos de seguridad del coche habían cumplido su función.

—¿Hola? ¿Qué desean?

Matt y Erin se volvieron y vieron a un hombre salir del interior del taller.

—Hola —lo saludó Matt.

—¿Son los dueños del coche? —preguntó el hombre.

—Es mío —le dijo Erin.

La miró y le tendió la mano.

—Soy Ed.

Se presentaron y Ed siguió hablando.

—Iba a llamarla mañana si no lo hacía usted. He aprendido que es mejor dejar pasar un par de días, hasta que las cosas se asienten. La aseguradora tarda al menos eso en ponerse las pilas.

—¿Cree que se podrá reparar?

Ed asintió y acto seguido se encogió de hombros.

—Todavía no le he mirado las tripas. Depende de los daños que haya sufrido el motor, pero, aunque se pudiera arreglar, la cuestión es por cuánto y si la aseguradora tiene que pagar menos para arreglarlo o indemnizarla a usted.

—¿Y eso cuándo lo sabremos?

—Tendré que subirlo a la plataforma. Ahora que están aquí necesito que me proporcione sus datos y podré poner a un par de mis hombres a trabajar en el coche. Luego redactaré un informe y esperaremos a que la compañía de seguros apruebe las reparaciones.

Ed se rascó la cabeza.

—Y así, a primera vista, ¿qué cree que va a pasar? —preguntó Matt.

Ed contestó de inmediato:

—Lo van a declarar siniestro total.

Erin hizo una mueca.

El mecánico recorrió el coche señalando lo que veía y enumerando todo lo que había que arreglar:

—Parachoques trasero, maletero y paneles laterales. Lo mismo con la parte delantera del coche. Y aquí...—Se dirigió al lado del conductor—. La puerta del conductor está destrozada. ¿Conducía usted? —le preguntó a Erin.

Ella asintió.

—¿Alguien tuvo que hacer palanca en la puerta para que saliera?

—Sí, estaba atascada.

Ed meneó la cabeza como un muñeco de resorte.

—Ya. Así que el problema no es solo la puerta, sino que lo más probable es que el chasis también haya quedado muy tocado. Y arreglar eso es caro. Había un escape en el radiador cuando lo trajeron, pero tenemos que abrir y ver si hay más daños. En el interior, los airbags, el salpicadero, el volante... —Se calló y lanzó un suspiro—. Es mucha cosa. Y como no es un coche tan nuevo, ni tan caro, es probable que la reparación supere su valor, y ahí es cuando la aseguradora dirá que no, gracias, le darán un cheque y vuelta a empezar con otro coche.

—Pero ¿podré comprarme otro con el dinero que me den?

Ed se rio.

—Según mi experiencia, no, ni hablar, a menos que la póliza del seguro sea muy generosa. Y aquí es donde empiezan a echarse la culpa unos a otros.

—¿A qué se refiere?

—El accidente fue en la autopista, ¿verdad?

—Sí.

—Pues que el tipo que iba detrás de usted dirá que frenó demasiado rápido y que no pudo evitar el golpe. O tal vez iba pegado a usted y él tiene la culpa. Lo mismo con el coche con el que chocó. ¿Estaba demasiado cerca o él frenó de golpe? Todo se convierte en una acusación tras otra. Y si todos los coches están asegurados, las aseguradoras buscan culpables para que sea la otra compañía la que pague.

Erin se dirigió a la parte delantera del coche.

—Me fallaron los frenos. Intenté parar, pero no pude.

—¿Alguien le había tocado algo en los frenos recientemente? —preguntó Ed.

—No. Y funcionaban bien cuando fuimos a la ciudad, en el camino de ida.

Matt se arrodilló para examinar los neumáticos.

—Dijiste que empezaste a notar problemas al entrar en la autopista, ¿verdad? —le preguntó Matt.

—Sí, creo que la primera vez fue cuando me incorporé a la autopista.

Ed se balanceó sobre sus talones.

—Los examinaré. Comprobaré si ha habido alguna llamada a revisión o algo así. A las compañías de seguros les encanta ir a por los fabricantes, y si ese es el caso, y puede demostrarlo, seguramente obtendrá más dinero y podrá reemplazar este.

Matt se levantó y estrechó la mano del hombre.

—Gracias. Tranquiliza un poco saber cuáles son los siguientes pasos.

—Llevo veinte años haciendo esto. Estoy acostumbrado.

Antes de irse, dieron a Ed los números de teléfono de ambos y toda la información del seguro de Erin, quien aprovechó para recoger todos los objetos personales del coche. Al poco, se encontraban de nuevo en mitad del tráfico de la misma autopista del accidente el día anterior.

—¿Vamos ahora a por el coche de alquiler? —le preguntó Matt.

—¿Cuánto tiempo crees que lo voy a necesitar?

—Ya has oído a Ed. No cree que la compañía de seguros vaya a darse prisa. Calculo un mínimo de dos semanas.

—Tengo que mirar mis cuentas. Además, ahora mismo no tengo necesidad de conducir.

Matt la miró.

—Pero vas a necesitar un coche.

—Lo sé. Pero puedo aplazarlo unos días. Y si la aseguradora dice que lo va a reparar en lugar de extenderme un cheque por una cantidad ridícula, podré permitirme alquilar algo durante un tiempo. Si no, prefiero gastarme ese dinero en otra cosa. —Miró por la ventanilla y murmuró—: No me quedan más zapatos por vender.

—Pero no vas a pasar apuros, ¿verdad que no?

Negó con la cabeza.

—Tengo algo de dinero ahorrado. Pero quiero ser sensata. Mi antiguo yo habría dicho: «Venga, alquila algo». Pero mi nuevo yo intenta ser responsable. Y como trabajo en casa y no tengo que salir todos los días...

—Lo entiendo. Es una sabia decisión. Y además, me tienes a mí.

Erin sonrió por primera vez en la última hora.

—¿Cuándo ocurrió eso exactamente?

Matt se rio.

—Aun a riesgo de sonar como un borracho en un bar, diré que fue cuando dijiste: «Hola, me llamo Erin».

—Eso fue en Navidad. —Parecía sorprendida.

—¿Qué puedo decir? Me encanta la combinación de unos ojos tristes con una bonita sonrisa.

Erin bajó la mirada a su regazo.

—Ojalá desaparecieran esos ojos tristes.

Matt colocó la mano entre los dos, con la palma hacia arriba.

Erin entrelazó sus dedos con los de él.

La tristeza estaba empezando a desaparecer. Solo necesitaba más tiempo.

***

Fue al cabo de solo tres días cuando no tener coche se convirtió en un verdadero coñazo.

Ed tenía razón. La compañía de seguros no tenía ninguna prisa por tomar una decisión definitiva.

Los ingresos por su trabajo pagaban las facturas, aunque fuera a duras penas, pero sabía que se le venían encima facturas más gordas. Renee era una abogada tremendamente sensible con las mujeres maltratadas, y Erin sabía que le hacía un gran descuento teniendo en cuenta que iba a intentar que Desmond le pagara sus honorarios como abogada. Pero Erin sabía que la factura iba a llegar tarde o temprano.

Había vendido sus zapatos e incluso algunos vestidos caros, y con lo obtenido se había pagado un billete de avión, una nueva identidad y le había quedado dinero suficiente para comprar un coche usado y pagar su alquiler en la casa de Parker durante casi un año entero. Pero cuando se paró a analizar su situación económica, el dinero de su cuenta solo le iba a dar para unos meses. Tenía que trabajar mucho más o reducir sus gastos. La compra de su próximo coche usado dependería por completo de la indemnización de la compañía de seguros. Erin no se enorgullecía de admitir que la idea de estar en la ruina le resultaba extraña. Incluso cuando dejó a Desmond, tenía suficiente dinero para salir adelante.

En lugar de dejar que eso la afectara, Erin trabajó horas extra durante el fin de semana y aceptó incluir otros dos manuscritos en su ya apretado calendario. La solución consistía en ganar más dinero y no quejarse de lo que no tenía.

Matt la convenció para que fuera a cenar a casa de sus padres el domingo, y lo cierto es que agradeció el respiro. Como él tenía libre el día siguiente, se quedó a pasar la noche en su casa.

La rutina que ella y Matt habían establecido estaba borrando poco a poco la profunda tristeza que se había apoderado de ella durante años. Incluso se sorprendió a sí misma viendo el partido de béisbol con él y su padre, molestándose en aprender las reglas del juego. Erin no se veía vistiendo una camiseta de los Dodgers ni tiñéndose el pelo de azul, pero disfrutaba lo suficiente como para hacer algún que otro comentario sobre los jugadores. Sobre todo acerca de cuáles eran más guapos.

Matt encajó sus pullas y le lanzó también las suyas, pero sin ir demasiado lejos. Cuando llegó el lunes por la mañana, Erin se prometió a sí misma que se levantaría temprano y haría que Matt la llevara a casa para poder ponerse a trabajar.

Él la amenazó con alquilarle él mismo un coche si a mediados de semana no lo había hecho ella todavía, así que cuando sonó el teléfono mientras tomaban el café y resultó que era Ed, Erin estaba segura de que tal vez sí tendría algunas respuestas.

No fue el caso.

—Buenos días —dijo Erin. Puso el teléfono en modo altavoz y lo colocó en la mesa, entre ella y Matt.

—Buenos días. Tengo mi informe listo para la compañía de seguros, pero quería llamarla antes de enviarlo.

—¿Tan mal está? —preguntó.

—En realidad, el motor ha salido bien parado. Pero los trabajos de la carrocería van a ser caros. He visto a las compañías de seguros tanto aceptar como rechazar los presupuestos en casos como este. Todavía me inclino por que lo va a enviar al desguace.

—Hola, Ed, soy Matt. Te tenemos en el altavoz. ¿Hay alguna posibilidad de que el fabricante haya emitido una llamada a revisión?

—Bueno, por eso llamo.

Erin sintió renovar sus esperanzas.

—No había líquido de frenos en el coche.

—Eso explica por qué no funcionaron los frenos —dijo Matt.

—Así que la pregunta es por qué. Encontramos un agujero en los conductos de los frenos de la parte trasera derecha.

Erin miró a Matt con aire de interrogación.

Él se encogió de hombros.

—Así que ahí está el problema.

—Sí, pero como era viernes a última hora y queríamos quitarnos esto de encima, les hice a dos mecánicos echar un vistazo al mismo tiempo. Y descubrimos que el otro conducto tenía un agujero más grande casi en el mismo sitio.

—Eso es un poco raro —dijo Matt con gesto de preocupación.

—No lo entiendo —dijo Erin, dirigiéndose sobre todo a Matt.

—Yo tampoco. Vine esta mañana y eché un segundo vistazo. Los latiguillos estaban en buen estado. No deberían haberse desgastado hasta dentro de un par de años. Una vez más, pensé que debía de ser un problema del fabricante. En un latiguillo puedo atribuirlo a una tubería defectuosa, pero dos, en el mismo sitio y con cortes limpios… Si esto hubiera sido un accidente mortal, alguien estaría llevando estos latiguillos a un laboratorio forense para averiguar lo que pasó y así poder denunciar a alguien.

—¿Una llamada a revisión?

—Tiene que serlo. La única vez que he visto algo parecido en un coche nuevo fue cuando una mujer se enfadó con su novio y le cortó las tuberías de los frenos a propósito. —Ed se rio.

Erin se rio con él durante dos segundos y luego se quedó paralizada. «Desmond».

Matt la miraba fijamente.

—¿Sabes qué, Ed? ¿Podrías quitar esas piezas y tal vez decirnos de alguien a quien podamos enviárselas, para que las miren más a fondo?

—Ningún problema.

Matt se despidió y colgó el teléfono.

A Erin le costaba cada vez más respirar.

—¿Erin?

—¿Y si no ha sido un accidente?

—Eso no lo sabemos.

El destello de duda en los ojos de Matt le bastó para asustarla aún más.

—Dijo que, si algún día me marchaba, él me encontraría.

—No saquemos conclusiones precipitadas.

Sintiendo la necesidad de moverse, Erin se puso de pie.

—¿Me estás diciendo que no se te ha pasado por la cabeza cuando Ed ha mencionado ese caso de la novia despechada?

—Lo que se me ha pasado por la cabeza es que llegarías a esa conclusión. ¿Cortar los cables de freno es algo que tu ex sería capaz de hacer?

—De él no me extrañaría.

—Piensa, cariño. ¿Hay algo más que te parezca raro? ¿Alguien te sigue? ¿Llamadas telefónicas extrañas? ¿Algo?

No podía pensar.

—No... No lo sé. Pero sé que no tiene familia en Grecia.

Matt entrecerró los ojos.

—No te sigo.

—Renee, mi abogada. Me llamó la semana pasada para decirme que él estaba retrasando el juicio de divorcio de nuevo por una emergencia familiar en Grecia.

Matt empezó a sonreír.

—¿Lo ves? No está en el país. Él no habría podido hacer esto.

—Podría haber pagado a alguien para que lo hiciera. —Incluso mientras lo decía, sabía que Desmond no le encomendaría a otra persona la tarea de hacerle daño. Le gustaba hacérselo personalmente.

—¿Y eso sí sería propio de él?

Erin volvió a sentarse.

—No.

—Respira hondo. Muy bien. Hay una explicación racional. La encontraremos.

***

272

Desmond estaba sentado al otro lado de la barra, haciendo girar su alianza en el dedo y observando a la gente mientras iban ocupando los asientos del concurrido local. Se le estaba agotando la paciencia. Si las cosas no empezaban a salirle bien, alguien, en algún lugar, iba a tener que pagar.

Poco a poco se fueron llenando los asientos de la barra hasta que solo quedó el de su lado. Dos veces alguien intentó sentarse en él, y dos veces le sugirió educadamente a ese alguien que esperaba a una persona.

La camarera tenía unos veinticinco años, llevaba tatuajes en ambos brazos y un mechón violeta. Se le había presentado cuando se sentó y llegó incluso a tenderle la mano para estrechársela. Él se sintió extrañamente violentado y no le dijo su nombre. Cuando no miraba, se limpió las manos en la servilleta de tela que tenía al lado. Al menos aquel tugurio tenía servilletas decentes.

Miró su reloj. Era casi la hora.

Fue entonces cuando la vio.

Desmond desvió la mirada a un lado, se acomodó en su taburete y clavó los ojos en su bebida.

La chica se acercó a la barra y dejó un bolso en el taburete.

—Hola, Maddie.

Así que conocía a la camarera.

Maddie se dio la vuelta y levantó una mano.

—Hola.

La chica captó la mirada de Desmond e hizo una pausa.

—¿Este asiento está ocupado?

Negó con la cabeza.

—No, no. Por favor.

Ella sonrió y se acomodó a su lado.

Maddie se acercó y señaló una copa de vino.

—¿Chardonnay? ¿O prefieres tinto?

—Mejor lo de siempre, el blanco. El tinto se me sube a la cabeza más rápido.

—¿Y no se trata de eso? —preguntó Maddie.

—He quedado con alguien por primera vez, no quiero parecer una profesional.

Las dos se rieron.

—¿Quién es el afortunado?

—Un dedo a la derecha.

Maddie lanzó un gemido.

—Eso es de lo peor. Si necesitas refuerzos, avísame. Te ayudaré a poner una excusa.

Las dos chocaron los cinco antes de que su compañera de asiento diera un sorbo a su copa de vino y mirara el teléfono.

Desmond esperó un minuto antes de hablarle a la mujer a su izquierda.

—Perdona —dijo—, pero ¿qué es «un dedo a la derecha»?

Ella lo miró como si acabara de aterrizar en el planeta Tierra.

—Estás de coña, ¿verdad?

—Lo siento. No debería haber preguntado. —Alargó la mano para alcanzar su bebida y se aseguró de que su anillo de bodas tintineara contra el vaso.

Ella se dio cuenta y se rio.

—Ah, estás casado. Supongo que entonces es normal que no lo sepas: es de una de esas aplicaciones para ligar. Deslizas el dedo hacia la derecha cuando te gusta la persona que hay al otro lado. — Hizo un movimiento deslizando el dedo en el aire.

—Ah… ¿así es como se hace ahora?

—A veces.

—¿Y funciona?

—No mucho, o no estaría sentada aquí. Bueno, puede que estuviera sentada aquí, pero no esperando a alguien que llega tarde. —Miró su teléfono y echó otro vistazo al bar.

Desmond lanzó un suspiro forzado.

—Supongo que tendré que probarlo.

Ella lo miró extrañada.

—¿Cómo dices?

Agitó la mano izquierda en el aire.

—Perdí a mi mujer en un accidente de coche hace un par de años.

—Vaya… Lo siento mucho.

—No, no… No te lo he dicho para que me compadezcas. Simplemente no quiero que pienses que soy un idiota. La idea de salir con alguien me da un poco de pereza. Hace años que no lo hago.

Ella miró su anillo.

—Bueno, lo primero que tienes que hacer es quitarte el anillo.

Soltó una risa falsa.

—Ya, mejor no salir con alguien para quien un anillo no suponga ningún impedimento, ¿verdad?

Ella se rio.

—Sí, hay que ser mala persona para que alguien con anillo sea un estímulo para ti.

—Tienes razón. Así que una aplicación para ligar, ¿eh?

Para entonces ella ya se había girado completamente hacia él en el asiento y había perdido interés por controlar la puerta.

—Es una forma de romper el hielo. Pero puedes pedirle a algún amigo que te ayude con el perfil. Un viudo guapo que viste bien es el primer perfil que una mujer pensará que es falso.

Se aseguró de sonreír muy despacio y la miró a los ojos. Era demasiado bajita, tenía demasiadas curvas y, decididamente, era demasiado independiente.

—¿La gente hace esas cosas?

—Hay hombres que intentan sacarles dinero a las mujeres. Hay mala gente en todas partes. Como el tipo que me ha dejado plantada.

Desmond levantó su copa.

—Él se lo pierde.

Ella le devolvió la sonrisa. Acercó su vaso al de él.

—Me llamo Grace, por cierto.

—Dylan. Encantado de conocerte.

Capítulo 25

Ser bombero tenía muchas ventajas. La gente te quería, los niños te adoraban, las mujeres intentaban ligar contigo… y la policía te respetaba. En el caso de Matt, además, los sheriffs locales a menudo usaban su estación como parada para almorzar cuando salían a patrullar. Si a eso añadimos que su padre era agente de la ley ya jubilado, Matt nunca tenía que preocuparse de que le pusieran una multa en la ciudad.

En ese momento estaba delante de un amigo uniformado, que le lanzó una bolsa de cierre hermético con los cables de freno de Erin.

—Pues sí que ha sido rápido.

—Pete tardó menos de cinco minutos.

El cinturón de Ty, que contenía unas esposas, una táser, una radio, una pistola y todo lo que cualquier policía necesitaba para defenderse en el trabajo, armó mucho ruido al sentarse el policía enfrente de él. Ambos habían terminado ya sus turnos. Matt le había dado a Ty los latiguillos la noche anterior, antes de irse a la cama. Debió de tener al tal Pete trabajando hasta tarde.

—¿Y cuál es la conclusión? Hay una explicación lógica, ¿verdad?

—Sí. Claro… ¿A quién ha cabreado tu chica?

El estómago de Matt le dio un vuelco.

—¿Qué?

Ty metió la mano en la bolsa y sacó uno de los cables.

—Pete les echó un vistazo y dijo que habían sido manipulados. ¿Ves esto? —Señaló el corte—. Si hubiese sido por desgaste, el corte no habría seccionado de ese modo el tejido del material. Esto es un corte vertical hecho a propósito. Solo para asegurarse, lo miró a través del microscopio. La imagen era nítida. No había nada deshilachado, nada que pueda haberse debido a un accidente en carretera ni nada por el estilo.

—Dios…

—Un cuchillo bien afilado y una buena dosis de rencor pueden hacer muchísimo daño. Quienquiera que haya hecho esto, lo ha hecho a conciencia. Es difícil llegar hasta ahí abajo.

Matt se levantó y se pasó una mano por el pelo.

—Ella tenía razón.

—¿Tienes alguna idea de quién puede haberlo hecho?

—Sí… no. Ella sí lo sabe.

Lo único que tenía Matt era un nombre de pila.

—En un juzgado serio, esto podría considerarse un intento de asesinato.

Matt empezó a pasearse arriba y abajo.

—Hijo de puta.

Miró a su amigo.

—¿Qué cojones voy a hacer?

—¿Crees que volverá a intentar algo?

El miedo visceral del que Erin estaba empezando a deshacerse se trasladó a sus venas y se instaló en ellas.

—Todavía está viva.

Ty se recostó hacia atrás y se cruzó de brazos.

—Yo que tú, encontraría a ese tipo, lo seguiría y lo pillaría con las manos en la masa. Y no le quitaría el ojo de encima a mi novia.

Matt señaló el parque de bomberos que los rodeaba.

—¿Y qué hago mientras estoy en el trabajo?

—Familia, amigos… Yo estaría encantado de vigilarla durante mi turno.

¿Dónde estaba Erin ahora? En casa… no había alquilado ningún coche. Ahora se alegraba de que no lo hubiera hecho.

Ty se despidió de él estrechándole la mano y se marchó prometiéndole darse alguna vuelta más por el barrio de Erin.

A Matt le faltaba una hora para el cambio de turno. Estaban bebiendo café y rezando para que no les tocara ir corriendo hacia algún sitio. Matt rezaba además para poder marcharse de allí a su hora.

Erin iba a salir huyendo de allí. Tenía una hora para encontrar la manera de hacer que se quedara.

***

El sol la despertó temprano. O tal vez era porque Matt no se había quedado a dormir con ella. Dormía mejor con él a su lado, y no estaba segura de si era porque la agotaba antes de que se quedara dormida o si, simplemente, se sentía más segura con él allí.

Las dos cosas, decidió.

Se paseó por el reducido espacio de la casa y se preparó una taza de café. Como había refrescado por la noche, las ventanas estaban abiertas para que entrara el aire. El jazmín florecía en un seto al otro lado de la cocina e impregnaba el aire con la fragancia de su aroma.

Después de encender la radio y llenarse el café con crema, salió en camisón y se sentó bajo la pérgola junto a la piscina. Le encantaba aquel espacio abierto y las mañanas tranquilas antes de que el mundo se despertara. Era curioso, porque ya había vivido en propiedades grandes anteriormente, en fincas con extensiones de césped bien cuidado y con servicio doméstico, pero en ninguna tan tranquila.

La casa de su padre carecía de cualquier emoción, y su hogar conyugal era una gigantesca olla a presión por la que prefería pasearse de puntillas.

En ese hogar, en cambio, el que ella se estaba construyendo, se estaba encontrando a sí misma. Esperaba que nada lo estropeara.

Oyó el rugido de la moto de Matt al cabo de la calle y se quedó esperándolo en la tumbona.

Cruzó las piernas a la altura de los tobillos y se subió el camisón por encima de las rodillas.

Él se quitó el casco, lo colocó en el manillar y se volvió hacia ella.

Su sonrisa no era exactamente la que ella se esperaba.

—¿Habíamos quedado esta mañana? —le preguntó Erin.

Entonces la sonrisa de Matt se ensanchó y le recorrió el cuerpo de pies a cabeza con la mirada.

—Si este es tu *look* matutino cuando no estoy por aquí, entonces cuenta conmigo todos los días.

Se acercó a ella, puso las manos a ambos lados de sus caderas y se inclinó para besarla.

—Mmm… Buenos días para ti también —entonó Erin.

Matt se apartó unos centímetros, le puso una mano en la mejilla y volvió a besarla. Esta vez con la boca abierta y suspirando él también.

Cuando hubo saciado su sed de ella, se sentó a horcajadas en su silla y colocó los pies de ella sobre uno de sus muslos.

—¿Quieres un café? —le preguntó Erin

—No. Me he tomado uno en la estación.

Le acarició la pierna y su sonrisa se fue desdibujando lentamente.

A pesar de que intentó conservar la que le había provocado solo por el mero hecho de estar allí con ella, Erin sintió que el aire se enrarecía.

—¿Qué pasa? ¿Has pasado mala noche en el trabajo?

Matt negó con la cabeza.

Ella se inclinó hacia delante y dejó el café a un lado.

—¿Qué pasa, Matt?

Él abrió la boca dos veces para hablar y dos veces negó con la cabeza.

—Tengo que decirte algo, pero primero necesito que me contestes a una pregunta.

A Erin le costaba entenderlo.

—Si fueras tú la chica, pensaría que ibas a decirme que estás embarazada.

Eso le hizo sonreír.

—¿Confías en mí?

—Sabes que sí.

Se señaló a ambos con la mano.

—¿Crees que esto que hay entre tú y yo es algo bueno? ¿Que tenemos futuro juntos?

Ahora sí que estaba confundida.

—Esto nuestro es fabuloso. En cuanto a un futuro... A ver, cuando las cosas van bien en una relación, la relación sigue adelante, y cuando no, se acaba. Sabes que no estoy en condiciones de ofrecerte un compromiso mayor del que tenemos ahora.

Matt negó con la cabeza.

—No lo estoy planteando bien. Por primera vez en mucho tiempo siento una conexión real con alguien, contigo, y tengo miedo de que salgas corriendo.

Ella le tapó la mano con la suya.

—Matt, ¿por qué iba a salir corr...? —Y entonces lo supo. Supo cuál era la única razón por la que saldría corriendo—. Desmond. —Cuando, ante la mera mención de su ex, él no la corrigió inmediatamente, le entró el pánico—. ¿Qué sabes?

—Lo de los conductos de los frenos no se debió a un accidente o una llamada a revisión del fabricante. Le pedí a un amigo de la comisaría que les echara un vistazo. Alguien los agujereó a propósito, Erin. Lo primero que preguntó Ty fue quién tenía algo contra ti.

A Erin se le hizo un nudo en la garganta y, de repente, se sintió completamente expuesta, allí medio desnuda y tumbada en la piscina. En el fondo, ella había sabido todo este tiempo que aquello iba a suceder. Lo sospechó ante la primera mención de que lo ocurrido con los frenos era una anomalía.

Matt observó cómo asimilaba la información.

Necesitaba marcharse. Por eso Matt le hablaba como lo hacía. Él lo sabía.

—Huir no es la respuesta —dijo Matt. Apoyaba las dos manos en sus rodillas, presionando con ellas.

—Y entonces ¿qué? ¿Me quedo aquí sentada esperando a que la próxima vez haga el corte mejor?

—Para empezar… —Matt levantó un dedo—. Lo primero que tenemos que hacer es hablar con esa abogada tuya, la que te dijo que se había ido a Grecia. Te ayudó a escapar de él antes, ¿verdad?

—Sí.

«Tengo que hacer las maletas».

—Ella está al corriente de todo, ¿verdad?

«No tengo coche».

—¿Erin?

—¿Qué?

—Ella está al corriente de todo, ¿verdad?

—Sí… no. No sabe dónde estoy.

—¿En serio?

—Sí. Hicimos un papeleo muy complicado para que Desmond no pudiera seguir el rastro. —Retiró los pies del regazo de Matt—. Me tomé muchas molestias para que no pudiera encontrarme. ¿Cómo coño ha dado conmigo?

Matt la siguió hasta el interior de la casa.

—¿Qué estás haciendo?

No sabía por dónde empezar. «Solo lo más básico».

—¿Erin?

Se volvió y le gritó.

—¡¿Qué?!

—¿Qué estás haciendo?

—Me está entrando el pánico, Matt. Necesito irme de aquí. —El mero hecho de decirlo en voz alta le dio ganas de llorar—. No quiero hacerlo, pero no parará hasta que esté muerta. —Dirigió la mirada a los vendajes de sus brazos—. Él me hizo esto. Podría habernos matado a todas. —Sintió un escalofrío de nuevo—. Oh, Dios…

—Erin, por favor. Vamos a pensar con la cabeza. Estás reaccionando de forma visceral y no piensas con claridad. ¿Y si quiere que huyas para poder atraparte cuando estés sola?

—Al menos entonces no le hará daño a nadie más.

En ese momento fue el turno de Matt de ser presa del pánico.

—No. No dejaré que eso ocurra. —Se le acercó y la agarró de los brazos. Era la primera vez que la tocaba sin la delicadeza de siempre. A Erin solo le hizo falta mirarle las manos y él flexionó los dedos y aflojó la presión—. Aquí tienes gente que puede ayudarte. Necesitamos información. ¿Está aquí en el valle o ha enviado a alguien para que haga el trabajo sucio por él? Si ha sido otra persona, ni siquiera sabrás qué cara tiene esa persona si va a por ti cuando te vayas.

Sus palabras empezaron a disipar la niebla.

Matt siguió hablando.

—Si está aquí, y tenemos pruebas de que alguien manipuló tus frenos, entonces haremos que tu abogada le ponga otra orden de alejamiento. Tenemos la confirmación de la policía de que se trata de una manipulación deliberada y un informe sobre el accidente.

Incluso podríamos tener indicios suficientes para que la policía lo interrogue.

—Tiene mucho dinero, Matt. No estará en la cárcel mucho tiempo, si es que llega a entrar.

Matt invadió su espacio personal.

—Por favor, no te vayas. No puedo protegerte si te vas. Pero aquí, con toda la gente que conozco, la gente que conoce mi padre… El equipo de Colin. ¿No te parece que tienes más posibilidades que estando tú sola ahí fuera?

—No lo sé, Matt.

—Si tu lógica es marcharte para que no pueda hacer daño a las personas que te importan, él ya sabe que existen y lo usará contra ti. ¿No es por eso por lo que tu hermana no sabe dónde estás?

Matt tenía razón. ¿Podría perdonarse a sí misma si Parker resultaba herida, o Mallory, o Austin? ¿Cualquiera de ellos? Erin se apoyó en el brazo del sofá.

Matt se arrodilló delante de ella.

—Vamos a llamar a tu abogada.

Erin se descubrió asintiendo, y Matt la abrazó y dejó caer la cabeza en su regazo.

Capítulo 26

Matt esperó mientras Erin se duchaba y luego le sirvió una segunda taza de café mientras se sentaban en el salón.

Erin hizo la llamada con el móvil encima de la mesa, delante de ambos.

Matt le cogió la mano y observó cómo las emociones se iban apoderando de su rostro.

—Hola, Renee.

—¿Cómo estás? Cuánto me alegro de oírte. ¿Has probado el zumo de remolacha del que te hablé? —La voz de la abogada parecía la de una animadora, alegre y chispeante, como si estuviera cantando. ¿Y qué era eso de la remolacha?

—Yo… No estoy muy bien. Y sí, lo he probado.

En un instante, la voz de Renee bajó una octava.

—¿Qué pasa? Cuéntamelo.

Erin miró a Matt.

—¿Te acuerdas del hombre del que te hablé?

—Oh, por favor… no me digas que resultó ser un capullo.

Erin sonrió por primera vez en la última hora y lo miró. Matt se señaló el pecho con un dedo y dijo:

—¿Yo?

—No… es un hombre increíble. Definitivamente, me darías tu aprobación.

—Ah, ¿entonces, qué?

—De hecho, está aquí sentado a mi lado. He puesto el teléfono en modo altavoz.

Renee se quedó en silencio.

Matt miró el teléfono.

—¿Ha colgado?

—¿Y el agua de coco… te gustó? —preguntó Renee.

—Sí, Renee. Me gustó. Estoy bien. Bueno, estoy bien ahora. Le he contado todo a Matt.

—¿Qué?

—Sabe lo de Desmond.

—Vaaale… ¿Y me llamas para decirme eso?

Erin tragó saliva y tuvo dificultades para encontrar las palabras adecuadas, así que Matt decidió intervenir.

—Hola, Renee. Escucha: necesitamos saber si Desmond está en Grecia. En realidad, necesitamos averiguar si alguien sabe exactamente dónde está ahora mismo.

—¿Por qué?

Erin recuperó el habla.

—Porque me ha encontrado.

—Dios mío, Maci… No… ¿Estás segura?

Matt volvió la cabeza y la miró entrecerrando los ojos.

—¿Maci?

Erin le hizo un gesto para que se callara.

—Alguien me ha perforado los cables de los frenos del coche… —Pasó los siguientes cinco minutos explicándole lo sucedido a su abogada.

—¿Estás completamente segura de que fue un sabotaje? —preguntó Renee cuando Erin terminó su historia.

—Sí —respondió Matt—. Si lográsemos demostrar que Desmond está en la ciudad, ¿podríamos volver a conseguir una orden de alejamiento?

—Podemos solicitar una, pero si no está en su casa o en el trabajo para recoger la notificación...

Erin cerró los ojos.

—¿Qué hago, Renee? ¿Desaparecer de nuevo?

—Si conoce tu nueva identidad y dónde vives, entonces tenemos que empezar de cero. No tiene sentido que te marches hasta que solucionemos eso.

Matt sintió que lo invadía el pánico de nuevo.

—Y hasta que no estemos absolutamente seguros de que esto es cosa de Desmond, no me digas dónde estás ni cómo te llamas. Solo por si estás equivocada.

—¿Y qué pasa con el informe policial? —preguntó Erin.

—Lo primero que van a preguntarte las autoridades es tu nombre. Si les das el nombre de Desmond y si él no sabe dónde estás, será como si se lo estuvieras sirviendo en bandeja. Si podemos probar que está aquí cerca, entonces sí. Dame veinticuatro horas, Maci. No vayas a ninguna parte. Si tengo noticias antes, te llamaré.

—¿Crees que estoy equivocada?

Renee hizo una pausa.

—No creo en las coincidencias. Desmond se va al extranjero y tú empiezas a tener problemas. No olvides que es un cobarde: se ceba contigo cuando no lo ve nadie. Si se ha visto obligado a manipular frenos de coches, eso es que está desesperado.

—Eso no me gusta nada.

—¿Tu bombero sigue ahí? —preguntó Renee.

—Sigo aquí —le dijo Matt.

—No la dejes sola. Desmond es inteligente y carismático, y sabe arreglárselas para hacer que la gente se crea todas las mentiras que se inventa. Es un verdadero narcisista que se cree sus propias patrañas. No se enfrentará a ti. Conseguirá que seas tú el que hagas el primer movimiento y luego se hará la víctima. Y, ¿Maci?

Erin —que, al parecer, antes se llamaba Maci— lo miró antes de contestar.

—¿Sí?

—¿Les has enseñado una foto de Desmond a tus nuevos amigos?

Erin apartó la mirada.

—No.

—Ahora puede ser un buen momento. Llamaré mañana. A las nueve de la mañana, hora local.

—Gracias, Renee.

—Ten cuidado.

***

—¿Dónde cojones estás?

Desmond se apartó el móvil de la oreja, lo miró como si fuera un objeto extraño y se lo volvió a acercar.

—¿Cómo dices?

—Oye, Brandt, me pagas para que sea tu abogado en el proceso de divorcio, y acepté ocuparme de la orden de alejamiento porque tenía relación con los fundamentos expuestos por tu mujer para pedir el divorcio. Pero (y es un gran pero) no soy abogado penalista. Así que deja que te lo pregunte una vez más: ¿dónde cojones estás?

—Ya te dije que estoy en Grecia. —Desmond miró por la ventana de su hotel hacia un campo de golf en Valencia.

—¿Qué hora es ahí?

Flexionó los dedos.

—¿Esto qué es? ¿La puta Inquisición española?

—Es una pregunta sencilla.

—Vete a la mierda.

—El secreto profesional en la relación abogado-cliente funciona perfectamente con todas tus mierdas anteriores, pero no me va a salvar el culo si estás a punto de cometer un delito.

—¿De qué hablas, Schwarz?

—La abogada de Maci va a presentar una solicitud de urgencia para una orden de alejamiento.

El hecho de saber que la había puesto nerviosa le hizo sonreír.

—¿Basándose en qué?

—Intento de asesinato.

Desmond no pudo evitarlo y se rio.

—Eso es un poco exagerado. —Buscó sus píldoras y se metió una en la boca.

—Dame pruebas de que estás en Grecia y puedo hacer que esto desaparezca.

—Está bien. —Tomó un trago de agua y sacudió la cabeza.

Su abogado hizo una pausa.

—¿Tienes pruebas?

—Ya te las haré llegar.

—Las necesito ahora, Desmond.

—¿Eso es todo, Schwarz? Tengo una cita.

Schwarz maldijo en voz baja.

—¿A la una de la mañana? Porque esa es la hora en Grecia ahora mismo.

—Estás empezando a cabrearme. Voy a colgar y tú vas a hacer tu trabajo. Le dices a esa zorra que representa a mi esposa que te he asegurado que estoy fuera del país. Y que si lanzan calumnias y acusaciones falsas contra mí, me veré obligado a denunciar a mi mujer para preservar mi buen nombre en la comunidad.

Desmond no esperó a que Schwarz hiciera algún comentario. Colgó.

***

—Se llama Desmond Brandt. Y es mi marido.

Matt examinó la imagen que Erin había abierto en su ordenador. Varias cosas a la vez llamaron su atención.

En primer lugar, no era una foto que tuviera guardada en sus archivos, sino una imagen que había obtenido en internet, una foto de las páginas de sociedad del *Chicago Tribune*.

En segundo lugar, Erin parecía una persona completamente distinta de la que se veía en aquellas imágenes.

En tercer lugar, ahora era más guapa.

—Me he cambiado legalmente el nombre de Maci Brandt por el de Erin Fleming. Mi número de la seguridad social, mi permiso de conducir, mi pasaporte... todo eso es legal.

Matt miró a su hermano. Habían convocado un cónclave familiar... bueno, era una reunión con los miembros de la familia afectados directamente, que en este caso eran Colin, Parker, Austin y Mallory. Y como Mallory vivía con Jase, este también estaba allí. Matt había llamado a Grace, pero no le había contestado el teléfono. Le dejó un mensaje de voz preguntándole cuándo era un buen momento para que se vieran en casa de sus padres. Aquel momento de revelación de la verdad era un ensayo general. Erin le pidió que hicieran primero aquello antes de ir al día siguiente a casa de sus padres a hablar con ellos. Teniendo en cuenta que aquella era la noche en que su madre jugaba con sus amigas al Bunco y que su padre estaba en una partida de póquer con un grupo de policías retirados, Matt pensó que estarían seguros.

—Desmond era... es un hombre peligroso. Me avergüenza decir que seguí con él a pesar de que era responsable de... —Dejó de hablar y las lágrimas le afloraron a los ojos. Matt se acercó y cogió su mano entre las suyas—... de muchos huesos rotos y sueños destrozados. Tenía demasiado miedo para irme y también para quedarme. Me amenazó con hacer daño a mis seres queridos si lo abandonaba. Así que, cuando lo hice, rompí todos los lazos con mi familia y amigos. Mi hermana no tiene ni idea de dónde estoy ni sabe cómo me llamo ahora. Mi padre… Nadie sabe nada. Me vine a vivir aquí porque esta ciudad es lo bastante grande como para pasar desapercibida y lo bastante pequeña como para sentirme cómoda.

Erin miró alrededor.

—Siento haberos mentido. No soporto la idea de haberos mentido con respecto a todo, pero la verdad es que no tenía otra opción. Las personas que me ayudaron a escapar de este hombre me explicaron muy bien cómo debía comportarme, lo que se suponía que debía decir a todo el mundo. Me he ceñido al máximo a todo eso para protegeros, a vosotros y a mí misma.

Colin se encontró con la mirada de Matt.

—Entonces ¿por qué nos lo cuentas ahora? —quiso saber Colin.

—Porque creo que…

—Creemos —la interrumpió Matt.

Erin intentó sonreír.

—Creemos que Desmond está aquí. O al menos que sabe dónde estoy. Necesito que sepáis qué aspecto tiene por si lo veis a él o a alguien parecido, para que sepáis que debéis manteneros alejados de él.

—¿Tan peligroso es? —preguntó Colin.

Erin miró a su alrededor y pareció hacerse más pequeña.

Matt habló por ella.

—El fallo en los frenos de su coche no fue un accidente.

Colin soltó un exabrupto y Parker puso una mano en el brazo de Erin.

Matt explicó lo que le había dicho Ty para corroborar la inquietud de Erin.

—Lo siento. Lo siento mucho. Dejé Chicago, pasé un tiempo en el estado de Washington y luego vine aquí con la esperanza de evitar todo esto.

—Pero, vamos a ver, ¿qué tiene que ver eso exactamente con nosotros? —preguntó Austin.

—Me dijo que haría daño a las personas que me importaban para castigarme. Y todos los que estáis en esta habitación me importáis mucho. Si os hiciera daño a alguno de vosotros, no podría soportarlo.

Matt advirtió que Colin se removía en su silla.

—La abogada de Erin nos ha dicho que le enseñemos su foto a todo el mundo. ¿Alguno de vosotros lo ha visto?

Todos negaron con la cabeza.

Parker se reclinó hacia atrás y lanzó un resoplido.

—¿Y qué cree exactamente que va a ganar haciéndonos daño a alguno de nosotros? Ese tipo —dijo, señalando la pantalla del ordenador— tiene pinta de tener mucho que perder si alguien lo pilla saboteando los cables de los frenos de un coche. ¿De verdad cree que Erin va a volver corriendo a su lado si nos amenaza?

Erin hizo una pausa.

Matt sintió cómo las náuseas le subían por la garganta.

—Haré lo que tenga que hacer. Y haré que pare todo esto — dijo Erin.

Parker se echó adelante en la silla y miró a Erin directamente a los ojos.

—Es Maci la que habla ahora, quienquiera que fuera esa mujer. Erin… la mujer que conozco desde hace casi un año ha pasado mucho tiempo empoderándose y tomando las riendas de su vida. ¿Ese… ese capullo cree que puede plantarse aquí y venir a joder a esta familia? Yo creo que no.

Parker apretó la mano de Erin y Colin miró a Matt a los ojos.

—Tenemos que hablar con papá.

—Lo sé —dijo Matt.

—El amor, la codicia, la fama, la venganza o un caso grave de enfermedad mental… o una combinación de todo eso. Esas son las motivaciones del tipo de hombre que describes. Eso es lo que dice siempre nuestro padre. —Colin repitió lo que les habían dicho toda la vida. Cada vez que veían la televisión y observaban la conducta de una persona realmente mala, su padre les explicaba con calma y pragmatismo las motivaciones por las que la gente se volvía así.

—Vale. Así que esto sería por amor —dijo Matt.

Erin negó con la cabeza.

—No. Tal vez. La primera vez que me pegó fue en nuestra luna de miel. Un hombre enamorado no haría eso, ¿verdad?

A Matt volvió a encogérsele el corazón.

—No.

Mallory se inclinó hacia delante y cogió el portátil.

—Este hijo de puta. Tiene dinero, ¿verdad?

—Sí.

—¿De qué nivel estamos hablando? ¿Se codea con Buffett o es uno de esos fanfarrones que triunfan en YouTube una semana?

Erin negó con la cabeza.

—No es nivel Buffett… pero está en algún punto intermedio.

Mallory tecleaba en el ordenador mientras el resto seguía hablando.

—¿Venganza? —preguntó Parker.

—No lo veo. Lo conocí a través de mi padre. Los dos tenían acciones en la misma empresa, iban a los mismos actos. Para mi padre, estábamos predestinados a estar juntos.

—El mismo padre que no te respaldó cuando acudiste a él en busca de ayuda —señaló Matt.

—Mi padre no es como el tuyo. Es egoísta. Por mucho que me duela admitirlo.

—¡Vertex! —exclamó Mallory.

Todos se volvieron para mirarla.

—Sí, esa es la empresa —corroboró Erin.

Mallory apoyó la barbilla en el puño y leyó:

—Aquí dice que la empresa declara más de 11 300 millones de ingresos anuales.

Matt entrecerró los ojos.

—¿Esa es la empresa para la que trabaja Desmond?

Erin negó con la cabeza.

—Es el dueño. Bueno, tiene la mayoría de las acciones. Lo que significa que tiene poder de veto en la empresa.

—¿Así que cotiza en Bolsa? —preguntó Jase.

—Así es.

—¿Y tu padre tiene acciones? —preguntó Mallory.

—No. Nos las cedió como regalo de bodas. Le dio a Desmond el empujoncito que necesitaba para controlar la compañía. Mi padre me dijo que yo tenía la vida solucionada y que así nunca tendría que preocuparme por algo tan sucio como el dinero.

Matt sintió que le empezaba a doler la cabeza.

—¿De verdad dijo eso? —preguntó Austin.

—Mi padre tiene acciones en muchas empresas muy lucrativas. En realidad, su único trabajo es invertir y ganar dinero.

Jase lanzó un suspiro.

—Ya me gustaría a mí ese trabajo.

Mallory le dio un codazo.

—Pero no a costa de tu alma.

—¿Tu ex tiene acciones? ¿O las acciones son de los dos? —preguntó Parker.

Matt se vio moviendo la cabeza de una persona a otra, como en un partido de tenis. Solo que él no veía ese tipo de deporte.

—Son suyas… Aunque mi abogada cree que las acciones estaban a nombre de los dos. Fue uno de los escollos del divorcio. Yo me fui. No quería saber nada de eso. Pero Renee cree que las acciones son de los dos. Todavía lo estamos investigando.

—¿No lo sabes? —preguntó Austin.

Matt se preguntó lo mismo.

—Me daba igual —dijo Erin—. Pasé de la supervisión de mi padre a la de Desmond. Fui a la universidad, pero nunca supe realmente lo que iba a hacer con mi vida. Me casé y me convertí en un saco de boxeo. —Erin miró a Matt por primera vez en toda la conversación—. Entonces me marqué un objetivo vital: alejarme de aquel monstruo narcisista antes de que me matara.

Teniendo en cuenta todas las partes de la historia que había obviado delante de los presentes, Matt consideró que se estaba quedando muy corta. Erin había escapado con vida de milagro, y se alegraba de ello.

—¿Narcisista? —preguntó Mallory.

Erin desvió la mirada hacia ella.

—Sí.

—¿Quieres decir que se cree sus propias mentiras? —Mallory había optado por especializarse en psicología en la universidad.

Erin sacudió la cabeza y cerró los ojos.

—Podía saltarse un semáforo en rojo y antes de llegar al siguiente haberse convencido a sí mismo, y haber convencido a todos los demás ocupantes del coche, de que el semáforo estaba en ámbar, y que, desde luego, él no había cometido ninguna infracción. —Hizo una pausa—. Así de bien se le da mentir.

—¿Y tú te tragabas eso? —preguntó Austin.

A Matt le dieron ganas de pegarle… pero el chaval apenas acababa de empezar a afeitarse.

—No me siento orgullosa, Austin —dijo Erin.

Mallory se irguió en el asiento.

—Un narcisista que busca conservar el poder. No creo que hayamos llegado a ese capítulo todavía, pero no suena bien.

—Estoy segura de que mi padre le dio las acciones a él. Eso es lo que me dijo.

—¿Eso es lo que te dijo el narcisista que no se saltaba los semáforos en rojo? —exclamó Mallory.

Erin parpadeó varias veces como si el ordenador de su cerebro acabara de reiniciarse por fin después de una actualización.

Capítulo 27

—La he encontrado. —Desmond trató de imprimir a su voz el máximo de emoción.

—¿Está bien?

—Está peor, Lawrence. Se ha cambiado el nombre, ha cambiado de identidad. Y ahora está haciendo daño a otras personas. No sé qué hacer. Le he mentido a mi abogado para tratar de encontrarla y, ahora que lo he hecho, me temo que va a ser contraproducente.

—¿Dónde está?

Desmond no pensaba revelarle esa información.

—Estoy en contacto con las personas que ella considera su nueva familia.

—¿Su nueva familia? ¿De qué estás hablando?

—Una familia. Una nueva hermana… dos, en realidad, y un hermano. Tiene un amante. —Desmond se echó a llorar—. No me importa. No me importa. En lo bueno y en lo malo. Yo cuidaré de ella. Me aseguraré de que reciba la ayuda que necesita.

—Déjame ayudar. Tal vez a mí me escuche. Soy su padre.

—Yo me encargo… Papá. Ahora que la he localizado, la traeré de vuelta a casa.

—Desmond… Creo que deberíamos hacer esto juntos.

Su suegro lo veía a su manera.

—Dame un par de días. Si no puedo convencerla, te llamaré.

—Desmond…

—Gracias por tu ayuda.

—¡Desmond!

Colgó, tiró el teléfono al tocador y se arregló el nudo de la corbata.

***

Se había quitado el peso del mundo de encima.

No eran ni las nueve y media y Erin ya se estaba metiendo en la cama con la sensación de que podría dormir un mes entero.

Matt salió de la ducha con una toalla alrededor de las caderas y otra en la mano.

La miró y dejó de secarse el pelo.

—¿Estás bien?

—Estoy agotada.

—Ya somos dos.

Se metió de nuevo en el baño, dejó la toalla y salió en calzoncillos.

Erin se movió, dejando espacio para que Matt se acostara a su lado. Una vez tumbados los dos en la cama, se acurrucó en el recodo de su brazo y se abrazó a él.

Podía pasar horas tumbada con la oreja apoyada en su pecho, escuchando el latido de su corazón, el aire entrando y saliendo de sus pulmones, sin llegar a cansarse nunca. Matt le deslizó las yemas de los dedos por el brazo con lentas caricias. Cuando le besó la cabeza, Erin suspiró.

—Gracias —le dijo él en voz baja.

—¿Por qué?

—Por confiar en mí… en nosotros. Vamos a ayudarte a dejar atrás todo esto.

—Yo… —«No te merezco». Se sacudió el pensamiento negativo de la cabeza antes de decirlo en voz alta—. Vengo con más equipaje que la estrella de un *reality* en un hotel de lujo.

Él se rio.

—Tú lo vales.

Ella levantó la cabeza para mirarlo a los ojos.

—De verdad, Matt. Debería estar pidiendo perdón. Tú y tu familia tenéis que pasar por todo esto por culpa mía. Yo he provocado todo esto solo por estar aquí.

—Puedes pedir disculpas, pero no voy a aceptarlas. Tú no eres el problema, sino él. Hacerlo salir de las sombras y ponerle un rostro y un nombre a la persona que te ha estado atormentando todo este tiempo te da poder. Si está en esta ciudad, lo encontraremos. —Le dio un beso en la frente y la animó a volver a acostarse.

Erin suspiró en la comodidad de sus brazos.

—¿Y luego qué? No es un delito estar aquí.

—Pondremos una denuncia en la policía, les daremos el nombre, la ubicación y el historial de Desmond. Aquí a lo único que ha venido es a joderte la vida, y eso lo llevó al siguiente nivel cuando puso en peligro la vida de otras tres mujeres de esta familia. Puede que hasta ahora se haya salido con la suya con lo que te hizo durante todos esos años, pero no va a conseguirlo.

—Justo después de irme, cuando estaba segura de que cualquiera que se cruzara conmigo sabía perfectamente que estaba usando un nombre falso y que el color de mi pelo no era el mío, soñaba que Desmond me encontraba. En todos los sueños, él me llevaba consigo cada vez, alejándome de la vida que intentaba crear, y me encerraba en casa. Pero desde hace poco esos sueños han empezado a cambiar.

Matt la abrazó más fuerte.

—¿Cómo son ahora?

—Forcejeo con él… me pongo a gritar y a chillar. Me defiendo. En mis sueños me defiendo. Nunca hice eso mientras estuve con él.

«Ni una sola vez».

Todos los días se decía a sí misma que lo haría, y todos los días se acobardaba y se protegía levantando los brazos para evitar que su cara se llevara la peor parte de las agresiones. Cuando él terminaba, ella se limpiaba las heridas, se ponía unas gafas de sol de montura ancha y evitaba a todos sus conocidos. Mentía sobre sus lesiones y sabía cuándo alguien la descubría mintiendo.

—Parece que tus sueños son un testimonio de quién eres ahora: Maci era una víctima; Erin es una luchadora.

Hubo algo en las palabras de Matt que le llegó al alma. Sintió que se le erizaba el vello de todo el cuerpo. Una vez más, separó la cabeza del pecho de él y lo miró.

—¿De verdad lo crees?

Matt sonrió.

—¿No es así? Maci seguía el camino de menor resistencia, aunque implicase sufrir dolor. Erin, en cambio, se forja su propio camino y no tiene miedo de decir que no. —Le puso un dedo en el pecho—. Es una mujer de armas tomar, si quieres saber mi opinión.

Nunca en toda su vida se habían referido a ella como a una mujer de armas tomar.

—Me haces sentir cosas que no había sentido nunca —reconoció Erin.

Matt se acercó a su cara y ladeó la cabeza.

—No tengo el monopolio de eso.

Erin buscó sus labios con los suyos y se sumergió de nuevo en aquel torbellino en su vida llamado Matt.

***

—No tienes nada instalado en este teléfono. ¿Cómo es posible?

Grace dio un sorbo a su segunda copa de vino mientras esperaban la comida. Ya tenía las mejillas sonrosadas y se reía con facilidad. El teléfono que Desmond había comprado dos semanas atrás no llevaba más que las aplicaciones preestablecidas por el fabricante. Grace lo manejaba con ambos pulgares mientras descargaba una aplicación de citas para ayudar a Dylan a encontrar el amor de su vida.

—Me molesta la gente que se pasa todo el día pegada al móvil.

Grace se encogió de hombros.

—Un signo de los tiempos, supongo. Ahora el contacto humano se toma en pequeñas dosis.

Desmond frunció el ceño.

—Es una lástima. A mí me gusta mucho el contacto humano.

Grace miró por encima del teléfono y sonrió.

—Si vas a coquetear conmigo, ¿hay alguna razón para que te descargues esto?

«Las mujeres son tan fáciles…».

—Eres una mujer demasiado centrada para alguien como yo.

Grace arrugó el ceño.

—Eso suena a típica frase para ligar.

Volvió a concentrarse en el teléfono.

—Puede que tenga algunas que pueda desempolvar y usar —bromeó él.

Ella puso los ojos en blanco y a Desmond le empezó a doler la mandíbula mientras apretaba los dientes. No había nada más irrespetuoso que alguien poniéndole los ojos en blanco cuando él acaba de decir algo.

—Necesitamos una foto. —Grace levantó el teléfono y lo enfocó con la cámara—. Sonríe.

—Estamos en un restaurante.

«Y uno de cinco estrellas, encima».

—La gente le hace fotos a la comida a todas horas. Sonríe.

Se tapó la cara con una mano.

—Podemos hacerlo más tarde. Fuera.

Ella cedió.

—De acuerdo, está bien. ¿Cuáles son tus aficiones?

El camarero apareció con sus ensaladas, lo que obligó a Grace a dejar el teléfono. Cuando se volvió para pedirle más agua al camarero, Desmond cogió disimuladamente el teléfono de la mesa.

Grace cargó su tenedor de lechuga y se lo llevó a la boca.

—Te he visto.

Mientras ella masticaba, Desmond le preguntó:

—¿Y las tuyas? ¿Cuáles son tus aficiones?

Durante los tres platos, él le fue haciendo preguntas y ella las fue respondiendo... con todo lujo de detalles. Iba a ver los partidos de los Dodgers y de vez en cuando salía de acampada con su familia. Cuando mencionó a sus hermanos, Desmond aprovechó para indagar aún más. Ya sabía lo del hombre que se tiraba a su mujer. Al otro, lo había visto entrar y salir de la propiedad donde vivía Maci, la casa con puertas de acceso con código, cámaras y carteles que decían Prohibido el paso y Cuidado con la propietaria. ¿Por qué no podía Maci haber alquilado una casa normal y corriente en una calle como las demás? Una casa en la que se pudiera entrar por la puerta trasera para llevársela de allí al sitio donde debía estar.

—Me parece que no me escuchas —dijo Grace, llevándolo de vuelta al restaurante.

Desmond soltó el tenedor, recuperó la sonrisa que se había pegado en la cara desde que había pisado el restaurante e hizo todo lo posible por obsequiar con ella a Grace. Sabía cómo hacerle creer que era la única mujer de la sala.

—Me tienes fascinado. Una mujer de éxito que se siente cómoda en su propia piel y que va a ver el béisbol. Eres un buen partido, Grace.

Ella se rio demasiado fuerte y Desmond tuvo que contenerse para no mirar alrededor y ver si alguien los observaba. Odiaba a las mujeres ruidosas. Las despreciaba.

—Dile eso a los hombres solteros de esta ciudad.

Desmond se inclinó hacia delante y colocó su mano junto a la de ella sobre la mesa.

—Ellos se lo pierden. Yo gano.

—Esa es otra frase, ¿no?

—¿Y funciona?

Ella puso los ojos en blanco, pero luego volvió a deslizarlos a los de él. Sí, estaba funcionando.

Salieron del restaurante, que estaba justo al lado del centro comercial. Al otro lado de la calle estaba el único hotel decente de la ciudad.

—¿Te apetece tomar una última copa? —le preguntó mientras guiaba sus pasos. Ella había tomado tres copas de vino con la cena, lo que le aseguraba que el resto de su plan iba a funcionar.

—Mañana tengo que trabajar.

—Un café, entonces.

Grace empezó a mirar a su alrededor y él sintió que se le escapaba la oportunidad.

La llevó lejos de la gente que paseaba por la acera, la detuvo y se puso delante de ella.

—A ver qué te parece esto —le dijo—. Déjame hacer una cosa. Si no te gusta nada, lo dejamos aquí y nos despedimos. Y si te gusta, te invito a un café y quizá compartamos uno de esos postres exageradamente caros.

Grace inclinó la cabeza hacia atrás y se humedeció los labios.

Desmond apoyó las manos en los codos de Grace y se inclinó hacia ella. Besar era una de las muchas herramientas de su arsenal y, al parecer, Grace tenía mucha práctica. Acercó ambas manos al cuello de ella y la acarició con los pulgares. Qué fácil era aquello…

Dejó que el beso se prolongara hasta que ella se apartó.

—¿Y bien? ¿Un café? —le preguntó en voz baja.

Ella sonrió y él supo que la tenía en el bote.

—¿Grace?

Desmond se puso tenso y se volvió hacia la voz masculina. Miró por encima del hombro.

Dos policías uniformados se acercaron a ellos.

—Hola, Miah.

Grace rodeó a Desmond y recibió un abrazo del policía. También saludó al segundo llamándolo por su nombre de pila.

El deseo de encogerse, de pasar desapercibido, se convirtió en una necesidad física. Solo que uno de los agentes lo miraba con aquella expresión de la que solo los policías parecen capaces: con aire de interrogación, acusándolo y juzgándolo.

Desmond los saludó con la barbilla y dejó que Grace hiciera las presentaciones. Cualquier otra alternativa le habría acarreado un montón de problemas.

Mientras les estrechaba las manos y escuchaba unos nombres que no tardaría en olvidar, oyó a Grace decir:

—Trabajaban con mi padre antes de que se retirara.

—¿Ah, sí?

—Conocemos a Grace desde que llevaba esos sujetadores de entrenamiento para niñas.

Grace le dio una palmada en el pecho al policía.

—No le hagas caso, Dylan. Nunca usé un sujetador de entrenamiento. Me puse directamente una copa D.

El agente de mayor edad cerró los ojos.

—Demasiada información, Gracie.

Aquellos hombres tenían mucha confianza con ella.

—Vale, vale… Y ahora ya os podéis ir. Me estáis fastidiando mi cita.

Más besos en las mejillas.

—Encantados de conocerte, Dylan. Ten cuidado con ella. La queremos mucho en esta ciudad.

Grace se rio y trató de ahuyentarlos con las manos.

—Acoso policial. Largaos.

Mientras se alejaban, ella se deshizo en sonrisas.

—¿Qué hay de ese café?

Desmond dejó de esbozar su sonrisa falsa y dio un paso atrás.

—No puedo.

Pasó un tiempo antes de que sus palabras llegaran a los oídos de Grace.

—¿Qué?

—Te he mentido. —Era el momento de darle la vuelta a aquello—. No puedo hacer esto.

Grace cruzó los brazos sobre el pecho.

—¿Me has mentido sobre qué?

—Mi mujer... no ha muerto. Se está divorciando de mí.

Grace puso los ojos en blanco y dejó caer los brazos a los lados.

—Tienes que estar de broma.

Dio un paso adelante.

—Lo sé. Lo siento. En mi defensa, todo lo que te he dicho, el resto, era verdad. No he salido con nadie en años y no tengo ni idea...

—Cállate. —Grace levantó una mano—. Cállate. Menudo gilipollas.

—Por favor, no me odies. Mi esposa tiene problemas mentales y aunque estoy intentando rehacer mi vida, aún me siento responsable de ella.

—¿Se supone que eso tiene que hacerme sentir mejor? ¿Que te justifica? —Lo señaló con la mano e hizo un gesto abarcándolo de arriba abajo—. Mi padre me tiene dicho que no salga con ningún tipo que lleve traje. Me lo tengo merecido.

Se dio media vuelta y echó a andar en dirección contraria.

—¿Grace?

Le enseñó el dedo en el aire mientras se alejaba.

Capítulo 28

Dos veces se había despertado Erin por la noche con el sueño inquieto, y las dos veces Matt la había estrechado entre sus brazos y le había recordado que estaba a salvo. Aunque no había dormido bien, consiguió levantarse e ir la cocina antes de que Matt se despertara. Cuando se reunió con ella, se le deslizó por detrás, le rodeó la cintura con los brazos y apoyó la barbilla en su hombro. Aquella forma de darle los buenos días era algo que Erin siempre ansiaba cuando él entraba en la habitación.

—¿Qué estás haciendo?

—Tortitas.

Le besó el lado del cuello.

—¿Para ayudarme a reponer fuerzas después de anoche?

—Sí, y por favor.

Matt se rio y se apartó para ir a llenarse una taza de café.

—Parece que estás mejor —dijo.

—Lo estoy. Me gusta que hayamos ideado un plan para no tener que cambiarme de nombre ni gastarme todos mis ahorros en otra mudanza.

Él se apoyó en la encimera vestido únicamente con unos vaqueros y su sonrisa.

—Me gustan los planes para que te quedes cerca.

Ella se acercó, lo besó suavemente y volvió a centrarse en el desayuno.

—Tenemos como una hora antes de que llame Renee. Propongo que disfrutemos de la mañana antes del siguiente episodio de caos.

Se sentaron fuera y observaron cómo se despertaba el mundo mientras desayunaban, matando el tiempo despacio hasta que ambos empezaron a mirar el reloj.

—¿No trabajas mañana? —preguntó Erin.

—Me he cambiado el turno. Hasta que tengamos la situación con ese ex tuyo bajo control...

—Tienes que trabajar.

—No te preocupes por mí. Ya me organizaré.

Miró su teléfono para ver la hora. Eran las 8:50.

—Argh.

—Tenemos cena en casa de mis padres a las cinco y media. Grace respondió al mensaje de anoche esta mañana; ha dicho que allí estaría.

Matt le estaba dando conversación para distraerla.

—¿Qué quieres que lleve?

A Matt se le iluminaron los ojos.

—*Brownies*.

—A este paso te vas a convertir en uno tú también.

Se llevó una mano al pecho.

—Yo ya soy demasiado dulce; creo que debería compartirlos con los demás.

Cuando Erin empezó a reírse, le sonó el teléfono. Ambos lo miraron mientras contestaba.

—Hola, Renee.

—Hola. ¿Cómo estás?

—Bien.

—¿Te gustó el refresco de sandía del que te hablé?

—Sí, me gustó mucho. Estaba delicioso.

Matt la miró.

—¿Qué quiere decir todo eso?

—Supongo que tu bombero sigue ahí —dijo Renee.

—Aquí sigo.

—Bien. Tengo muchas noticias.

Matt alargó la mano y le cogió la suya.

—Estamos escuchando —dijo Erin.

—Anoche hablé con el abogado de Desmond y otra vez esta mañana. Me aseguró que Desmond estaba en Grecia y continuó diciendo que amenaza con emprender acciones legales si sigues adelante con otra orden de alejamiento sin fundamento jurídico.

—Alguien manipuló los frenos de mi coche.

—Le sugerí que Desmond podría necesitar buscarse un abogado penalista que lleve temas de violencia de género e intentos de asesinato. —Renee se rio—. Eso le cerró la boca.

—Solo que no tenemos pruebas de que fuera Desmond.

—Ya, pero eso su abogado no lo sabe, y yo solo le digo lo que necesita saber. Total, que esta mañana he recibido la noticia de que Schwarz ha presentado una moción para retirarse del caso.

—¿Qué significa eso? —preguntó Erin.

—Significa que el abogado de Desmond ya no quiere representar a tu marido en este divorcio.

—¿Puede hacer eso? —preguntó Matt.

—Puede intentarlo, pero un juez tiene que dar su visto bueno —explicó Renee—. Nuestros clientes pueden despedirnos sin problemas, pero nosotros lo tenemos mucho más difícil para despedir a nuestros clientes. Schwarz tiene que presentar unos motivos.

—¿Te ha dicho cuáles son?

—Lo que ha declarado se reduce a que él y su cliente no están de acuerdo en cómo proceder con el divorcio.

—¿Diferencias irreconciliables? —preguntó Matt.

—Básicamente. Yo digo que es mentira. Creo que Schwarz sospecha que Desmond está tramando algo y quiere cortar toda relación con él para que no se le puedan exigir responsabilidades.

A Erin empezó a darle vueltas la cabeza.

—¿Por qué iba a tener Schwarz que rendir cuentas de nada?

—Vale… supongamos que te acusan de asesinato y me contratas a mí para que te defienda. Luego me cuentas, acogiéndote al secreto profesional del trato entre abogado y cliente, que es verdad que asesinaste a ese hijo de puta y le metiste sus propias pelotas por la garganta…

—Oye, Renee…

—Lo siento. Una puede tener sus fantasías, ¿no? Bueno, el caso es que, como tu abogada, estoy obligada legalmente a defender tu inocencia mientras ese sea tu deseo. Tengo que hacer todo lo que esté en mi mano para representarte y que te absuelvan de tus delitos. Ahora bien, si me dijeras durante una de nuestras conversaciones que ibas, efectivamente, a cortarle las pelotas a Desmond y a metérselas…

—Te conviertes en cómplice del crimen —acabó de decir Matt.

—Exactamente. Así que Schwarz solicita que se le retire del caso justo cuando amenazamos con pedir otra orden de alejamiento. Ya veis por dónde voy, ¿verdad?

—Schwarz sabe que Desmond no está en Grecia. —Erin miró a Matt. Ya habían llegado a esa conclusión—. Seguimos sin tener pruebas de que esté aquí. Anoche le enseñamos su foto a la familia de Matt. Nadie lo reconoció.

—Hoy le enseñaré su foto a más personas —le explicó Matt a Renee—. Mi padre es un sheriff jubilado. Conocemos a mucha gente en la comunidad.

—Perfecto. Pondré en marcha el proceso.

—Gracias.

Erin creía que ya habían terminado, pero Renee siguió hablando.

—Hay otra novedad.

—¿Cuál?

—Tu padre ha llamado a mi despacho esta mañana.

—¡¿Qué?! —expresó su sorpresa en forma de grito.

—Sí. Mi ayudante habló con él. Le dijo que sabía que yo era tu abogada y que iba a venir en avión a Seattle para reunirse conmigo.

Erin miró a Matt y negó con la cabeza.

—¿Por qué? ¿Cuándo?

—No estoy segura de por qué. Va a venir esta mañana. No tengo que hablar con él si no quieres que lo haga.

La invadió una oleada de emociones que no supo identificar.

—Debe de querer algo. Seguramente Desmond lo ha convencido de que estoy enferma o algo así. ¿Qué fue lo último que...? ¿Síndrome de Munch...?

—Munchausen. Puede ser. O tal vez tu padre ha entrado en razón. He tenido muchos familiares de clientes que se ponen en contacto conmigo cuando estos adoptan una nueva identidad. Por remordimiento, porque se arrepienten de algo... por muchas razones. Porque algún familiar está muriéndose... Ahora mismo está volando desde Chicago en lugar de enviarme un correo electrónico, lo que me indica que no quiere dejar ningún rastro documental de lo que sea que tiene que decirme. Sugiero reunirme con él e informarte luego a ti. Daño no va a hacer.

—Vale. Aquí tú eres la experta.

—Mientras tanto, estate tranquila. Parece que cuentas con una buena red de apoyo, cosa que no tenías la última vez. Utilízala. Puede que esta tarde a última hora tenga noticias. Si no, quedamos mañana a la misma hora.

—Gracias, Renee.

Cuando Erin colgó, se dio cuenta de que tenía la vista fija en uno de los gigantescos robles del centro del césped. El corazón le palpitaba con normalidad en el pecho, pero, aun así, notaba un latido constante en las venas.

—¿Estás bien? —le preguntó Matt.

—Mi padre siempre se puso del lado de Desmond. Estoy segura de que quiere reunirse con Renee en persona para tratar de amenazarla con algún tipo de acción legal o algo así.

—No malgastes tu tiempo preocupándote por Renee. Parece una mujer inteligente. Me ha gustado especialmente que quiera darle de comer sus propias pelotas a tu ex.

Matt siempre la hacía reír.

—A mí también me gusta mucho esa idea —añadió Erin.

—Es una lástima, pero me consta que meten a los presos masculinos y a las presas femeninas en cárceles separadas... así que vamos a tener que darle de comer sus pelotas solo en sentido figurado.

Erin dejó caer la cabeza sobre el hombro de él.

***

—No puedes renunciar, joder. Te pondré una demanda. Haré que te inhabiliten.

—Es un caso de divorcio, Brandt. Un caso en el que tu futura exmujer no reclama la mitad de la casa, ni pensión alimenticia, ni siquiera dolor y sufrimiento. Pese a que los dos sabemos que estaría en su derecho. Mi renuncia como abogado no te va a causar ningún quebradero de cabeza económico.

Desmond no se esperaba aquello.

—¿Me estás acusando de algo?

—Por supuesto que no. No veo ninguna razón para que el tribunal no me conceda la renuncia en este caso. Así que de aquí al juicio te sugiero que te busques un nuevo abogado. Vas a necesitarlo.

Se pasó una mano por la barba.

—¿Qué coño significa eso?

—La abogada de tu mujer va a seguir adelante con la orden de alejamiento. Estoy obligado a decírtelo. Ahora que ya lo he hecho, he terminado. Te enviaré mi última minuta a finales de semana.

—Vete a la mierda. Puedes reclamármela en los tribunales.

—De acuerdo.

Schwarz colgó y Desmond perdió el control. Su teléfono salió volando disparado por la habitación del hotel. Tuvo una muerte rápida y le dejó con ganas de golpearle a algo más voluminoso. El tugurio en el que se había registrado cuando Grace se fue estaba en el valle de San Fernando. Era una porquería de sitio, pero no podía arriesgarse a alojarse en Santa Clarita, donde el departamento del sheriff tenía una estrecha relación con la familia Hudson. Habría estado bien saber ese dato antes de abordar a Grace, para empezar.

Ahora se daba cuenta de que había sido un error.

Pero tenía aquello. Solo necesitaba un par de días más.

Y ropa nueva.

Llevar traje en aquella ciudad llamaba la atención.

En casa, tenía a todos los médicos a punto y una institución preparada para su esposa enferma cuando volvieran allí.

Solo que ahora había que recurrir a medidas desesperadas.

Sí… a veces era necesario tomar cartas en el asunto uno mismo para ayudar a tus seres queridos.

***

Matt no se molestó en llamar a la puerta de sus padres. No esperaban que lo hiciese y lo cierto es que lo regañaban cuando lo hacía.

Erin se había esmerado más que de costumbre en lucir buen aspecto cuando salieron de su casa, Matt lo sabía porque la había visto cambiarse tres veces antes de decidirse por el primer vestido que había elegido. Pasaron por la casa de él, donde preparó una bolsa con unas mudas de ropa y artículos básicos para varios días, y como el parte meteorológico había anunciado que los vientos de Santa Ana iban a soplar los próximos días, también se llevó un uniforme. Puede que hubiera conseguido cambiar uno de sus turnos, pero si se declaraba un incendio, no tendría más remedio que ir a trabajar. Además, después de hablar con sus compañeros y, sobre todo, con su padre, se les había ocurrido un plan mejor que hacer que Matt estuviera al lado de Erin las veinticuatro horas del día.

Erin se alisó el vestido de verano que había elegido y se atusó el pelo cuando entraron por la puerta.

—Estás preciosa —le dijo él.

Con la hornada de *brownies* que había preparado Erin en una mano y la mano de ella en la otra, Matt avanzó por el corto pasillo hasta la cocina y sala de estar, todo en un solo espacio, de la parte de atrás de la casa.

—¿Hola? —dijo.

—¡Estamos aquí fuera! —gritó su madre desde el otro lado de las puertas cristaleras del jardín trasero.

Su padre estaba frente a la barbacoa y su madre y Grace estaban sentadas bajo una sombrilla cuya sombra abarcaba los muebles del patio.

Grace se levantó y abrazó a Erin antes de acercarse a él.

—Siento no haber podido ir anoche —se disculpó con un gruñido.

—¿Cómo te fue la cita? —preguntó Erin.

—Un completo desastre.

—Oh, no.

—Empezó bien. La cena fue estupenda y la conversación también. Hacia el final, me informó de que está casado.

—¿Eso no suele preguntarse antes de salir a cenar con alguien? —preguntó su padre desde la barbacoa.

—Habíamos hablado de eso y... Oh, sorpresa... Me mintió. La historia de mi vida.

Erin la abrazó.

—Lo siento.

—Yo también.

Matt se acercó a la barbacoa junto a su padre y examinó la parrilla.

—No te hagas ilusiones: solo es pollo. El médico dice que tengo el colesterol alto y tu madre me ha puesto a dieta.

—No es que te contengas mucho con la comida, papá.

—Espera a tener mi edad y no ir corriendo por ahí apagando incendios. Tú también tendrás una barriga cervecera. —Emmitt se dio unas palmaditas en la tripa—. Este es tu futuro, campeón.

Matt miró por encima de su hombro y vio que Erin se reía de algo que estaba diciendo su hermana.

—Si mi futuro implica estar con una mujer que me quiera lo suficiente como para ponerme a dieta y así poder tenerme a su lado unos años más, rodeado de mi familia… Me quedo con el michelín que viene con ese futuro.

Su padre bajó la voz.

—Esta me gusta para ti, Matt. Se te ve muy bien.

—Estoy bastante colado.

—¿Y el sentimiento es mutuo?

Matt asintió.

—Pero es un poco complicado.

—¿Y eso?

—Por eso estamos aquí. Tenemos que hablar de algo con vosotros. Necesitamos pediros consejo.

—Parece algo serio.

Matt asintió.

—Lo es.

Veinte minutos más tarde, sirvieron el pollo acompañado de una ensalada de verano y mazorcas de maíz.

A mitad de la comida, Matt advirtió que Erin había dejado de comer. Sabía que la conversación pendiente le estaba pesando y que querría abordarla cuanto antes. Así que en lugar de esperar a que Erin sacara el tema, fue Matt quien empezó a hablar.

—Seguramente os preguntaréis por qué hemos pedido organizar una reunión familiar así, de improviso —dijo Matt.

—No necesito una excusa para pasar tiempo con mis hijos —señaló Nora.

—Lo sé, mamá, pero nos vendría bien oír vuestro consejo y, lo que es más importante, queremos informaros de algo que ha ocurrido.

Matt pasó los siguientes diez minutos repitiendo la misma conversación que había mantenido varias veces esos últimos días. Primero, cuando supo los detalles sobre el pasado de Erin. Luego, al hablar con su abogada mientras se desarrollaban los acontecimientos, y una vez más, la noche anterior, cuando habían hablado con Colin, Parker y la familia de esta.

Uno a uno, los miembros de su familia dejaron de comer y permanecieron inmóviles en sus sillas, asimilándolo todo.

Matt observó la mandíbula de su padre y vio cómo un nervio le tiraba de la comisura derecha del labio, señal inequívoca de que la ira se estaba apoderando de él. Se agitaba, como un tic incontrolable, hasta que no podía más y estallaba.

—Así que este hombre es el responsable del accidente —concluyó Emmitt una vez que Matt terminó de relatar la historia, que parecía de telenovela.

—Eso es lo que creemos.

—¿Y cuándo cortó los cables? ¿Mientras estábamos comprando el vestido? —preguntó Grace.

—El aparcamiento estaba oscuro y lleno de coches, así que... —dijo Erin.

—¿Ya has presentado la denuncia en la policía? —preguntó el padre.

—Tenemos el parte del accidente. En cuanto Erin identifique a Desmond como posible sospechoso, él sabrá cuál es su nuevo nombre y dirección, así que estamos esperando a hablar con su abogada o a tener pruebas de que ha estado aquí, en la ciudad. Estamos pendientes de un par de cosas.

—¿Cómo qué? —preguntó Grace.

Habló Erin.

—El abogado de Desmond ha renunciado a seguir representándolo en el juicio de divorcio. Mi abogada ha solicitado una segunda orden de alejamiento por la vía de urgencia.

—Parece que el hombre está perdiendo a su equipo —señaló Emmitt.

—Tiene dinero. Contratará un abogado nuevo.

Matt vio cómo su padre se ponía de pie y empezaba a caminar arriba y abajo.

—¿Cuál es su motivación? Siempre puede encontrar otra mujer a la que pegar. Los hombres como él casi siempre atraen a mujeres débiles. —Levantó la vista—. Lo siento.

—No, no pasa nada —dijo Erin, poniendo buena cara. Sin embargo, Matt sabía que la observación de su padre era un duro golpe.

—Ha retrasado el divorcio… ¿por qué? ¿Vas a pedirle una cantidad cuantiosa cada mes? —Su padre seguía disparándole preguntas.

—No. Me fui yo. No quiero su dinero.

—¿Y él…? ¿Te ha pedido algo?

Erin se inclinó hacia adelante y negó con la cabeza.

—No ha pedido nada. Pero mi abogada descubrió hace poco, durante el proceso de preparación del juicio de divorcio, que las acciones de la empresa de Desmond que nos regaló mi padre están a nombre de los dos. Cree que Desmond me está tendiendo una trampa para que tenga que darle mis acciones.

—¿De cuánto dinero estamos hablando? —preguntó Grace.

Matt miró a su hermana.

—Es una empresa que cotiza en Bolsa, por valor de miles de millones de dólares.

—¡Ya está! —Emmitt volvió a sentarse—. El dinero es una motivación muy poderosa. Sigue el rastro del dinero y encontrarás al delincuente.

—¿Así que eso es algo bueno?

Emmitt negó con la cabeza.

—No según mi experiencia. Los crímenes pasionales son algo por lo que solo tendríais que preocuparos vosotros dos: iría a por ti, Matt, porque estás con Erin; e iría a por Erin para que sea solo suya. Sin embargo, cuando el dinero es la motivación, hará lo que sea para que el resultado le favorezca. De ahí el sabotaje de los frenos del coche. No le importa a quién haga daño con tal de llegar hasta ti —explicó Emmitt, señalando a Erin—. Si tienes acciones de su empresa y tiene miedo de perderlas en el divorcio, la única manera de conservarlas es heredándolas a tu muerte... o consiguiendo que, de algún modo, un tribunal te declare incapacitada psicológicamente.

Matt intercambió una mirada con Erin.

—El síndrome de Munchausen —murmuró.

—¿Perdón? —preguntó Nora.

Erin sacudió la cabeza.

—¿Cómo no lo he visto antes? Lleva años detrás de esto.

—La abogada de Erin nos explicó que Desmond ha argumentado que Erin padece el síndrome de Munchausen. Que es un trastorno, o una enfermedad mental, que hace que la gente finja tener una enfermedad o llegue incluso a autolesionarse para obtener la atención que recibe alguien cuando está enfermo. —Matt cogió la mano de Erin y se la apretó—. Intentará demostrar que has sido tú quien ha manipulado el sistema de frenos.

—Ni siquiera sabría cómo localizarlos en el coche —dijo Erin.

—Ese hombre parece un loco —dijo Nora.

Emmitt acarició la mano de su mujer.

—Está loco, pero no es estúpido. Lo único que tiene que hacer es convencer a un psiquiatra de que Erin es una amenaza para sí misma: ella dice algo de forma que pueda ser tergiversado para darle la razón al exmarido y luego la ponen a ella bajo observación durante setenta y dos horas. Luego ya se trata de demostrar que no eres ninguna amenaza. Y cuanto más gritas diciendo que no lo eres, más creen que sí lo eres.

—O se trata de pagarle a un médico —dijo Erin.

—Mierda… Y yo que pensaba que estaba teniendo una semana dura… Lo siento mucho, Erin —dijo Grace.

Siguieron asimilando los hechos mientras permanecían en silencio. Finalmente Matt preguntó:

—¿Qué hacemos, papá?

—Ese hombre saboteó los frenos… o contrató a alguien para que lo hiciera por él. Ya ha cruzado la línea. Haremos circular su foto entre mis amigos y los tuyos. Avisaremos a toda la familia para que esté atenta. No me importa lo que diga tu abogada: tienes que ir a comisaría a poner una denuncia. Hay que jugar al ataque y defender a la vez. ¿Quién tiene ventaja?

—El que pega primero —dijo Matt.

Su padre lo señaló.

—Correcto.

Matt se sintió mejor sabiendo que tenían un plan y una misión. Por mucho que quisiera confiar en Renee, confiaba más en su padre.

—Bueno, ¿y qué cara tiene ese cabrón? —preguntó Grace.

Erin se sacó el teléfono del bolso y se acercó a ella.

—Procura no preocuparte, hijo. Eso te impide pensar con claridad. Os vamos a sacar a los dos de esta situación. —Su padre se le acercó y le dio una palmadita en la espalda.

—Aquí está.

Erin le pasó el teléfono a Grace.

Grace amplió la imagen y emitió un ruido entrecortado que le salió del fondo de la garganta. Se puso muy pálida, se levantó de un salto y corrió hacia el interior de la casa.

—¿Gracie?

Matt corrió tras ella, seguido del resto de la familia. Grace entró directamente al baño más cercano y vomitó toda la cena.

—Espero que no haya sido por culpa de mi pollo —dijo Emmitt, dándose media vuelta.

Erin se colocó detrás de Grace y le sujetó el pelo mientras Nora abría el grifo y humedecía una toalla.

—Oh, Dios mío…

Matt estaba a punto de salir del baño.

—Desmond es el hombre con quien salí a cenar anoche.

Capítulo 29

Haber crecido en un hogar del que su madre se fue antes de que ella hubiera cumplido los diez años y con un padre que toleraba su existencia contratando niñeras y enviándola a los campamentos de verano hacía que la idea de Erin de lo que era una familia estuviese muy distorsionada. Lo veía ahora que estaba sentada en la sala de una comisaría de policía, delante de un inspector y un agente de uniforme que era amigo de Matt, al lado del señor y la señora Hudson, y junto con Matt y Grace. El apoyo y la comprensión de aquella familia la dejaban sin habla. Si aquella hubiera sido su familia todos esos años, no se habría quedado al lado de Desmond después de la primera paliza. Y lo más probable es que Desmond se hubiera comido sus propias pelotas de verdad.

En cuanto Grace se enjuagó la boca, Emmitt les había dicho a todos que se subieran al coche. Entró en la comisaría como si aún llevara el uniforme.

Estuvieron dos horas prestando declaración y documentando todo lo que sabían que era cierto. Y como no podían demostrar lo contrario y, además, les convenía, trabajaron con la suposición de que el sabotaje de su coche había tenido lugar en Santa Clarita, antes del trayecto a Los Ángeles.

Grace permaneció dolorosamente en silencio durante todo aquel calvario, y cuando salieron de la comisaría, se puso a andar al lado de Erin y entrelazó su brazo con el de ella.

—Me siento como una idiota.

Era el turno de Erin de consolar a Grace.

—Es un maestro de la manipulación, y derrocha encanto y carisma. Debería dedicar sus días a escribir un libro sobre el arte de mentir y salirse con la suya.

Grace se rio a su lado mientras caminaban por el aparcamiento.

—Pareces mucho más tranquila ahora que antes.

Erin inspiró el aire fresco profundamente.

—Entrar ahí dentro y poder emprender por fin acciones legales que realmente vayan a hacer pagar a Desmond por todo lo que me ha hecho, por lo que nos ha hecho a todos, hace que me sienta como si acabara de correr una maratón y hubiera ganado. Sí, cuando termine todo esto estaré cansada y debilitada, pero ahora mismo me siento muy bien. Él se alimentaba de mi miedo, ¿y sabes una cosa? Ya no estoy en el menú.

—¿Por qué crees que me abordó a mí? —le preguntó Grace.

—Para demostrar que podía hacerlo. Para asustarme y someterme.

Grace se detuvo junto al coche de sus padres.

—Está claro que, después de la separación, no esperaba que tuvieras el par de ovarios que tienes.

Erin se echó a reír con Grace. Abrazó a la otra mujer con fuerza.

—Si te hubiera hecho daño, eso me mataría —le dijo Erin al oído.

Grace se apartó y la miró a los ojos.

—Bueno, pues no lo hizo. Y no habría sido tu culpa si lo hubiera hecho. No tendrá una segunda oportunidad.

Eran unas palabras preciosas, aunque Erin no las creyera del todo.

—¿Te invitó a la cena al menos?

Grace volvió a reírse.

—Sí. Y además, pedí el vino más caro.

Matt se reunió con ellas, junto con Nora y Emmitt, y dio una palmada.

—Muy bien. Mamá y papá te llevarán a casa para que hagas la maleta. Puedes quedarte con ellos o con nosotros —le dijo a Grace.

—Oh, anda ya…

—¿Gracie? —La voz de Emmitt zanjó cualquier discusión.

—Vaaale. Al menos la cama de la habitación de invitados era la mía. Será mejor que tener que aguantaros todo el día dándome la paliza diciéndome que nunca voy a encontrar novio…

Matt le dio una palmadita en la espalda.

—En realidad, la idea era que te quedaras en la casa de Parker y Colin.

—Claro, porque eso es mucho mejor… —Grace puso los ojos en blanco.

Nora se acercó a Erin para darle un abrazo.

—Cualquier cosa que necesites…

—Gracias —dijo Erin.

—Hablaremos todos los días —anunció Emmitt.

—Siento mucho estar acarreándoos tantos problemas. —Y lo sentía de verdad.

—¿Jovencita? —Emmitt encontró su voz de padre de familia, la que Erin sabía que existía en algún sitio, pero que no había oído nunca hasta entonces.

—¿Sí, señor?

La miró fijamente a los ojos. No había rastro de humor en su rostro.

—Que sea la última vez que te disculpas por unos actos que no son responsabilidad tuya. ¿Me entiendes?

Y abrió los brazos y la abrazó.

***

—Tengo a tu padre en mi despacho. Creo que vas a querer escuchar lo que tiene que decir.

Habían llamado a Renee la noche anterior para informarla de que tenían pruebas de que Desmond estaba allí y que habían acudido a la policía. Ahora eran las nueve de la mañana y Renee había llamado a la hora prevista.

—Hace años que no dice nada que merezca la pena escuchar. ¿Por qué ahora iba a ser diferente?

—El arrepentimiento es una emoción muy poderosa. No tengo ningún problema para decirle que se vaya a paseo si eso es lo que quieres, pero voy a actuar en tu interés, y ahora mismo creo que eso consiste en escuchar lo que tiene que decir.

Ella y Matt estaban tumbados en la cama tomando café cuando Renee llamó, y en ese momento él la miraba fijamente.

—Depende de ti, Erin. El hecho de escucharlo no significa que tengas que hacer nada.

Era el momento de enfrentarse a sus demonios. Y hablar con su padre era uno de ellos.

—Está bien.

—Dame dos minutos. Volveré a mi despacho y te pondré en altavoz.

Erin sostuvo el teléfono en la mano y cerró los ojos.

—Cariño, en el momento en que quieras colgar, el botón está ahí mismo. Tan sencillo como eso —le dijo Matt.

—Siempre dices lo que necesito oír —contestó Erin.

Matt le guiñó un ojo.

—Es que he ido a clase.

El teléfono hizo un chasquido.

—¿Sigues ahí? —preguntó Renee.

—Seguimos aquí —respondió Erin.

—Bien, señor Ashland. Estamos en horario de trabajo y mis horas las facturo a quinientos dólares la hora.

La voz grave del padre de Erin inundó la línea.

—¿Maci?

—Estoy aquí.

—Dios… Empezaba a creer que no volvería a escuchar tu voz.

No eran las palabras que ella esperaba.

—Pues yo estaba convencida de que eso era justo lo que querías cuando me dijiste que madurara y resolviera mis problemas yo solita. —Le lanzó aquel ataque tan rápidamente que esperaba que la cabeza le empezara a dar vueltas y acabara escupiendo la primera papilla.

—Me lo merezco.

—¿Para qué querías hablar conmigo? —dijo, porque no tenía ningunas ganas de reavivar el fuego del pasado.

—Llamé a tu abogada para informarla de que Desmond te había localizado. Y como tu deseo de desaparecer bajo una identidad nueva llegaba hasta el extremo de cortar todos los lazos con tu hermana, supe que me había equivocado al juzgar al hombre con el que te casaste. Al arrancarme de tu vida, lo entendí todo: he sido un mal padre.

—Ya lo puedes decir.

—El caso es que…

—No. Ya lo puedes decir otra vez; no estoy segura de haberlo oído bien la primera vez.

Oír a su padre respirar hondo y admitirlo de nuevo valía un mundo para ella.

—He sido un padre horrible. No os merecía a ti ni a tu hermana, y no me di cuenta de lo vacía que estaba mi vida hasta que ya me había hundido en el fango de las mentiras de Desmond, creyendo que tenía razón sobre ti.

—¿Con respecto a qué?

—Me dijo que estabas enferma y que había estado ocultando tu enfermedad desde que os casasteis. Cuando Helen se presentó en mi puerta un mes después de que te fueras, se ensañó conmigo. Me echó la culpa de todos y cada uno de tus moratones. Me enseñó las cartas que le habías enviado la semana que te fuiste.

Erin recordaba bien las cartas. Era la despedida de su hermana por escrito y una advertencia para que no intentara encontrarla porque, si lo hacía, se arriesgaba a que Desmond la utilizara a ella como cebo o localizara a Erin, lo que tendría consecuencias terribles. Cada una de las cartas describía, pormenorizadamente, el infierno que era su matrimonio. Más que pruebas en sí, las cartas eran un testimonio en caso de que le ocurriera algo. Erin sabía que Helen lucharía por ella, en su memoria, si la cosa llegaba a ese extremo.

—Siento no haberte escuchado, Maci. Lo siento muchísimo.

Erin cerró los ojos.

—No estoy preparada para aceptar tus disculpas.

—Me parece justo. Me basta con que me escuches. Aparte de para oír tu voz y asegurarle a tu hermana que estás bien, he venido al bufete de tu abogada para prestarte apoyo emocional, si lo aceptas, y económico…

—No quiero tu dinero.

Renee se aclaró la garganta.

—Quinientos dólares la hora, Maci. Acepta el dinero.

Aquel no era el momento.

—También tengo información sobre algunas cosas —dijo su padre.

—Ahora es cuando la cosa se pone interesante. Escuchad —les pidió Renee.

—Le he traído a Renee una copia del regalo que os hice a ti y a Desmond en lo que respecta a Vertex. Conjuntamente, Desmond y tú sois dueños del cincuenta y uno por ciento de las acciones de la compañía.

—Eso ya lo sé.

—De forma conjunta, conviene recalcarlo. Si desglosamos esa cifra, independientemente, tú posees el veinte por ciento y Desmond el treinta y uno. Te regalé esas acciones como herencia. Esto no es algo que Desmond pueda quitarte cuando te divorcies. Yo sí veía eso como un problema para la hija de un hombre rico.

—Desmond me dijo que era mi dote, y que tú se la regalaste.

—Yo le otorgué el derecho de poder controlar y dirigir la empresa, cosa en la que tú no mostraste ningún interés, pero las acciones te pertenecen a ti.

—No es así como me lo explicaron.

—Debería haber insistido en que fueras a clases de dirección y administración de empresas en la universidad —dijo—. De todos modos, desde que solicitaste el divorcio y tu hermana me hizo ver la luz, poco a poco he empezado a adquirir o intercambiar acciones de mis otras empresas y ahora poseo el treinta y tres por ciento del total, distribuido bajo varios nombres. Tú no eres la única de la familia que sabe operar bajo otras identidades.

—¿Con qué fin?

Su padre lanzó un suspiro.

—Yo me muevo en el mundo de las finanzas. No se me conoce por entrar en los bares y liarme a puñetazos para hacer una demostración de fuerza. Lo mío es el arte de las adquisiciones de empresas. Ahora tú y tu hermana sois dueñas del cincuenta y tres por ciento de Vertex y tenéis potestad para echar al director general y sustituirlo por alguien mentalmente competente.

Erin se quedó boquiabierta.

—No hablas en serio…

—Soy un padre pésimo —le dijo—, pero lo de ser un tiburón de los negocios se me da bastante bien.

Matt le apretó la mano.

—Estoy examinando la documentación del regalo de bodas, Maci. Está todo en regla, sin fisuras de ninguna clase. Estoy segura de que Desmond lo sabe y por eso está perdiendo la cabeza.

Matt habló por primera vez.

—Cuando Desmond se entere de que ha sido destituido como director general, eso lo hará aún más peligroso.

—¿Quién habla? —preguntó su padre.

—Mi nombre es Matthew Hudson, señor Ashland. Y no tengo ningún problema para liarme a puñetazos si eso significa proteger a su hija.

Erin sonrió ante su vehemencia y se llevó la mano a la cara.

—No te falta razón, Matt. Y por eso el señor Ashland y Helen no han anunciado nada todavía —les dijo Renee.

—He hablado con las autoridades tanto de Chicago como de California. Creemos que lo más prudente sería atraer a Desmond de vuelta a la oficina, donde podremos tenerlo vigilado mientras esto se hace público. Lo que podría ser la mejor manera de mantenerte a ti a salvo.

Erin frunció el ceño.

—¿Cómo sabías que estaba en California?

—El pasado mes de mayo te vieron en el aeropuerto de Los Ángeles. Puede que haya contratado a unos cuantos detectives para encontrarte.

—¡Papá!

—Lo siento. Sé que no es lo que querías, pero tenía que saber que Desmond no te había encontrado primero.

—Pues me encontró.

—Sí, lo sé. Y no es propio de mí pedir permiso para esto, pero lo voy a hacer. Me gustaría ir ahí y acompañarte de vuelta a Chicago…

—Ahora mi vida está aquí. —Erin miró a Matt mientras hablaba—. Aquí hay gente que me quiere.

—No es algo definitivo, es solo para que Desmond se aleje de las personas que te importan.

—Tengo que pensarlo.

Matt asintió con la cabeza, de acuerdo con ella.

—Esperaré.

Una ráfaga de viento sacudió la ventana del dormitorio.

Erin se sentía un poco incómoda al no saber exactamente cómo despedirse.

—Sé que no estoy en situación de pedir favores —dijo su padre—, pero te lo voy a pedir de todos modos.

—De acuerdo…

—Llama a tu hermana.

Erin se llevó una mano al pecho. ¿Podía llamarla?

—¿Renee?

—Ya están todas las cartas boca arriba. No hay ninguna razón por la que no puedas llamarla.

Solo de pensar en la voz de su hermana se le llenaron los ojos de lágrimas.

—Gracias.

—Volveré a llamarte al final del día —dijo Renee—. Todo esto son buenas noticias, pero ve con cuidado. Si Desmond se entera de algo de esto…

—Lo sé. Confía en mí. Sé de lo que es capaz ese hombre cuando monta en cólera.

Matt cogió el teléfono.

—Gracias, Renee. Señor Ashland. Estaremos en contacto.

Cuando terminó la llamada, ambos se quedaron mirando el teléfono.

—¡Puedo llamar a Helen!

Erin se inclinó hacia delante, besó a Matt y cogió el teléfono.

Marcó el número y se acercó el aparato a la oreja.

—¿Diga?

En cuanto sonó la voz de su hermana, Erin empezó a llorar y Matt salió de la habitación.

—Helen, soy yo.

—¿Maci? ¡Maci! —Helen gritó su nombre—. ¿Estás bien? Por favor, dime que estás...

—Estoy bien.

—¿Te ha...?

—No, Helen. Bueno... no... —No quería entrar en todo eso. Todavía no—. No sabes cuánto me alegro de escuchar tu voz.

Helen se puso a llorar.

—Creí que nunca más volvería a saber de ti.

—Ya somos dos.

—¿Qué ha cambiado? —Helen aspiró una brusca bocanada de aire—. ¡Oh, no! No, no, no... Te ha encontrado... Dios, te ha encontrado, ¿verdad?

Aunque le habría gustado poder negarlo, Erin pasó los siguientes diez minutos explicándole lo sucedido.

—Estoy rodeada de gente que me protege. Ahora cuento con una red de apoyo muy fuerte.

—¿Dónde estás? Quiero ir a verte.

—Eso va a tener que esperar. Sabemos que Desmond está cerca. Si vienes, eso le proporcionaría un nuevo objetivo. Cuando la policía lo detenga, la situación será segura y podrás venir.

—Quiero verte, tanto si la situación es segura como si no. —Su hermana siempre había sido más directa que ella.

En lugar de seguir hablando de eso, Erin cambió de tema:

—He hablado con papá.

—¿Te ha contado lo de las acciones?

Su maniobra había surtido efecto.

—Me lo ha contado todo. Es como si no estuviera hablando con el mismo hombre.

—Cuando desapareciste, fui a hablar con él. Al parecer, algo de lo que le dije hizo mella en él. Al principio creo que pensó que estaba exagerando, pero luego Desmond se puso en contacto con él y empezó a hablarle de tu trastorno mental. Fue entonces cuando se dio cuenta de la gravedad del asunto. Me aseguró que había contratado a un equipo de detectives privados para encontrarte y luego me habló de las acciones.

—¿Qué te parece todo eso?

—Hermana, estaría dispuesta incluso a ir a la cárcel con tal de joder a ese hombre. Darle donde más le duele, en el bolsillo, es lo menos que puedo hacer. Pero es que, encima, lo que estamos haciendo es legal, y le va a doler, y sin que mis hijos tengan que echarme de menos.

Erin se hizo un ovillo en la cama y pasó la siguiente hora hablando de sus sobrinos. Para cuando llegó el momento de colgar, estaba sentada en el suelo junto a un enchufe, cargando la batería del móvil, y había hablado largo y tendido de Matt, de Parker, de Colin y de todos. La conversación había saltado de un tema a otro, desde Desmond hasta la nueva vida de Erin, pasando por Helen y su familia. Al final, Erin le prometió que se comunicaría con ella a diario, aunque solo fuera por mensajes de texto, para hacerle saber que estaba bien.

Cuando colgó, se dio cuenta de que ya iba siendo hora de devolverle los golpes a Desmond. Y si volver a Chicago era un paso en esa dirección… eso era justo lo que tenía que hacer.

Pero su hogar ya no estaba allí. Así que, además de un propósito, su regreso iría acompañado de un billete de ida y vuelta.

Capítulo 30

Puede que Desmond estuviese de vacaciones, pero siempre llamaba a la oficina para controlar cómo iba todo, como haría cualquier buen director general. Mientras llamaba por teléfono, se miró en el espejo. El hombre que le devolvía su reflejo no se parecía en nada a él. Después de apenas un par de días, la barba normalmente cuidada empezaba a dar muestras de dejadez. Llevaba una gorra de béisbol horrorosa, una camiseta de manga corta y unos pantalones propios de un miembro de las fuerzas armadas, y no del presidente de un consejo de administración.

Había encontrado una ruta de senderismo que daba a la propiedad en la que vivía Maci y, con unos prismáticos, había estado observando la casa desde una ladera arrasada por el fuego.

Nunca estaba sola.

Estuvo a punto de ceder y contratar a alguien para acabar con el problema, una solución fácil cuando encontrabas al sujeto adecuado. Sin embargo, no confiaba en que pudieran llevar a cabo el trabajo sin implicarlo a él. Entonces, como para demostrar que, efectivamente, llevaba razón en su planteamiento, el pronóstico del tiempo anunció vientos huracanados para los siguientes días.

¿Y qué mejor con los vientos de California que arrojar una colilla encendida en medio de la autopista? Los medios justificaban el fin y toda esa historia.

Por el momento, miró más allá del desaliño que se reflejaba en el espejo y se prometió a sí mismo que, en cuanto volviera a casa, le haría una visita a su sastre.

—Buenos días, Keller.

Si es que... él era un jefe estupendo. Incluso se dirigía a su secretario con un cortés saludo.

—Señor Brandt. Sí, buenos días.

—¿Cómo van las cosas por ahí durante mi ausencia?

Desmond lo escuchó durante diez minutos mientras Keller le hablaba de las cuentas de la empresa y de un problema en los envíos de suministros que venían de China. Disponía de personal en todos los departamentos para ocuparse de cualquier incidente, cosa que señaló en cuanto Keller dejó de parlotear.

—Pues parece que lo tengo todo bajo control —le dijo a Keller.

—Sí, claro que sí, señor Brandt. Me dijeron que lo informara, cuando llamara, de que hay una junta de accionistas programada para el viernes.

Desmond se frotó el puente de la nariz.

—Sí. Bueno, todavía no habré resuelto mis asuntos en Grecia. Diles que cambien la fecha.

Keller hizo una pausa.

—Mmm... Bueno, con respecto a eso... Sí, ellos me han dicho que lo informe de que la reunión seguirá adelante con o sin usted, señor.

Desmond bajó la mano y se quedó mirando su reflejo.

—¿Quiénes son ellos?

—¿Señor?

—«Ellos». ¿Quiénes son quienes te han dicho que me informes sobre la junta de accionistas?

—El ayudante del señor Forrest dijo que venía directamente de él.

Forrest... su director financiero.

—Ponme con él.

—Sí, señor.

Atendieron su llamada inmediatamente.

—Así que no estás muerto. —Forrest no parecía contento.

—¿Qué demonios está pasando ahí? ¿Me cojo unas simples vacaciones y de repente la gente me dice lo que tengo que hacer?

—Llevas fuera varias semanas. No somos Europa. Aquí no se cierra nunca.

Desmond no estaba dispuesto a dejarse reprender por un subalterno.

—Tienes que reprogramar la junta de accionistas.

—No puedo hacer eso. No soy accionista, solo soy el director financiero.

—Dile a Al que lo haga. —Su vicepresidente de operaciones se encargaba de la mayor parte de las operaciones diarias y poseía un pequeño porcentaje de la empresa.

—No va a poder ser. Al lleva toda la semana de baja. Algún tipo de virus gastrointestinal.

—Maldita sea, Forrest…

—Antes de que empieces a insultarme, creo que deberías saber que no hay tantos nombres en la lista de accionistas como hace seis meses.

—¿De qué estás hablando?

—Hay menos. Ya sabes. La gente compra y vende acciones todos los días.

A Desmond le empezaron a sudar las palmas de las manos.

—¿Qué me estás diciendo?

—Esto ya lo he visto antes. Los accionistas exigen reuniones cuando se avecinan grandes cambios. Tengo que saberlo… ¿Has vendido?

—¿Vender qué? ¿Mi empresa? ¿Estás loco?

—Oye, tenía que preguntártelo. Alguien está forzando esta junta de accionistas, y si no estás aquí para representarte a ti mismo, nadie sabe qué puede pasar.

—Estoy empezando a cabrearme.

—La maniobra tiene muy asustado al personal de dirección. Algunos hablan de adquisición y otros ya están buscando trabajo fuera.

—No hay ninguna adquisición en marcha, joder. Soy dueño del cincuenta y uno por ciento de Vertex. Todo sigue como siempre. Dile a Al que vuelva a la oficina de una puta vez y vomite en su baño privado. Volveré el viernes para recordarles a todos que soy el dueño de Vertex y que, si quieren conservar sus puestos de trabajo, harían bien en no olvidarlo. —Colgó el teléfono—. Menuda puta mierda.

***

Austin se acercó a la enorme mesa de comedor de la parte delantera de la casa, ante los ventanales con vistas a toda la propiedad. Llevaba una de las escopetas de los Sinclair en la mano. Soltó el arma y levantó la vista.

—Francamente, no veo cuál es el problema. Puede que solo tenga dieciocho años, pero no me faltan huevos. Parker puede pegarle un tiro a cualquiera sin inmutarse, y Erin sabe defenderse como una jabata. Y por si eso no fuera suficiente, Colin estará en casa antes de que anochezca, ¿no?

Colin asintió.

—Tiene razón, hermano. Puedes irte tranquilo.

—No hay razones para preocuparse —le dijo Erin—. Vete a trabajar. Necesito que estés ahí conmigo el viernes y, si te coges un permiso ahora, seguro que alguien protesta.

Habían tomado la decisión juntos, y Erin se había mantenido firme. Matt intentó explicarle que la decisión era toda suya, que él la apoyaría hiciese lo que hiciese. Aun así, debatieron el asunto durante horas antes de llegar a la conclusión de que lo mejor era aceptar la oferta de su padre y erradicar a Desmond de su vida de una vez por todas.

No le gustaba la idea de dejarla hasta que tuvieran localizado a Desmond.

—Odio todo esto.

—Espera a estar conmigo delante de los medios de comunicación cuando hagamos público el anuncio. Entonces sabrás realmente lo que es el odio.

El que avisa no es traidor.

—Está bien. Iré. Les diré que estoy disponible.

De lo contrario, tendría que presentarse a primera hora de la mañana. Con el viento soplando a rachas de más de ochenta kilómetros por hora, esperaba sinceramente que pudieran evitar cualquier riesgo de incendio hasta que todo se calmara.

Matt se llevó una escopeta al salir de la casa principal y dirigirse a la casa de invitados. Austin lo detuvo y le dio una caja de cartuchos.

—Cambia la munición. Ahora va cargada con perdigones para las serpientes.

Matt le dio las gracias y las buenas noches.

Fuera, la ceniza del incendio del año anterior volaba por todas partes, y el olor familiar le arrancó una sonrisa, pese a todo. Siempre sería un bombero; lo suyo era verdaderamente una vocación.

Una vez dentro de la casa de Erin, cerró la puerta tras ellos y activó la alarma. Dejó la escopeta en la encimera de la cocina junto con la caja de munición mientras Erin se le acercaba por la espalda y le rodeaba la cintura con los brazos.

En ese momento se detuvo y sonrió.

—Cómo me gusta que me abraces.

—No me pasará nada. Todo va a ir bien.

—Todo te va a ir mejor que bien. Soy yo el que está nervioso.

—Bueno, no dejes que te desconcentre para trabajar. Tienes que estar muy centrado ahí fuera para volver a mi lado sano y salvo.

Matt se volvió y le puso los brazos sobre los hombros.

—Puedo decirte lo mismo a ti.

—¿Qué quieres decir? No me voy a ir a ninguna parte.

—Vas a volver a ser una mujer rica muy pronto. Soy yo el que quiere que vuelvas a mi lado.

—Oh, Matt… ¿Te verdad te preocupa eso?

—Se me ha pasado por la cabeza. He estado leyendo las páginas de sociedad. Esa no es la clase de vida que yo puedo ofrecerte aquí.

Erin apoyó las palmas de las manos en su pecho y flexionó los dedos.

—Dejé esa vida por voluntad propia.

—Pero vas a volver a ella.

—Solo para meter a Desmond entre rejas. No voy a volver a comer esos platos de ensalada carísimos en el club de campo ni a las cenas con gente pretenciosa que te sonríe a la cara y miente sobre los ojos morados de sus mujeres.

—Seguro que no todo el mundo era así.

—No, pero miraban tranquilamente para otro lado cuando se trataba de mí. No sé qué voy a hacer con el dinero. Helen y yo tenemos mucho de que hablar, pero Vertex no necesita la presencia de sus accionistas para su funcionamiento. Mi padre sabe mucho de acciones, pero no tiene ni idea de cómo se dirigen en el día a día todas las empresas en las que tiene participaciones.

—¿Desde cuándo eres tan inteligente? —le preguntó mientras le apartaba el pelo que le había caído en los ojos.

—Desde que dejé de tener miedo de vivir —le respondió.

—Yo nunca podré competir con esa vida, Erin.

Ella le apoyó la palma de la mano en la mejilla.

—Me enamoré de ti cuando era una mujer pobre y te seguiré queriendo cuando sea rica. El dinero no nos creó y no nos va a destruir. Y si en algún momento veo que lo intenta, lo dejaré todo por segunda vez.

¿Acababa de decir que...?

—Repite eso.

—¿La parte de cuando era una mujer pobre? —preguntó Erin, sonriendo.

Bajó las manos a las caderas de ella, la levantó y la colocó en su lugar favorito, en la encimera de la cocina.

—Dilo otra vez... Pero ahora con todas las letras.

Ella se rio tímidamente.

—Te quiero, Matthew Hudson.

Matt cerró los ojos y se regodeó en sus palabras.

—Joder, qué sexy suena...

—Bueno, pero no me dejes así...

Bajó sus labios a los de ella y la besó hasta que la sintió desfallecer en sus brazos. Solo entonces le susurró lo que ella ya tenía que saber por fuerza:

—Vuelve y te diré lo mucho que te quiero cada día y te lo demostraré cada noche.

Ella le rodeó la cintura con las piernas y se acercó al borde de la encimera.

—Empecemos la parte de la demostración ahora mismo, ¿vale?

Matt la levantó de la encimera y se la llevó al dormitorio.

***

Le sonó el teléfono a las dos de la madrugada, despertándolo. Era su capitán.

—Te necesitamos. Se ha declarado un incendio en la interestatal cinco, a la altura de Castaic.

Arwin le dijo dónde habían instalado el puesto de mando y dónde debía presentarse.

Matt miró a Erin, con un nudo de preocupación en la garganta por su seguridad.

—Llegaré en cuanto pueda.

Erin se dio la vuelta y le acarició el pecho.

—¿Qué pasa?

—Hay un incendio. Tengo que ir.

Erin se apoyó en el codo y parpadeó varias veces.

—Puedo hacerte café.

Matt se inclinó y la besó.

—No hay tiempo. Vuelve a dormirte. Te llamaré en cuanto pueda; seguramente pasará un buen rato. No te preocupes.

Ella ya estaba cerrando los ojos por el peso de los párpados.

—Por favor, ten cuidado. Quiero que vuelvas.

Le encantaba oírselo decir.

—Pondré la alarma al salir. Vuelve a dormirte.

No hizo falta que se lo dijera dos veces.

Matt avanzó prácticamente a tientas por la casa, para no encender las luces, y se arrepintió de no haber insistido para que Scout durmiera allí, en la casa de invitados, con ellos. En cuanto extinguieran el incendio, lo primero que haría Matt sería ir a la protectora de animales y elegir un perro para Erin.

***

El interior de la casa principal estaba completamente a oscuras. Las luces de los sensores de movimiento del exterior se encendían con cada ráfaga de viento, iluminando en exceso toda la propiedad. Con ayuda de unos prismáticos nocturnos que había comprado por internet, Desmond observó cómo se encendían y se apagaban las luces dentro de la casa de Maci.

Cuando aquel desgraciado de su noviete salió sigilosamente por la puerta y arrancó el motor de su camioneta, Desmond supo que su plan iba a funcionar. La gente simple era muy fácil de manipular. Solo tenía que tomarse las cosas con calma y no ir con prisas; darle tiempo a Maci para que se durmiera y al bombero para que llegara al trabajo, y así aquel tipo no daría problemas en varias horas, si no en varios días.

Desmond se dio una palmadita en la espalda. Lo cierto es que aquello se le daba fenomenal; el único riesgo habría sido que el noviete no tuviera que ir a trabajar, pero, si el incendio era lo bastante importante, llamaban a todos los efectivos.

Los primeros treinta minutos pasaron con una lentitud exasperante; le hicieron falta otros diez para cortar la electricidad y la línea de los teléfonos fijos que hacía funcionar el sistema de alarma de la casa. La ausencia de luces de emergencia encendiéndose y apagándose le inyectó una fuerte dosis de adrenalina.

Siguió esperando. No había señales de actividad en la casa principal… y todo estaba oscuro en casa de Maci. Eran más de las tres de la mañana. Era el momento de acabar con aquello.

Tenía que coger un avión.

***

La rama de un árbol golpeaba el costado de la casa con un ritmo continuo. En cuanto Matt había cerrado la puerta tras de sí, Erin se había quedado dormida. Consiguió dormir una media hora seguida, pero el árbol seguía golpeando la pared de la casa. Al final, los golpes cesaron y las luces del exterior dejaron de encenderse.

La siguiente vez que abrió los ojos se dio cuenta de que su despertador se había apagado.

Fuera ya no se oía el crujido de las ramas y el viento había amainado. Junto a su cama, su móvil se iluminó y vibró. Miró la alerta en la pantalla.

«Sistema desconectado».

Negó con la cabeza y se incorporó en la cama. Se había ido la luz y la alarma daba error. A Erin no le hizo falta nada más; aunque supuso que estaba reaccionando de forma exagerada, más valía prevenir.

Se levantó de la cama y utilizó la linterna de su móvil para localizar sus zapatillas y su albornoz con la intención de ir a la casa principal.

Tras la noche anterior, la camisa de Matt estaba tirada en el suelo, toda arrugada. La recogió, se la acercó a la nariz y aspiró profundamente.

—Ve con cuidado —susurró en voz baja.

Como no quería asustarlos ni que la confundieran con un intruso, Erin entró en el salón con el teléfono en la mano con la intención de llamar a Parker para avisarla de que iba a ir a su casa.

—Suelta el móvil.

Erin se quedó sin aliento y retrocedió hacia la pared. El corazón le latía tan rápido y tan fuerte que estaba segura de que le iba dar un infarto.

Bajo la luz de la luna creciente, que entraba por las ventanas, allí estaba Desmond.

Se quedó paralizada durante varios segundos, como en una pesadilla. Siempre le pasaba lo mismo. Él dio un paso hacia ella y vio claramente sus rasgos.

—¡Fuera de aquí!

Él se echó a reír.

—Vaya, vaya… Mira quién intenta defenderse…

Erin corrió al otro lado de la puerta, donde creía haber dejado la escopeta.

Nada.

Él dio otro paso en su dirección y ella recobró la voz.

Su grito inundó el reducido espacio de la casa. Erin trató de ampliar la distancia entre ambos.

Desmond cruzó la habitación de un salto y le tapó la boca con la mano.

Esta vez, ella no se quedó quieta. Abrió aún más la boca, el dedo de él se coló dentro y Erin se lo mordió con todas sus fuerzas.

Fuera aullaba el viento y Desmond soltó un exabrupto y apartó la mano.

Erin probó el sabor a sangre. La sangre de Desmond.

Y entonces llegó; el golpe que no pudo evitar, porque tenía la pared a su espalda.

Un aluvión de recuerdos afloró a su mente cuando él dirigió la mano a su garganta. Dejó de forcejear cuando entendió sus palabras:

—Si vienen aquí, los mataré.

Respirando con dificultad, trató de localizar la salida. La puerta estaba demasiado lejos.

Desmond la sujetaba con fuerza, pero no la presionaba lo bastante fuerte como para aplastarle la tráquea. Quería algo y, fuera lo que fuera, eso no incluía matarla a puñetazos... o al menos no todavía.

—¿Qué quieres?

—Así me gusta... eso era lo que quería oír.

Sin apartar la mano de su garganta, la empujó al dormitorio.

Erin luchó contra el pánico. «No... otra vez no...».

Desmond recogió su teléfono, que se había caído al suelo.

—Vas a llamar a esa abogada tuya y le vas a dejar un mensaje muy convincente.

Clavó los ojos en los de él. Lo que vio en aquella mirada fue un hombre al que apenas reconocía. Había un brillo salvaje en su interior, el mismo brillo que había visto una vez en sus ojos, justo antes de que le pegara y luego saliera corriendo. Solo que ahora destellaba justo detrás del iris y lo resaltaba el hecho de que él ni siquiera pestañeaba.

«Mantén la calma».

—¿Qué quieres que le diga?

—Así mucho mejor, ¿lo ves? Una conversación civilizada. Vas a decirle que yo tenía razón, que eres una mentirosa y que ya no puedes seguir viviendo así.

Erin trató de sacudirse su mano y la sonrisa desquiciada de él se desvaneció.

La empujó a la cama con fuerza y se tiró sobre ella, cubriéndola con su cuerpo.

—Podemos hacer esto por las buenas o podemos hacerlo por las malas. —Se sacó un frasco de pastillas del bolsillo y las agitó delante de su cara—. Vas a dejar ese mensaje y luego te vas a echar una siestecita. O también puedes sufrir un brote psicótico y jugar al asesinato-suicidio con tus nuevos amigos.

¿De verdad creía que iba a salirse con la suya?

La intensidad enloquecida de sus ojos decía que sí.

Erin recobró la voz... La voz de Maci.

—No les hagas daño. Por favor.

—Así está mejor.

Le puso el teléfono en la mano y marcó el número de Renee. Estuvo todo el tiempo rezando para que la mujer contestara la llamada, aunque eran más de las tres de la mañana.

El teléfono sonó una vez... Dos veces...

Al tercer timbre saltó el buzón de voz.

Desmond siguió agarrándola con fuerza por el cuello.

—Hazlo como te he dicho.

—Renee... soy yo. No puedo hacer esto. Desmond tenía razón. Estoy enferma. Lo siento. No quiero seguir haciéndole daño a nadie.

Desmond apartó el teléfono y colgó.

—Perfecto. Ahora vamos a buscar ese vino que tanto te gusta beber.

Capítulo 31

Matt tomó la calle que lo conduciría hasta el puesto de mando. Vio varios vehículos de emergencia de todas las formas y tamaños un poco más adelante.

Nada más detener el coche, le sonó el móvil. No reconoció el número y supuso que se trataba de algún operador del puesto de mando, que llamaba para comprobar su tiempo de respuesta.

Respondió al teléfono con ímpetu.

—Estoy aparcando.

—¿Matt?

Era una mujer. Una mujer muy nerviosa.

—¿Quién es?

—Soy Renee. Acabo de despertarme con un mensaje de voz de Maci. ¿Está contigo?

Se paró de golpe.

—No. ¿Qué pasa?

—Ha dicho que era una mentirosa y que Desmond tenía razón y que no podía vivir consigo misma. Matt, esto no me gusta nada.

Matt giró el volante con fuerza y pisó el acelerador.

—Mierda. ¿Has llamado a la policía?

—No tengo su dirección, Matt.

Le dijo la dirección.

—¿La has llamado al móvil?

—¿Y alertar a Desmond? ¿No está ella con tu familia?

—Hijo de puta. Llama a la policía. Voy de camino.

Colgó el teléfono y pulsó el número de Colin.

El teléfono sonó. Y siguió sonando, una y otra vez.

Matt golpeó el volante con las manos. Saltó el buzón de voz.

Por suerte, a esa hora de la madrugada la carretera estaba desierta. Con una mano en el volante y la otra en el teléfono, fue deslizándose por los números hasta encontrar el teléfono fijo de Parker.

La llamada anunció al instante que la línea estaba fuera de servicio.

Apretó el acelerador y volvió a probar con el número de su hermano.

***

Desmond la llevó a la cocina.

Parpadeó varias veces cuando vio una escopeta sobre la mesa. ¿Cómo era posible que no la hubiera visto antes?

Agarró el arma y la sopesó con una mano mientras empujaba a Maci a una silla con la otra.

—Vaya, qué cosa más oportuna.

Se arrodilló junto a ella y le apoyó el cañón en la barbilla mientras intentaba bajarle la mano para que cogiese el gatillo.

Pero por mucho que le tirara del brazo, no le llegaba.

Sin embargo, valía la pena solo por ver el miedo en sus ojos.

—Bueno, pues al final será una siestecita.

Se puso en pie de un salto y siguió apuntándola con la escopeta para que no se moviera de la silla.

En la puerta de la nevera había una botella abierta de vino. La cogió y, a continuación, sacó una copa de vino de un armario.

—No hay por qué morir como la gente sin clase. Mi Maci siempre bebía de una copa como Dios manda, ¿a que sí?

Cuando miró hacia ella, la vio examinando la habitación. Se rio y colocó una silla frente a Erin. Depositando la escopeta en su regazo, le sirvió una copa de vino y se la puso delante.

—Esto hará que la cosa vaya un poco más rápido.

—No hagas esto, Desmond.

Presionó el tapón del bote de pastillas y lo retiró.

—¿Desde cuándo eres tan charlatana? —Dejó el bote sobre la mesa y la miró fijamente—. No me gusta nada ese pelo tan corto. ¿Sabías que la mayoría de las mujeres se suicidan con pastillas? Lo he buscado. —Porque era un hombre muy listo. Le dio dos pastillas.

Ella no las cogió.

—Abre la boca.

—¿Qué son?

En ese momento sonrió y le acercó el bote a los ojos para que lo viera, aunque no se veía muy bien a la luz de la luna.

—Uno de los muchos frascos de pastillas que te dejaste en casa. Mira. Incluso lleva tu nombre. Ahora abre la boca y saca la lengua.

Hizo lo que le decía y él depositó dos pastillas sin acercar la mano. No iba a dejar que lo mordiera dos veces.

Empujó la copa de vino hacia ella.

—Venga.

Sin discutir, Erin se llevó el vino a los labios y tragó.

Él cogió su móvil y encendió la linterna.

—Vamos a ver.

Maci abrió la boca y levantó la lengua.

—Buena chica. Ahora… dos más.

La observó atentamente mientras tragaba.

A la tercera vez, Erin deslizó los ojos hacia la escopeta del regazo de Desmond y este la tocó con la mano.

—No te hagas ilusiones.

—¿Cómo piensas deshacerte de mí? —le preguntó.

Él pestañeó un par de veces hasta que entendió la pregunta.

—Vas a morir y punto.

—Pero me has pegado. Y el cuello... Tengo moretones en el cuello.

Desmond levantó el teléfono y le apuntó a la cara con la linterna.

«Joder, maldita sea».

—Trágate dos más.

Con una mano, Desmond vació el bote las pastillas sobre la mesa y luego cogió dos y se las puso a ella en la boca. Unos dedos delgados rodearon la copa de vino, y únicamente con la luz del móvil, Desmond vislumbró las huellas dactilares de ella en el cristal.

Desmond se miró las manos y luego volvió a mirarle el cuello.

«Joder, maldita sea».

Pasaron varios segundos.

—¿Cómo lo vas a hacer? ¿Es mucho pedir saber qué vas a hacer con mi cadáver?

—Cállate y tómate las pastillas.

Erin trató de alcanzar el vino y le falló la mano.

Fue entonces cuando Desmond advirtió que se le estaban cerrando los ojos.

—Un poco más rápido, Maci. No quiero que te desmayes antes de que te las hayas tragado todas.

—Deberías tomarte una tú también. Sientan muy bien... —dijo ella, arrastrando las palabras.

—Quizá la próxima vez. —Ahora mismo tenía que averiguar cómo deshacerse de su cuerpo y borrar las huellas dactilares.

Fuera se oía el aullido del viento. El mismo viento que mantenía ocupado al amante de ella.

Pues claro.

El fuego.

No tendría que deshacerse de nada. Un incendio lo destruiría todo.

***

Erin perdió la cuenta de cuántas pastillas se había tragado. Se había escondido la mayoría debajo de la pierna. Incluso estaba volviendo a escupir el vino en la copa. Desmond había dejado de examinarle la boca con la linterna. Erin lo veía devanarse los sesos tratando de encontrar soluciones, y eso lo mantenía distraído y le facilitaba a ella la tarea de ocultar el hecho de que las pastillas estuvieran saliendo del frasco, pero no entrando en su organismo.

Aun así, se había tomado muchas. Por el tamaño y el regusto de la pastilla, supuso que se trataba de algún analgésico. Un narcótico. De los que le provocaban náuseas. Ya empezaba a notar cómo le protestaba el cuerpo y la cabeza le daba vueltas.

Desmayarse no era una opción. Matt estaba trabajando y nadie en la casa principal sabía lo que estaba pasando. Su única esperanza era que Renee hubiera recibido el mensaje y hubiera llamado a alguien.

Aunque apostar por eso tampoco era una opción.

***

Matt se detuvo detrás de tres coches patrulla aparcados a las puertas del rancho Sinclair y se bajó de la camioneta de un salto.

—¿Qué cojones hacemos aquí fuera?

Ty se volvió hacia él y levantó un teléfono en el aire.

—Acaban de confirmarnos que hay alguien en la casa con ella.

—¿Cómo? Colin no contesta.

—Tu padre ha llamado a uno de los niños.

¿Los niños?

346

—¿A Austin?

—Colin ve una linterna y dos personas sentadas a una mesa. Le hemos dicho que no intervenga. Una unidad de los SWAT está en camino.

Matt se tiró del pelo con las manos.

—Joder, joder, joder…

—Cálmate, Matt. Tu hermano está ahí al lado, vigilando, y hay cuatro agentes dentro de la propiedad ahora mismo. En cuanto descubra que estamos aquí, tendremos un allanamiento de morada con rehenes.

—¿Cuánto tiempo es eso?

—Tan pronto como estemos en posición, le haremos saber que estamos aquí.

Matt miró su reloj.

—He salido hace poco más de una hora. El daño que podría haber hecho en una hora…

—Cortó la línea telefónica y la electricidad hace treinta minutos y llevamos aquí diez. Colin no los ha perdido de vista casi todo el tiempo que hemos estado aquí.

Nada de eso hacía que Matt se sintiera mejor.

Sonó la alerta de radio de Ty. Alguien transmitió unos códigos que Matt no pudo identificar.

Otro coche se detuvo detrás de ellos. Un oficial que Matt no conocía se les acercó.

—Los vecinos han sido evacuados.

—Entrad y tomad posiciones.

—¿Apoyo aéreo? —preguntó Ty por su radio.

—Negativo. No hay visibilidad.

Matt maldijo entre dientes.

—Tú te quedas aquí —dijo Ty, señalando a Matt.

—¿En serio?

De eso ni hablar.

Ty entrecerró los ojos.

—Quédate donde pueda verte.

Apareció otro coche, un vehículo camuflado, y de él se bajó uno de los inspectores con los que Matt y Erin habían hablado.

—Adelante, vamos. Un equipo de los SWAT viene detrás de mí.

Matt se subió despacio a la parte de atrás del coche patrulla de Ty, agachándose, con los agentes flanqueando el lateral. Sin encender las luces, se acercaron con el mayor sigilo posible. Matt agradeció que el viento soplara de vez en cuando, amortiguando cualquier ruido.

Atravesaron el barranco y detuvieron el coche a varios metros de la casa de invitados, sobre el césped. Otro coche patrulla aplastó la grava bajo sus neumáticos al adentrarse en el terreno para impedir la huida del sospechoso por la parte de atrás de la casa. No había ninguna puerta trasera, pero sí ventanas.

Todo su cuerpo era como un arco tensado, con una flecha a punto de salir disparada. «Vamos, nena... sé fuerte».

Ojalá Erin pudiera oírlo.

***

Un destello al otro lado de la ventana llamó la atención de Erin. Se frotó la cabeza e intentó ver qué era.

Algo pasó por el lado de la casa...

Alguien.

Desmond vio su sonrisa.

—¿De qué coño te alegras?

Erin se obligó a sí misma a apartar la vista de la ventana.

—Voy muy colocada, Desmond. ¿Qué esperas?

El hombre cogió el frasco vacío de pastillas y la miró fijamente.

—Lo estás, ¿verdad? Acábate el vino. Tengo que irme.

Un ruido fuera desvió su atención de ella.

—¿Hay más? —exclamó Erin, subiendo demasiado la voz. Cogió la copa medio vacía y la agitó en el aire.

Desmond la miró.

—No hay por qué desperdiciarlo. Sé lo mucho que odias desperdiciar las cosas buenas.

Y el hombre mordió el anzuelo.

Cuando lo tuvo de espaldas a ella, Erin abrió un poco más las persianas para que quienquiera que estuviese fuera pudiera ver el interior.

Con la botella en una mano y la escopeta en la otra, Desmond vertió el resto del vino en su copa y dejó la botella vacía sobre la mesa.

Ella alargó la mano para cogerla y él gritó:

—¡Acábatelo!

El grito hizo estremecerse a Erin y las pastillas que se había escondido debajo de la pierna cayeron al suelo.

Desmond se agachó y escrutó la oscuridad.

Erin contuvo la respiración y se le paró el corazón cuando los ojos de él se dirigieron a los de ella.

—Serás zorra…

Al ver que Desmond levantaba la escopeta ella echó mano de lo primero que encontró.

Le lanzó el vino y la copa. Su otra mano se topó la botella de vino vacía y la levantó con todas sus fuerzas para que impactara contra la barbilla de él.

Había sangre por todas partes.

El factor sorpresa solo duraría un minuto y luego estaría muerta. Erin se concentró en una única cosa y solo una: «Coge la escopeta».

Las luces del exterior iluminaron de golpe el interior de la casa, cegándolos a ambos.

Erin salió del aturdimiento momentáneo y se abalanzó hacia delante.

Desmond había aflojado la presión sobre el arma.

Sorpresa, shock... Erin no sabía por qué. Agarró el cañón de la escopeta y tiró de ella.

Desmond daba manotazos en el aire cuando ella le quitó el arma.

Le fallaron las piernas y Erin cayó al suelo. Fuera, alguien gritaba por un megáfono, pero lo único que oía eran los gritos de Desmond llamándola «zorra» una y otra vez.

Erin se dio la vuelta con la escopeta en las manos y lo apuntó con ella. Dos fuertes chasquidos inundaron la habitación cuando amartilló el arma.

—Zorra...

Desmond se abalanzó sobre ella.

Y Erin apretó el gatillo.

***

—¡Ha habido disparos! ¡Ha habido disparos!

El mundo entero de Matt se paró de repente con el sonido de un disparo de escopeta.

—¡Erin! —gritó, echando a correr.

Alguien lo agarró y lo retuvo.

Matt se zafó de sus captores, dio tres pasos y dos hombres se abalanzaron sobre él.

Se oían gritos por todas partes. Las armas apuntaban a la casa.

Los policías siguieron avanzando, cubriéndose mutuamente y acercándose a la puerta.

—¡Erin!

Una bota pateó la puerta y la abrió de golpe.

No salió nadie corriendo del interior de la casa.

Tres policías entraron a todo correr.

Los segundos pasaban y Matt sintió que se le revolvía el estómago.

—No, no...

—¡Despejado! ¡Que alguien llame a un médico!

Los dos hombres que lo retenían lo soltaron y Matt echó a correr.

Había sangre por todas partes.

Erin estaba acurrucada en el suelo, tapándose la cara con las manos.

Matt cayó de rodillas junto a ella y la tocó.

Cuando enfocó la mirada, Erin lo reclamó con los brazos.

—Pensaba que te había perdido. Dios, Erin... Pensaba que te había perdido...

Los sollozos le estremecieron el cuerpo. Luego se apartó unos centímetros de él.

—Creo que voy a vomitar.

Epílogo

Dos días en la UCI, un lavado de estómago y beber carbón activado no era la idea que tenía Erin de pasarlo bien, precisamente.

Había resacas que hacían que se te quitaran las ganas de volver a beber tequila en toda tu vida, y luego estaba aquello. Después de todas las pruebas y reconocimientos preceptivos, los médicos no creían que hubiese sufrido daños fisiológicos significativos por la sobredosis de pastillas.

Matt se había instalado allí con ella en un patético remedo de sillón extensible que estaba abierto a su lado, mientras un flujo interminable de visitas desfilaba por la habitación.

Renee llegó en el mismo vuelo que su padre. Helen y su familia aparecieron menos de ocho horas después. Toda la familia Hudson acampó en la sala de espera y Parker, Austin y Mallory hicieron de anfitriones de todo el mundo, aunque tampoco habían podido alojar a nadie en la casa de invitados de la finca porque la policía la había precintado y no permitía que nadie volviera a entrar.

En realidad, Erin no habría sabido decir qué había pasado los dos primeros días. Veía a la gente ir y venir, pero no podía procesar la información.

Al tercer día, la niebla se disipó.

Una de las enfermeras pidió a Parker, Matt y Colin, las tres visitas permitidas por turno, que salieran de la habitación para que ella pudiera ducharse. Helen se acercó a echar una mano. Teniendo en cuenta lo que le había hecho el carbón activado a su tracto intestinal, Erin nunca se había alegrado tanto de poder darse una ducha decente. Salió sintiéndose como una mujer nueva… aunque vestida con una bata de hospital de color azul y blanco, abierta por la espalda. Optó por la silla y no por la cama cuando le ofrecieron comida de verdad por primera vez en días.

Solo unos pocos bocados y ya estaba llena.

—No es suficiente —la reprendió Helen.

A Erin le encantaba que su hermana la regañara.

—Sabe a cemento.

Helen se puso de pie.

—Entonces iré a buscar algo de comida a la sala de espera. Tu nueva familia del parque de bomberos sí que sabe cocinar.

—¿Mi qué? —Erin no recordaba que hubiera entrado nadie de la estación de bomberos.

—Las mujeres de los compañeros de Matt. Tamara, Kim y Christina llevan dando de comer a todo el mundo desde que ingresaste.

—No lo sabía. Qué amable por su parte. Si apenas me conocen…

—Sí, bueno… son buena gente. Leales.

—¿Entraron en la habitación cuando yo estaba inconsciente?

Helen negó con la cabeza.

—No. Kim dijo que esperarían hasta que salieras de la UCI. Querían asegurarse de que todos tus seres queridos estuvieran bien alimentados.

Erin se emocionó ante aquella muestra de bondad.

—Dales las gracias de mi parte.

Helen se inclinó y le besó la mejilla.

—Volveré.

Se oyeron unas voces al otro lado de la puerta antes de que una mujer entrara en la habitación vestida con una falda y una blusa, y con un cuaderno en la mano.

—¿Señora Brandt? ¿O prefiere que la llame Fleming?

Erin negó con la cabeza.

—Fleming.

La mujer acercó una silla y se sentó frente a ella.

—Soy la doctora Reynolds. El médico que la lleva ha solicitado una consulta psiquiátrica.

Erin perdió el apetito por completo.

—Es más por protocolo que por otra cosa. En los casos de sobredosis siempre se requieren los servicios de un especialista en salud mental.

Eso la hizo sentirse un poco mejor.

—Ah.

—He leído su historial. Ha pasado por un verdadero calvario.

No sabía qué decir, cómo actuar o qué hacer.

—Pues sí.

—No sería raro que tuviera algunas secuelas después de esta semana. ¿Cómo se encuentra?

—Un poco atontada, supongo. Pero hoy estoy mejor.

La doctora Reynolds asintió varias veces.

—Bien. Cuenta con una amplia red de apoyo ahí fuera.

Erin esbozó una sonrisa furtiva.

—Me están ayudando mucho.

—Seguro que sí. ¿Duerme bien?

—Con las enfermeras entrando cada hora, no mucho, pero no es eso lo que me está preguntando realmente, ¿verdad?

La mujer negó con la cabeza.

—No. Quiero saber cómo está afrontando la muerte de su marido.

Erin cerró los ojos y lo vio todo en vívidos colores. Cuando los abrió, Matt estaba de pie en la puerta.

—El padre de mi novio es un agente de policía retirado, doctora Reynolds. Lo primero que me dijo cuando se presentó en el hospital fue que todos los policías estaban obligados a hablar con los «loqueros» después de un tiroteo. Y que yo no era diferente. Que seguramente incluso lo necesitaba aún más, teniendo en cuenta que había estado casada con ese hombre. Y como quiero recuperarme de esto, en cuerpo y alma, probablemente debería pedirle su número y reservar cita con usted cuando me den el alta y me envíen a casa.

La doctora Reynolds empezó a sonreír despacio.

—Creo que es una muy buena idea. —La psiquiatra se puso de pie y le dio su tarjeta a Erin. Se detuvo un momento junto a Matt antes de salir—. Tú debes de ser el novio.

—Sí.

La doctora Reynolds le tendió la mano.

—Dale las gracias a tu padre de mi parte.

Matt entró y ocupó la silla que la doctora había dejado libre.

—¿Era la psiquiatra?

—Sí.

—Perfecto. Así tal vez mi padre dejará de dar la tabarra con eso. Era muy amable por su parte preocuparse tanto por ella.

—¿Y esto? —Matt señaló la comida—. ¿Es todo lo que comes?

—Está todo muy malo —le dijo.

—Puedo traerte una hamburguesa del In-N-Out de extranjis.

Eso sonaba bastante mejor, pero Erin negó con la cabeza.

—No quiero empeorar las cosas. ¿Y si no me sienta bien? Seguiré con la comida de hospital hasta que deje de eructar carbón.

—Ese plan es mucho mejor. Están hablando de darte el alta por la mañana.

Y por un momento fugaz soñó con su propia cama.

—Oh, Dios… La casa de invitados de Parker.

—A propósito de eso: tu padre está gastando un montón de dinero por el complejo de culpa. Los sheriffs terminaron su investigación esta mañana y tu padre insiste en traer a un equipo de limpieza para hacer lo que sea que tengan que hacer o que queramos que hagan. Nadie espera que vuelvas a instalarte allí.

Le encantaba esa casita. Aunque cuando llegó ya estaba completamente amueblada, se la había hecho suya. Pero Erin no era tan ingenua como para pensar que podría volver a entrar en ella, estuviese limpia o no, y no ver a Desmond en cada esquina. No hasta que ella y la doctora Reynolds derribaran esa casa unos cuantos miles de veces.

—¿Qué quiere hacer Parker?

—Olvídate de Parker. Se trata de ti.

—Es su casa.

—Todos estamos aquí para apoyarte, Erin. Si nos das luz verde, nos encargaremos de todo por ti, o dejaremos que tu padre se encargue.

Ella acercó la mano a la suya.

—Deja que mi padre se gaste el dinero. Así acabarán más rápido, no le costará a Parker ni un centavo y eso lo hará sentirse mejor.

—Perfecto. Y Grace y Parker van a traer tus cosas a mi casa.

—¿Qué van a qué?

Matt miró al techo y luego le dedicó esa media sonrisa que siempre le decía que estaba a punto de salirse con la suya.

—A mi casa. A la que te vas a venir a vivir. Tu nuevo hogar. Ya sabes, para que pueda volver a casa todos los días, a tu lado.

Sintió que una llama le prendía el corazón.

—¿Me estás pidiendo que me vaya a vivir contigo?

Matt hizo una mueca.

—No quiero preguntártelo por si me dices que no. ¿No podemos hacer como si ya te lo hubiera pedido y me hubieras dicho que sí y ya está hecho?

Dios, cuánto amaba a aquel hombre...

—Ya que prometí volver a casa contigo, supongo que estaría bien fingir que ya hemos tenido esa conversación.

Matt levantó el puño en el aire.

—¡Sí!

—Pareces un niño que acaba de marcar un gol en la liga infantil.

—Sí... así me siento. —Se inclinó hacia delante y la besó—. Te quiero.

—Yo también te quiero.

Se puso de pie.

—Tengo que dejar entrar a una muchedumbre de gente antes de enviarlos de vuelta al trabajo.

Cuando se dirigía a la puerta, Erin lo detuvo.

—¿Matt?

—¿Sí?

—Gracias. Por convertirte en la persona a la que quiero volver.

Le lanzó un beso con un soplo en el aire.

—Todos los días que me quieras a tu lado.

AGRADECIMIENTOS

Se necesita una tribu para alumbrar un libro. Ahora es el momento de darle las gracias a mi tribu.

Gracias, Amazon Publishing y Montlake, por animarme a escribir los libros que quiero compartir con el mundo. A mi editora, Holly Ingraham, por detectar las piezas que no funcionan, para que pueda arreglarlas. A María Gómez, mi animadora de Amazon. ¡Gracias!

A mi agente, Jane Dystel, gracias por estar siempre ahí. Soy enormemente afortunada por tenerte en mi vida.

Gracias a los bomberos de todo el mundo por todas las reuniones familiares, los días de fiesta y las noches de sueño que os perdéis mientras estáis de guardia trabajando para proteger a personas a las que ni siquiera conocéis.

Un saludo especial para mi hijo mayor, Jeremy, mi bombero personal y mi héroe. Te gusta el caos y la adrenalina y nunca te lo piensas dos veces antes de ayudar a alguien más que a ti mismo. Te quiero.

Ahora, pasemos a las mujeres que han tenido el valor de compartir sus historias. Vosotras —nosotras— pertenecéis a una o a las tres categorías siguientes: víctimas, supervivientes, guerreras.

A las víctimas que aún no han encontrado la fuerza para romper con la toxicidad: los moretones son una forma fácil de identificar el maltrato, pero muchas veces las cicatrices están en el interior. La indiferencia sistemática y el abuso emocional pueden ser igual de debilitantes. Por desgracia, a menudo nos los infligen las personas que más queremos.

Romper el ciclo del abuso es la parte más difícil. Pero estoy aquí para decirte que se puede romper, y que lograrlo te hará más fuerte.

A las supervivientes que han cortado el vínculo entre el maltratador y ellas mismas: te has desgajado de esa parte de tu vida y estás intentando recomponer los pedazos rotos. Cada uno de los días en que te levantas y sigues adelante significa que has sobrevivido. No siempre es fácil. Asimilar todas las emociones requiere una gran dedicación y, a menudo, ayuda externa. No tengas miedo de pedirla.

Y a vosotras, mis guerreras: ya no eres una víctima y has dejado el pasado lo bastante atrás como para dejar de clasificarte como superviviente. No, eres una guerrera. Una persona fuerte, capaz de sostenerse en pie sin dejar que el pasado te defina. Eres un ejemplo para todos.

Hay una razón por la que el parabrisas es más grande que el espejo retrovisor.

Te enseña hacia dónde vas, no lo que has dejado atrás.

Con mis mejores deseos,

Catherine